KV-036-474

REMONTER LA MARNE

Né en 1944, Jean-Paul Kauffmann est un journaliste et écrivain français. Grand reporter à *L'Événement du jeudi*, il a publié de nombreux récits : *L'Arche des Kerguelen* ; *La Chambre noire de Longwood*, qui a reçu plusieurs prix dont le prix Femina essai et le prix Roger Nimier ; *La Lutte avec l'ange* ou encore *La Maison du retour*. En 2002, Jean-Paul Kauffmann reçoit le prix de littérature Paul Morand remis par l'Académie française, et, en 2009, le Prix de la langue française pour l'ensemble de son œuvre.

Paru dans Le Livre de Poche :

COURLANDE

JEAN-PAUL KAUFFMANN

Remonter la Marne

INSTITUT
FRANÇAIS
ROYAUME-UNI
17 Queensberry Place
London SW7 2DT
Tel 020 7871 3515

FAYARD

© Librairie Arthème Fayard, 2013.
ISBN : 978-2-253-17795-1 – 1re publication LGF

« La grâce ne vient pas de nos œuvres,
sinon la grâce ne serait plus la grâce. »

Épître de Paul aux Romains 11,6.

Pour Gérard Rondeau

La Marne est une rivière française longue de 525 kilomètres. Elle prend sa source sur le plateau de Langres, à Balesmes-sur-Marne (Haute-Marne), et se jette dans la Seine à Charenton-le-Pont (Val-de-Marne). Les principales villes qu'elle traverse sont : Chaumont, Saint-Dizier, Vitry-le-François, Châlons-en-Champagne, Épernay, Château-Thierry, Meaux, Lagny, Noisy-le-Grand, Nogent, Créteil, Champigny, Joinville-le-Pont, Saint-Maur-des-Fossés, Charenton-le-Pont.

Longtemps praticable à partir de Saint-Dizier, elle n'est plus navigable aujourd'hui que depuis Épernay, jusqu'à son confluent avec la Seine (183 kilomètres). La Marne est la plus longue rivière française, elle dépasse même la Seine au point de confluence de Charenton et pourrait briguer le titre de fleuve.

L'auteur a remonté à pied ce cours d'eau jusqu'à la source.

1

La fin d'une rivière. Ça commence mal. La scène se déroule à l'est de Paris, à Chinagora, un centre commercial abandonné, imitation de la Cité interdite avec toits recourbés et chinoiseries habituelles, lions ailés, phénix aux yeux globuleux. Le supermarché, la galerie marchande, les trois restaurants panoramiques, le jardin « des neuf dragons » sont fermés depuis des années.

Sur un parking désert, un autobus dépose de temps à autre des touristes chinois qui s'engouffrent dans le seul bâtiment resté ouvert, un hôtel de dix étages. Décor de pacotille où la Marne se jette piteusement dans la Seine. Le promontoire sacré, autrefois honoré par les Romains, est aujourd'hui une esplanade baptisée place du Confluent-France-Chine lors de l'inauguration du complexe, en 1992.

De loin, pourtant, depuis l'autoroute de l'Est, Chinagora en impose. Les automobilistes entrevoient une pagode flottante ou la proue d'un paquebot de croisière haut de six à sept étages.

La Marne, déni français. Tout est fait pour la déconsidérer. Le souvenir frivole des guinguettes et des canotiers contribue à la dévaluer. La seule fois dans son histoire où elle acquiert la notoriété, c'est de façon illégitime. Pour les Français, la Marne est avant tout le nom d'une bataille. Engagée le 6 septembre 1914, terminée le 9 septembre au soir, elle a stoppé le mouvement tournant des armées allemandes sur le point d'envelopper Paris. Cet affrontement décisif n'a pas eu lieu sur la Marne, mais sur l'Ourcq, le Grand et le Petit Morin. « La rivière Marne n'a joué qu'un rôle épisodique dans la bataille. Le nom de victoire de la Marne a été donné après coup par le haut commandement ; cela a paru le meilleur moyen de synthétiser la bataille », écrit Joffre, le vainqueur, après la guerre.

La vraie bataille de la Marne s'est déroulée quatre ans plus tard. Cette fois, réellement sur la rivière. Victoire française, elle est à l'origine de l'effondrement de l'Allemagne qui a mis fin au conflit en 1918.

Notre mémoire tourne le dos à la Marne. Cette rivière, elle ne veut pas en entendre parler[1]. Trop de mauvais souvenirs dans le « roman national ». Je n'aime pas cette expression. La Marne n'est pas un chapitre de roman. C'est un nerf. Quand on le touche, le pays se révèle à cran. Trop proche de la tête, Paris. Cette rivière si sensible est censée protéger la capitale. Elle doit résister aux excitations extérieures et aux tensions intérieures. Notre équilibre mental a longtemps reposé sur elle.

La Marne, à tort l'un des noms les plus stressants de notre langue : « C'est là qu'il faut attaquer la maison française avec une chance d'en enfoncer la

---

1. Deux livres seulement ont été publiés sur la Marne : Jean Robinet, *La Marne pas à pas*, Presses du village, 1993, et Gérard Rondeau, *La Grande Rivière Marne, dérives et inventaires*, La Nuée Bleue, 2010.

porte », observe Fernand Braudel[1]. Qu'est-elle devenue, cette chère maison ? Au pire, une bicoque. Au mieux, un grand ensemble dont nous occupons un étage ou un palier avec, reprochent certains, des murs trop peu épais.

Une fois enfoncée la porte à Vitry-le-François, il suffit à l'envahisseur de suivre le cours de la rivière. Un boulevard à perte de vue. Tout droit jusqu'à Paris. On peut couper les méandres : c'est fini, la France est cuite. Mais l'ennemi n'a pas vu le piège. La Marne, c'est la rivière du retournement. Une leçon aussi pour les temps présents.

Notre rivière-totem accomplit son parcours le plus long en Champagne-Ardenne, Région sinistrée dont on répète à l'envi qu'elle se vide de ses habitants. Le cours d'eau trace depuis Paris un arc de cercle. Il traverse une variété de villes et de villages qui appartenaient autrefois à des pays comme l'Omois, la Varosse, le Perthois ou le Vallage. Ce n'est pas la France que je vais explorer, mais un de ses fragments ou plutôt un extrait, comme on le dit d'un passage d'un livre, de morceaux choisis. Ou d'un parfum.

Né dans un village de l'Ouest, aux marches de la Bretagne, je ne puis me prévaloir de ce cours d'eau. Il n'est ni celui de mon enfance ni celui de ma vie d'adulte. Cependant, il m'est depuis toujours familier. Il y a chez moi un fort tropisme de l'Est, un *Drang nach Osten* au demeurant très pacifique, dû sans doute à mes origines alsaciennes. Il suffit que je prenne l'autoroute A4 pour ressentir aussitôt cet

---

1. Cf. *L'Identité de la France*, cité par Noël Coret, in *Les Peintres de la vallée de la Marne*, Casterman, 1996.

appel mystérieux. Du côté de Sainte-Menehould, en Argonne, mon rythme cardiaque s'accélère, je vire à l'euphorie.

Le projet de ce voyage est lié aussi à une découverte étrange faite par hasard il y a plusieurs années. Je pars à la recherche d'un inconnu mort entre les deux guerres. Son nom, Jules Blain, ne dira rien à personne. Il a remonté la Marne depuis Trilbardou, près de Meaux, dans les années 20. Son histoire, son voyage liés à la Grande Guerre restent pour moi un mystère.

Je me suis fixé comme règle – mais c'est plutôt un jeu – d'explorer la Marne jusqu'à sa source. À pied. Remonter la rivière. Retourner en arrière, repasser le vieux film, velléité d'aller vers l'origine comme on se remémore sa vie passée. Je n'ai pas vraiment choisi ce mouvement inverse, il s'est imposé à moi. Une façon de procéder à un inventaire personnel du pays où je suis né. Je me sens parfois intoxiqué par la France. En état de dépendance psychique et physique. Je subis l'influence de son histoire telle que l'on me l'a inculquée, de sa littérature, de sa langue, de ses églises, de ses paysages. Cet ensemble d'affects et de souvenirs ne cesse de me poursuivre.

Le but du voyage est le plateau de Langres, plus exactement le village de Balesmes où la Marne prend sa source. Je n'ai qu'un sac à dos. J'ai prévu de m'arrêter le soir dans des auberges ou des tables d'hôte situées près du fleuve. Pas de réservation. Aucune entrave. Surtout pas d'horaire. Tant pis pour moi si je trouve l'établissement fermé ou affichant complet ! J'emporte avec moi un téléphone portable qui restera fermé pendant la marche. Je ne l'ouvrirai que le soir, pour relever mes messages.

Mon sac renferme notamment une boussole, quelques cartes, des jumelles, des livres et des cigares logés dans un étui en cuir. Poids total : trente kilos.

2

Lundi 3 septembre. Ciel nuageux, cumulus de beau temps, vol de mouettes au-dessus de l'autoroute A4. Pour de longues semaines, je tourne le dos à Paris. Je consulte ma montre. J'ai tout mon temps, mais je tiens à enregistrer l'heure : 14 h 15.

Sur la ligne de départ, à l'extrême pointe de l'esplanade qui marque la confluence des deux rivières, se dressait encore, à la fin du Moyen Âge, une colonne de marbre érigée au temps de l'empereur Julien. Haute de dix mètres, elle était surmontée d'une statue de Mercure. Les Gaulois venaient s'y recueillir, invoquant la protection du dieu des voyageurs et des commerçants.

Un jour, j'ai survolé le site en hélicoptère, étonné par la différence de couleur entre les deux cours d'eau : la Seine, vert acide tirant sur le jaune ; la Marne, plus pâle, avec des nuances de bleu turquoise. L'homme de lettres Maxime Du Camp prétendait que les eaux de la Marne ne se mélangeaient nullement à celles de la Seine au confluent de Charenton, mais continuaient de couler parallèlement à ces dernières le long de la rivière droite et jusque vers le milieu du lit pendant toute la traversée de Paris[1].

---

1. Cité par Francis Ponge, *La Seine*, La Guilde du Livre, 1950.

Où Maxime Du Camp, connu pour avoir écrit quelques énormités sur son ami Flaubert, a-t-il bien pu pêcher cela ? D'après lui, ce n'est qu'à partir de Sèvres que, très progressivement, le mélange se fait.

L'odeur est boueuse, légèrement moisie à cause des premières chutes de feuilles. La Marne garde un côté campagnard, même en ville. La Seine sent parfois l'huile de moteur, le médicament, les dégraissants industriels à cause des usines qui se sont établies très tôt sur ses rives.

Lorsque deux rivières se rencontrent, l'une doit disparaître. C'est une capture. Le captif perd son identité. Le gagnant rafle tout. L'auteur du rapt prend le titre de fleuve et entre dans la légende. Une seule règle : le vainqueur est celui dont le cours est le plus long. En principe, la longueur de la Marne depuis sa source est de 525 kilomètres, celle de la Seine se limite à 410. Normalement, c'est la Marne qui devrait traverser Paris et se précipiter dans la Manche. Incontestablement, la Marne est un fleuve. Le débit peut être un autre critère : on le calcule à la jonction des deux cours d'eau. Là encore, la Seine est battue, non pas cette fois par la Marne, mais par l'Yonne. La Seine est une arnaqueuse. Et la Marne, qui fidèlement la pourvoit, sa dupe depuis deux mille ans.

Un signe, un frémissement, quelque phénomène hydrostatique produit par le choc des deux rivières, j'attends, le regard à l'affût. Rien. Devant moi, un axe désormais unique, le vainqueur, la Seine qui s'apprête à entrer en triomphe à Paris. L'usurpatrice n'a plus de souci à se faire, elle va folâtrer jusqu'au Havre, prendre un bain de mer.

J'aime à l'avance ces régions, je me sens en appétit. Seule la traversée de la banlieue, qui permet de sortir de la mégapole parisienne, ne m'enthousiasme guère. Mon plan de route ne comporte aucun de ces points chauds qui font la une des journaux. L'ennui, c'est le béton, la morosité des faubourgs, les avenues interminables. La périphérie parisienne est pour moi un labyrinthe, je m'y suis toujours égaré.

Quel côté du fleuve emprunter ? Au début, je pourrais me payer le luxe d'hésiter ; après, je n'aurai plus le choix. J'aperçois l'autre rive qui frôle l'autoroute A4. Elle ne me tente pas. Le sentier qui longe la Marne est ornementé de haies : lauriers-palmes, buis, érables. L'eau, je la regarde à peine. J'aurai tout loisir de l'observer. Combien de temps va durer le voyage ? Un mois, deux mois ? L'eau, je me contente de la respirer, de humer ses relents de serpillière. Je capte à présent des bouffées qui sentent le sous-sol et le gravat, une odeur confinée, à la fois grasse et fanée. L'emprise olfactive est obsédante. L'écoulement semble fixer en douceur tous les effluves urbains, exhalaisons d'hydrocarbures et de soufre, nullement désagréables à cause de l'humidité qui enveloppe l'air de son emprise soyeuse.

Charentonneau. La première île sur la Marne. Jusque dans les années 50, on y dansait. Les guinguettes des bords de Marne, les bals, les canotiers, les plages, toute cette vie est à jamais morte. Il y a eu d'abord l'arrêté préfectoral de 1970 interdisant la baignade, puis la construction de l'autoroute A4, deux mauvais tours faits à la rivière. Impossible de tuer un cours d'eau, son instinct vital est aussi puissant que celui des humains. Mais si ces malveillances ne lui ont pas porté un coup fatal, du moins ont-elles contribué à la chasser un peu plus de notre mémoire.

Quatre ponts cyclopéens enjambent la Marne depuis l'A86. L'île est si calme, protégée par ses vieux arbres et sa collection de rhododendrons. Elle tente de résister à la véhémence urbaine qui diffuse un bruit pareil à un vrombissement.

Je décide de rejoindre le bord opposé par le pont de Maisons-Alfort pour voir l'écluse de Saint-Maur qui se déverse dans la Marne. Très vite, je me perds dans les multiples sentiers tracés le long des bras de la rivière.

3

La tentation est de couper et d'éviter la boucle de Saint-Maur, le premier méandre de la Marne. La sinuosité est inséparable de tout cours d'eau. Rivière de plaine, celle-ci connaît plus que d'autres un phénomène de ralentissement, multipliant courbes et arabesques. Prendre un raccourci serait pour moi une tricherie.

Sur la carte, la boucle de Saint-Maur dessine une volute parfaite. Elle singularise cette commune de l'Est parisien où la ville est repliée dans le lobe fluvial. Les berges sont fixées, protégées contre les sapements du courant par de gros blocs de pierre déposés le long des talus et les immanquables palplanches métalliques peu propices au développement d'une végétation aquatique.

Maisons normandes à colombages, villas Belle Époque, chalets suisses, pavillons Art nouveau, ermitages néogothiques : en ce mois de septembre, on dirait des résidences de vacances fermées en attendant l'été suivant. Jean-François Bizot, fondateur d'*Actuel*, disparu en 2007, a vécu dans une de ces maisons qu'on appelait « le Château ». Quel rapport le représentant de l'underground français entretenait-il avec la Marne ? Je l'imagine, solitaire, se promenant à 2 heures du matin sur les berges, en face de l'île d'Amour, une clope ou un joint au bec, vêtu de sa légendaire chemise hawaïenne.

Pas âme qui vive. On se croirait à la campagne, très loin de Paris, mais ce n'est pas une vraie campagne. On a trop corrigé la rivière. Elle sent le pique-nique, la balade digestive, la sortie du dimanche. Elle coule sans faire de manières, arrangeante, sans savoir ce qui l'attend tout à l'heure : l'avalement par la Seine.

Une femme-fleuve, quai Winston-Churchill ! Nue, mi-allongée, la main gauche posée sur son genou droit. Elle profite du soleil. Ses cuisses sont puissantes, le corps est ferme et rond. Le visage, inexpressif, laisse une forme d'anéantissement. Il est probable que personne ne remarque cette naïade étendue au milieu d'un parterre de fleurs. Sur le socle de la sculpture, une date est inscrite : 1964, avec le nom de l'artiste, Édouard Cazaux. La Marne est toujours représentée sous les traits d'une femme comme à la fontaine des Quatre-Saisons rue de Grenelle à Paris. Parce qu'elle est du genre féminin, comme la Seine ou la Loire ? Briseur d'obstacles, le Rhin, lui, se veut un fleuve viril, et le Rhône fougueux est souvent comparé à un taureau.

Cette histoire de personnification agaçait au plus haut point Francis Ponge. Le poète du *Parti pris des choses*[1] a écrit en 1950 un texte de commande sur la Seine où il manifeste son irritation : « Non, le Rhin n'est pas mon père, la Seine n'est pas ma femme, et s'il est une littérature que j'abhorre, c'est bien celle, en termes lyriques, qui divinise l'Ève, l'Onde : cette

---

1. Gallimard, 1967, coll. « Poésie », 2001.

littérature à la Reclus. » C'est Élisée Reclus qui est ici en cause. Ce dernier affirme que « la Seine a 66 jours impurs (contre 100 à la Marne) ».

L'île d'Amour. On y distingue, derrière un rideau de marronniers, une végétation abondante qui enserre un bâtiment effondré, sans doute les ruines d'une guinguette. C'est le regret de la Marne. L'imminence d'une disparition définitive est souvent évoquée alors que les guinguettes sont mortes depuis longtemps. Une mémoire subsiste, mais elle n'a pas réussi à s'inscrire dans le présent. La découverte, un peu plus loin, de *La Grenouillère* – où fut tourné *Le Gitan*, de José Giovanni, avec Alain Delon – témoigne de cette impossibilité à renaître. *La Grenouillère* est en deuil. L'établissement a fermé ses portes. Il ne ressuscitera plus. Bientôt on clouera portes et fenêtres, puis, un jour, cela ne suffira plus à empêcher le pillage et la dislocation. Il faudra alors murer toutes les ouvertures à l'aide de parpaings ou de carreaux de plâtre. Les maisons condamnées notifient le désastre, la malédiction. En bon état, elles inquiètent encore plus que les ruines.

Derrière *La Grenouillère* commence la rue Raymond-Radiguet, natif de Saint-Maur. La lecture du *Diable au corps* a compté parmi mes émois de jeunesse. « Que ceux qui m'en veulent se représentent ce que fut la guerre pour tant de très jeunes garçons : quatre ans de grandes vacances. » Une jeune femme profite de l'absence de son mari au front pour nouer une liaison avec un adolescent. Elle se prénomme Marthe. Radiguet aurait choisi ce nom à cause de sa consonance, qui rappelle celle de la rivière, très présente dans le roman. « J'aimais tant la rive gauche que je fréquentais l'autre, si différente, afin de pouvoir contempler celle que j'aimais. »

Les deux amants se donnent rendez-vous dans une barque dissimulée parmi les herbes hautes. « La crainte d'être visibles rendait nos ébats mille fois plus voluptueux. » La sobriété de la forme, jointe à une sensualité avivée par l'aspect clandestin de la situation, avait quelque chose d'excitant. Je me souviens encore d'une expression que j'avais jugée à l'époque banale, presque godiche. Le héros, retrouvant la jeune femme dans l'embarcation, « la jonchait de baisers ». N'aurait-il pas été plus simple d'écrire qu'il « la couvrait de baisers » ? Aujourd'hui, je trouve que ce « jonchait », avec cette idée d'un corps parsemé de baisers dans tous les sens, était beau. Le roman a perdu de son pouvoir scandaleux. Ne subsiste plus que l'extraordinaire maîtrise d'un écrivain âgé d'à peine vingt ans.

Île Pissevinaigre. Le nom tire son origine d'un petit vin au goût aigrelet qu'on y produisait. Ce vin, dit ginguet, a donné naissance au mot guinguette.

Île des Gords. Pont de Champigny. Je me hâte de le franchir alors que tombe le crépuscule.

Il me faut trouver un hôtel pour la nuit. Je finis par dénicher une chambre dans une rue passante. L'établissement a cet air engageant des hôtels borgnes. Une apparence intrépide, résolument accommodante. L'enseigne clignote sans façon, d'une lumière jaune et bleu. Il n'y a plus de chambre donnant sur cour. « De toute façon, toutes nos fenêtres possèdent un double vitrage, déclare non sans fierté l'employé à la réception, un Black aux manières cérémonieuses.

Avez-vous réussi à vous garer, monsieur ? » Étonnement quand je lui précise que je suis à pied.

La chambre me surprend agréablement. Propre et spacieuse, elle possède même une baignoire. L'émail étincelle. La baignoire, dédommagement du randonneur... Le bain brûlant, suivi d'une douche froide galvanisante, dissout la fatigue de cette première journée.

Le choix du dîner se révèle moins heureux. En territoire inconnu, je privilégie toujours les restaurants bondés, en tout cas raisonnablement remplis. J'ai sélectionné une taverne « cuisine du Sud-Ouest », dans le centre de Champigny. Étant seul, je suis relégué à l'entrée, oublié des serveurs. Le hors-d'œuvre arrive au bout d'une demi-heure pendant laquelle j'ai pu observer les voisins : une famille nombreuse recomposée fêtant bruyamment un anniversaire, une tablée de motards sombres et mutiques, dans le style manouches. Ces derniers sont à l'évidence des habitués, servis sans attendre. Ils esquissent un sourire cruel aux blagues du patron, un petit homme effervescent qui se met en quatre pour eux. Cette première journée – une après-midi, en fait – m'a crevé. D'après mes calculs, j'ai parcouru vingt kilomètres. J'ai hâte que ce dîner ni mauvais ni délectable se termine. Mon dessert est le havane que je déguste durant le trajet qui me ramène à l'hôtel. La soirée est douce, c'est l'été. Il est 22 heures. Les gens se promènent encore dans les rues. Je termine mon cigare assis sur une marche de l'hôtel.

4

Je retrouve ce matin la Marne. Elle se la coule douce. Rien n'est plus indifférent que l'eau d'une rivière. Elle se contente de fluer. Rien à voir avec l'inertie, plutôt avec la mollesse. Le manque de vigueur.

Champigny, le nom vient de champagne, l'un des mots les plus intrigants, selon moi, de la langue française. Il désigne à l'origine une plaine crayeuse ou calcaire – le contraire du bocage. Depuis deux siècles, le vin effervescent règne despotiquement sur ce nom et empêche d'apprécier la véritable richesse de ce substantif qui dérive de campagne. Une champagne recèle souvent un vignoble, mais ce n'est pas la règle.

De Chennevières à Champigny s'étendait un paysage de vignes jusqu'au début du XXᵉ siècle. Un quartier de Champigny se nomme « Les Coteaux ». Sans ce vignoble, pas de vin ginguet, ni de guinguettes, ni de bals musettes.

L'île du Martin-Pêcheur : je ne pensais pas qu'il y avait autant d'îles sur la Marne. Je me suis longtemps posé la question à propos de l'Île-de-France qui, en principe, ne se situe pas au milieu de l'eau. J'ai trouvé l'explication dans un texte de Marc Bloch[1]. Le

---

1. « L'Île-de-France », in *Mélanges historiques*, CNRS éditions, 2011.

premier centre politique de la France est bel et bien entouré d'eau, mais sur trois côtés, avec la Seine, l'Oise et la Marne. C'est donc une presqu'île, non une île. Or la langue du Moyen Âge, explique Bloch, ne savait pas faire la distinction entre île et presqu'île. Ainsi le Cotentin, que la mer ne baigne que sur trois côtés, ou le Comtat Venaissin, que limitent à l'ouest le Rhône et au sud la Durance, sont alors qualifiés d'îles.

Je vais tenter d'atteindre ce soir Gournay-sur-Marne. J'ai prévu de faire une halte chez une amie, artiste plasticienne, qui habite une île de la rivière. D'après ma carte, c'est à Gournay que la pression urbaine commence à se relâcher, mais ce n'est pas pour autant la campagne. La Marne a beau avoir été domestiquée et même sévèrement brisée dans son élan vital, elle parvient à garder un aspect naturel, surtout à proximité des îles boisées où les berges hautes servent d'abris et de lieux de reproduction à de nombreux oiseaux. C'est la « Marne sauvage ». Une illusion, bien sûr, mais, à quinze kilomètres à vol d'oiseau de Notre-Dame-de-Paris, on peut se prendre facilement à ce mirage qui a séduit des peintres tels que Corot, Cézanne, Picasso ou Derain. Cette vision champêtre a attiré aussi les classes populaires de la capitale pour qui la mer était un luxe inaccessible. On a recensé plus d'une vingtaine de lieux de baignade et de plages entre Maisons-Alfort et Gournay. La baignade de Champigny est encore visible avec ses colonnes en béton des années 30 et ses cabines qui donnaient sur une plage artificielle.

Barrage de Joinville. Écoulement brutal de la rivière. L'explosion liquide répand un effluve extraordinaire qui n'est autre que l'odeur de l'eau. Un parfum violent, magnétique, peut-être le plus étourdissant des parfums. Il arrive par vagues et saisit frénétiquement l'odorat. C'est l'odeur d'une eau à moitié dormante qui se désintègre dans un épanchement écumeux : relent de vase purifié par l'éblouissement de la chute. Une odeur vaporisée d'eau vive. Le déferlement sent l'expurgation, quelque chose de mordant et d'amer qui ressemble au houblon. L'eau bouge enfin, elle ne se laisse pas faire, elle proteste. C'est un chœur où l'on distingue comme des cris et des huées, de brèves déflagrations et un grondement qui parfois s'enroue. Première vraie sensation d'une Marne active qui ne se contente pas de subir, mais possède une voix, une présence. Ce mouvement et cette consistance détonnent avec la langueur qu'elle affiche depuis Paris.

Les quelques promeneurs que je croise veulent se persuader que l'été vit encore. Plusieurs d'entre eux présentent leur visage au soleil en fermant les yeux pour cuivrer un peu plus leur peau. Les débuts de septembre en France entretiennent un climat très particulier, il oscille entre l'achèvement et un état de suspension qui ressemble à un sursis. C'est l'avant-automne. Il y a bien l'avant-printemps – mais jamais d'avant-été ou d'avant-hiver. Cet état de grâce avant l'automne, où rien ne permet de conclure que les beaux jours sont finis alors que les signes de la rentrée s'accumulent, n'est ni un point mort ni une rémission, mais une sorte de butée sans cesse repoussée. À l'image de ce pays qui donne parfois l'impression de se trouver dans une situation d'avant-automne, un entre-deux, un sursis, qu'il lui importe de faire durer.

Entre le déchaînement routier de la banlieue et le cours débonnaire de la rivière, le chemin de halage s'abstient de prendre parti. Je n'ai d'autre issue que de suivre cette ligne de démarcation. Dès que j'en sors, je frôle l'incident de frontière, comme sous le pont de Joinville où je me suis arrêté pour admirer les immenses piliers trapézoïdaux. La surface plastifiée des poutres marquées de tags inintelligibles, l'espace venteux et aride, l'odeur d'huile de moteur qui s'écoule par spasmes du tablier... Fragilité d'un monde en perpétuel essorage, dépourvu de moelleux. L'ouvrage évoque à la fois une architecture babylonienne et la superstructure d'un porte-avions. Stérilité des culées et des voûtes, grondement d'un bâtiment de guerre.

Sur le moment, je ne remarque pas, près d'un pilier, une tente grise d'où surgit un homme très mécontent qui me demande si j'ai l'intention de m'installer sous ce pont. L'abri est ingénieusement disposé sous une arche de telle sorte que je l'ai confondu avec le coffrage. J'explique que je remonte la rivière jusqu'à la source. Il n'est pas convaincu et s'approche tout près de moi, escorté de plusieurs chats, me dévisageant avec une expression soupçonneuse : « Alors, comme ça, tu remontes la Marne ? Qu'est-ce que tu cherches ? Le sac de nœuds ? »

La territorialité. J'y serai confronté, durant ce voyage. Défendre et délimiter son espace particulier contre la menace d'autrui – réelle ou supposée. Trois cent mille véhicules traversent chaque jour le pont de Joinville. L'homme dit qu'il ne peut plus se passer de ce bruit de fond. Les sourdes déflagrations provoquées, au-dessus, par les soubresauts des véhicules sur les jointures, ne ressemblent pas à un battement, mais à une sorte de grésillement d'arc électrique. À l'écouter, le seul désagrément est la pluie. Depuis le pont, à la moindre averse, se déversent directement dans la Marne « toutes sortes d'infections ». Après l'orage apparaissent à la surface des nappes huileuses sur lesquelles flottent des centaines de poissons morts.

5

« L'eau des rivières, je n'ai jamais pu la sentir. »
Ponge s'évertue à désacraliser les fleuves. Il déteste
tout ce fatras lyrique sur les nymphes, les déesses
bondissant sur l'onde. Des barrages flottants installés
sur la Marne retiennent des plastiques, des polysty-
rènes, des planches, des bidons. Quand on tire la
chasse d'eau, cela va à la rivière en transitant, il est
vrai, par la station d'épuration. La Marne est plus
propre qu'il y a vingt ans, mais elle charrie trop de
sédiments et s'envase vite.

Un tapis roulant : c'est cela, la Marne. Régularité
machinale de l'écoulement. Impossible, pour le marcheur, de s'abstraire de l'eau. Le décor s'imprime très
superficiellement dans son esprit, il l'a oublié la
minute d'après alors qu'il ne parvient pas à se défaire
de ce flux dont la monotonie devient lancinante.
Marcher le long d'une rivière, ce n'est pas se délester,
mais, au contraire, se charger du poids de cette eau
qui vous tient sous son emprise.

À Nogent, « la ville du Petit Vin Blanc », comme
l'indique un panneau, j'ai pour la première fois perdu
de vue la rivière. Elle a disparu du côté de l'île de
Beauté. La Marne y est interdite aux promeneurs, qui
se sentent frustrés. Seuls les occupants des demeures
de villégiature édifiées à la fin du XIXe siècle peuvent

en profiter. Beauté est le nom du lieu et d'un château édifié au bord de la Marne, offert par le roi Charles VII à sa favorite, Agnès Sorel, d'où le qualificatif « dame de Beauté ». « C'est le plus bel et joli, et le mieux assis qui fût en l'Île de France », assure un poète de l'époque. Il ne reste plus rien de l'édifice sur lequel s'élève à présent un pavillon Baltard en provenance des Halles de Paris. Ultime vestige de Beauté : un carrelage exposé au musée Carnavalet.

Accrochée à la pile centrale du pont de Nogent, une sculpture personnifie la Marne. Dans un style vaguement cubiste, l'artiste a reproduit une naïade dans une pose plus ou moins alanguie. Elle ne se tient pas debout face au monde, elle est au bord de l'eau, allongée. Une posture identique à la femme de pierre aperçue à Saint-Maur, mais celle-ci est encore moins expressive. L'action de l'eau, les intempéries ont arasé ses traits. Ce n'est plus qu'une ombre qui la fait ressembler à une pauvre fille qui, sous un pont, fait de la figuration – ou le tapin.

Au pied du viaduc de Nogent, un homme m'attend, assis dans une barque, pour m'emmener à l'île des Loups. C'est Félix, le factotum de ma vieille amie Jeanne, sculptrice et plasticienne. Elle habite un chalet suisse au milieu de la Marne, qui n'est accessible que par bateau. J'ai passé nombre de week-ends sur cette île où Jeanne aime à recevoir ses amis. Lorsque je lui ai parlé de mon voyage, elle a exigé que je fasse halte chez elle. Cela n'arrange pas mes affaires, car je n'ai pas renoncé à l'idée d'atteindre Gournay ce soir. Difficile de résister aux volontés de Jeanne, femme certes autoritaire, mais piquante, et à l'hospitalité flamboyante. Félix est son homme à tout faire, intendant, cuisinier, jardinier, passeur. Un ancien batelier à la dérive, ex-délinquant, qui a trouvé grâce auprès d'elle. Jeanne l'a pris sous son aile il y a une vingtaine d'années.

Impénétrable et pachydermique, il rame en fixant l'eau d'un œil sombre. Jeanne nous attend sur le débarcadère qu'elle a aménagé près de sa maison. Petite femme au regard scrutateur, à quatre-vingt-six ans elle garde beaucoup de charme qui émane de ses yeux verts et de l'élégance de son maintien, mélange de nonchalance et de fermeté. Ses gestes sont fluides, rien n'est relâché chez elle. Elle se tient. Elle attrape prestement le « bout » lancé par Félix et l'attache à un pieu à rayures torsadées qui vient de Venise où il sert à amarrer les gondoles.

La maison, construite en bois, possède un soubassement de briques pour résister aux inondations. Une terrasse-belvédère couronne la toiture. J'y ai passé des journées d'été à lire et à contempler la rivière. J'assouvissais mon goût pour la solitude, cette solitude voulue mais non subie, qui est un privilège. Isolé mais non pas séparé de ma bande de copains, de ma femme et de mes enfants discutant en bas.

Je m'aperçois aujourd'hui que je n'avais jamais identifié ce paysage liquide à la Marne. C'était l'eau qui passe. Un mouvement primordial, impénétrable, correspondant à ces instants où j'interrompais ma lecture. J'essayais d'en capter les couleurs, les bruissements, les fronçures scintillantes, désespérant de n'apercevoir que le courant qui s'enfuyait comme si chaque dépression, ridement ou tourbillon recelait un mystère.

Puis je reprenais mon livre. Pendant plusieurs minutes, je ne parvenais pas à fixer mon attention, hypnotisé par cette eau sauvage dont l'odeur m'obsédait. Une odeur violente d'herbe, de feuillage, de bois mouillé que je n'ai jamais retrouvée ailleurs. C'est peut-être pour ce parfum que j'ai accepté sans trop discuter l'invitation de Jeanne. Elle a voulu que le déjeuner fût servi à mon endroit favori : sur la terrasse-belvédère aménagée comme une pergola, une table a été dressée à l'ombre de colonnes qui servent de support à des plantes grimpantes. Elle dit que je suis ridicule, avec mon attirail.

— Tu ne trouves pas ce fourniment disproportionné ? Ainsi, tu vas découvrir la France cantonale. La belle affaire ! Mais cette France-là est morte. À supposer qu'elle ait encore un semblant d'existence, c'est du passé. Intéresse-toi donc au présent !

Comme tous les petits Français de la IIIᵉ République, mon amie a appris à lire dans *Le Tour de la France par deux enfants.* Elle ironise : « Tu veux faire comme eux ? T'émerveiller sur la France ? Ce temps d'innocence est bien fini. »

Dans mon école, sous la IVᵉ, on en faisait aussi la lecture à voix haute : « Par un épais brouillard du mois de septembre deux enfants, deux frères, sortaient de la ville de Phalsbourg en Lorraine. » Une façon de s'initier à la France, à ses provinces, aux grands hommes, à l'amour de la patrie. Dans les années 50, cette vision commençait à dater sérieusement. Originaire d'Alsace, que mon arrière-grand-père avait fuie en 1871, je m'identifiais à André et Julien, les deux orphelins. Eux aussi avaient quitté leur terre natale pour ne pas devenir allemands.

Félix a préparé une volaille rôtie que Jeanne découpe devant moi. La fourchette perce délicatement la peau craquante d'où jaillit le jus doré. Je me délecte de cette parenthèse qui ressemble à une journée d'août. Sur la terrasse ombragée, on n'entend plus que le vol des insectes et le lointain ronronnement d'un avion. J'aime l'alourdissement de cette fin d'été. La Marne semble elle aussi gagnée par la torpeur. Plus aucun mouvement à la surface de l'eau. Dans le jardin que Jeanne a aménagé se dressent des totems d'inspiration surréaliste et des sculptures mobiles faites de verre trempé ou brisé, ainsi que de matériaux récupérés. Elle dit qu'elle aime bien que les gens rigolent devant ses objets : « Ils sont probablement mal à l'aise et veulent se protéger. Un bon début. »

Elle aussi a représenté la Marne. Celle-ci trône au milieu de son living : une fontaine Wallace qu'elle a détournée. Une des quatre cariatides a été transformée en un éphèbe à l'expression sournoise. Je lui ai souvent demandé ce que cela signifiait : « L'artiste n'a pas à donner les clés. D'ailleurs, il ne les a pas. On ne peut pas tout avoir : la faculté d'inventer jointe à celle d'interpréter. »

Elle affirme qu'elle n'aime pas trop vivre dans l'île. « Chaque hiver, je redoute les débordements de la rivière. Et l'humidité n'est pas idéale pour ma vieille carcasse. Mais il est trop tard pour déménager. » Sa phrase favorite est : « La Marne sera mon tombeau. » Je crois qu'elle a besoin de cette présence liquide qui l'entoure et l'emprisonne. Ses créations sont portées par une fluidité, un caractère changeant et insaisissable, un sens de la rêverie nés peut-être de la proximité de l'eau.

Alors que nous prenons le café, elle me voit prendre des notes sur la table et s'arrête net.

— T'as un beau calepin. Oublie-le.

Je referme le carnet. Elle montre la Marne :

— Raoul Dufy a habité en face de l'île des Loups. Il l'a peinte : une scène de canotiers. Je pense que c'est un de ses plus beaux tableaux. Je n'aime pas tout Dufy, il sombre parfois dans la facilité, mais quelle joie, quel naturel ! J'ai beaucoup pensé à lui lorsque j'ai voulu représenter la Marne. Il l'a représentée avec la Seine et l'Oise, les trois Grâces. Elles sont debout et se tiennent par les épaules. J'ai personnifié la Marne comme un être androgyne, le mariage du masculin et du féminin. L'entre-deux. Mais, tu vois, à force de vivre au milieu de la rivière, je n'arrive plus tellement à prendre ces symboles au sérieux. Tout ce pathos qui sacralise les fleuves et les rivières… Au fond, tout cela n'est que de la flotte. Ton Ponge a diablement raison.

6

L'ancien batelier me reconduit sur la rive d'un air tragique. S'il y a quelqu'un qui ne mérite pas son nom, c'est bien lui. Félix, nautonier des Enfers ! Alors qu'il s'apprête à me déposer sur la berge, il chuchote : « Monsieur, si vous voulez, je peux vous amener à Gournay avec mon bateau. » Je suis interloqué par la proposition, formulée de cet air brutal et maussade que je trouve peu rassurant. Qu'est-ce qui lui prend ? « Ne le dites pas à Madame. Vous verrez, quand on est sur l'eau, la rivière n'est plus la même. »

Après tout, pourquoi pas ? Je suis resté trop longtemps chez Jeanne, à goûter son vin et à la cuisine de Félix. Le visage du passeur se transforme. Il salue mon consentement en mettant le moteur à pleins gaz. La proue du bateau se soulève. La présence de l'eau et la vitesse rafraîchissent le visage. Nous longeons rapidement l'île des Loups, l'île voisine du Moulin. La Marne esquisse alors une grande boucle déroulant depuis l'embarcation toute une humanité dont je mesurais mal la diversité, lorsque je marchais. Les joggeurs dominent de loin, avec leur masque dur et fiévreux. Ils ont l'air mal en point. Leur face est congestionnée. Vient ensuite la procession des femmes avec chiens dévidant une laisse interminable. Puis les cyclistes aux aguets, toujours hantés par le risque d'une collision avec les piétons. À les voir ainsi évoluer avec circonspection, la promenade au bord de l'eau ne semble pas une partie de plaisir.

Le pont de Bry-sur-Marne. J'aimerais bien que Félix, exalté par la vitesse, s'y arrête. Je pointe le doigt avec insistance en direction de l'ouvrage, avec son garde-fou en Plexiglas. Félix consent à réduire l'allure en m'interrogeant du regard.

Enserré dans une ville qui tient déjà plus du village, le pont offre un décor typiquement français, une présentation qu'on a vue dans les films tels que *La Ligne de démarcation* où une bourgade est coupée en deux. Lieu de passage entre deux mondes, c'est un bon matériau romanesque qu'un de mes amis, Frédéric Fajardie, aujourd'hui disparu, a remarquablement exploité dans un roman, *Un pont sur la Loire*.

Ces constructions ont joué un rôle non négligeable dans les journées de mai et juin 1940. Tout s'est alors effondré, l'armée française était en débandade. Heureusement, les ponts ont sauvé l'honneur. Ultimes points de résistance, ils ont attesté que le courage n'avait pas tout à fait déserté notre camp. Fajardie a bien traduit l'héroïsme d'une poignée de volontaires et d'une compagnie de Sénégalais défendant l'un de ces derniers passages encore intacts sur la Loire, tandis qu'une colonne blindée de la Wehrmacht s'apprête à l'investir. Les Allemands doivent à tout prix préserver ce passage sur le fleuve, censé leur permettre de prendre à revers les débris de l'armée française.

Félix grogne qu'« il faut y aller ». Il y a en lui une figure de carême et un goût de la blague qu'a probablement entretenu Jeanne. Une âme inquiète et énergique dans un corps replet, avec un beau visage aux traits inexplicablement fins, presque distingués. Parfois, Félix doit haïr sa maîtresse. Je suis sûr qu'il la vole. Il médit d'elle avec subtilité, sans jamais insister, mais sort de ses gonds si l'on s'avise de formuler la moindre critique. L'ex-taulard a les manière doucereuses et dominatrices d'un flic.

Il me fait penser à Vautrin, le forçat de *La Comédie humaine*, un côté déchu et envahissant. Un ancien malfaiteur qui aurait fait retraite et renoncé à se mesurer à la société. En secret, Félix cultive sa méchanceté, persuadé qu'elle l'aide à survivre.

Il tient absolument à m'inviter dans le bistrot situé près du pont de Bry. Je rechigne, craignant d'arriver à la nuit tombante à Gournay. « Pourquoi vous exciter sur Gournay ? Chelles est aussi bien. » À la fin de la journée, ma priorité est de trouver un hôtel. Il affirme les connaître tous et propose même de m'accompagner, lorsque nous débarquons. D'un coffre il retire un gros maillet en bois pour enfoncer le pieu qui sert à amarrer. L'instrument qu'il brandit lui donne un air effrayant.

Nous nous asseyons à la terrasse. Il est déçu que je prenne un café ; lui-même commande un calvados qu'il avale d'un trait. Il me confie qu'il a séjourné à Ville-Évrard, l'hôpital psychiatrique de Neuilly-sur-Marne qui donne sur le canal et la rivière. « Mais vous savez, je ne suis pas fou. Enfin, pas plus qu'un autre. J'avais juste besoin de souffler. Ville-Évrard, c'est idéal. Surtout le parc de l'hôpital, une vieille futaie de chênes. J'aimais bien les écureuils. Il y a au fond du parc une passerelle qui enjambe le canal et conduit à la Marne. C'était très surveillé. Les fous sont très attirés par l'eau. Vous ne trouvez pas ? Normalement, ils devraient en avoir peur. Les jets d'eau froide qui coupent le souffle, alors que vous êtes ligoté, j'ai connu cela. C'est de la torture. Que veulent-ils nous faire avouer ? »

J'ignorais que Félix était passé à Ville-Évrard où furent soignés Camille Claudel et Antonin Artaud. Il a dû se planquer chez les fous, mais pour quelle raison ? Il caresse délicatement le manche du maillet. Charon, le nautonier infernal, est parfois représenté un marteau à la main. Il s'en sert pour achever le mourant et l'emmener sur le fleuve des morts.

Il est 19 heures quand nous arrivons en vue du pont de Gournay. Les rares hôtels sont complets. Félix tient absolument à porter mon sac à dos et prend à cœur le choix de mon gîte. Il hèle sans vergogne les passants. Nous errons au moins pendant une heure et finissons par dénicher une maison d'hôte sur l'autre rive. C'est un pavillon de meulière avec une belle verrière japonisante dans l'escalier. La maison sent le bois neuf et l'huile de lin. Le propriétaire me prie d'ôter mes godillots avant d'entrer dans la chambre. La pièce est aménagée de façon contemporaine, avec un parquet très clair en bois de hêtre et des lampes au tungstène. De tout mon voyage ce sera la chambre la plus raffinée et la plus confortable.

L'hôtelier nous conseille de dîner à *L'Assiette du Gournaysien*, près du pont sur la Marne. « C'est là que Jean Dutourd a écrit *Au Bon Beurre*. » Le livre raconte l'histoire d'un couple de crémiers se livrant au marché noir sous l'Occupation. Félix a montré tant d'empressement que je me sens obligé de l'inviter dans ce restaurant adossé à une crémerie au temps de Dutourd. Quand il était à court d'inspiration, l'écrivain se précipitait dans le magasin, à la recherche d'un détail pour relancer son récit.

La soirée est douce. Sur un fond de musique

cubaine, nous dînons en terrasse à l'ombre des marronniers. La Marne coule en contrebas... C'est une façon de parler, car l'eau est immobile. Formée de chenaux et de nappes stagnantes, la rivière donne même l'impression d'être à sec, parcourue par des langues de terre et des traînées sableuses qui la font ressembler à la Loire en plein été.

Le patron du restaurant vient faire la causette, il affirme que Gournay était une position stratégique réputée pour son gué. Le premier pont aura été bâti sous la Restauration. Pour retarder l'avance prussienne, il fut détruit en septembre 1870, reconstruit, puis à nouveau démoli en juin 1940 pour empêcher l'entrée des Allemands dans Paris. Toujours la même ambiguïté, avec ce cours d'eau, à la fois ligne de protection et point de passage impossible à défendre.

Le pont que je peux contempler à mon aise depuis la terrasse fleure bon les années 50. Un panneau ancien indique « La Marne », tout simplement : une de ces plaques émaillées qu'on peut voir encore au fin fond du Massif central, avec le pied en béton armé de forme trapézoïdale. « La Marne », une vérité d'évidence. Le truisme surprend par son honnêteté naturelle, son absence de prétention qui appartient à un monde disparu. Mallarmé aimait à dire qu'il ne faut pas expliquer les choses en les nommant. Cependant, cette pancarte énonçant ce qui coule en contrebas fait exister la Marne pleinement, comme un mot sans usure. Innommée, la rivière ne posséderait pas cette réalité physique qui la fait exister poétiquement. J'essaie de faire partager à Félix mes réflexions. À mon grand étonnement, il acquiesce : « Et si, à la place de "La Marne", la pancarte indiquait simplement

"Rivière" ? Les gens ne savent même plus qu'un pont enjambe une rivière. » Il faut toujours qu'il en rajoute.

Je vois enfin le bout de la banlieue. Elle n'a pas tout à fait disparu, mais, depuis Neuilly-sur-Marne, la nature, sans reprendre tout à fait ses droits, se manifeste de plus en plus hardiment. Elle ne se laisse plus faire, face à une pression urbaine moins insistante. Le site de Ville-Évrard marque une limite, en tout cas le début d'une séparation. Gournay indique plus nettement une frontière. Ce n'est pas encore la campagne – il n'y a pas de champs cultivés –, mais cela sent déjà la province.

Gournay était réputée, dans l'entre-deux-guerres, pour ses guinguettes. Sa « plage naturelle » sur la Marne était recherchée par les Parisiens qui embarquaient au pont de Charenton pour se rendre au « Deauville parisien[1] ». Nous ne sommes pourtant qu'à dix-huit kilomètres à vol d'oiseau de Notre-Dame-de-Paris. Gournay a fait à sa manière le choix de l'incertitude. Entre la ville et la banlieue champêtre.

Félix a pratiquement sifflé à lui seul la bouteille de bordeaux. J'en commande une seconde qu'il attaque avec allant, sans paraître ivre le moins du monde. Dans quel état va-t-il regagner l'île des Loups ? Nous descendons vers la rive où il a amarré son bateau. « Bonne nuit, monsieur. » Il me fait signe de loin avec son gros maillet. Le diesel crachote, l'échappement répand un bruit comateux, incohérent ; j'ai l'impression que c'est le moteur qui est en état d'ébriété. Puis l'embarcation disparaît dans le noir derrière la masse du château d'eau.

---

1. Maryse Rivière, *Le Roman de Gournay*, Liv'Éditions, 2008.

Après Gournay, l'usage de la Marne devient compliqué. Paysage de gravières et de cimenteries. Beaucoup de blancs sur la carte IGN. Le pont de la Francilienne, sous lequel je passe, est un monstre rugissant qui s'élève au-dessus d'un paysage de voies ferrées, de quais de déchargement, d'amoncellements de sable, de terrains vagues. La Marne se demande certainement ce qu'elle fabrique dans un endroit pareil. Elle gêne plus qu'à son tour dans cet entrelacs où la mégapole parisienne, assiégée mais pas encore vaincue, livre un combat d'arrière-garde. Derrière ce paysage dévasté, on devine tout un espace mixte, intermédiaire, que l'on nomme périurbain, cette « campagne des villes » avec ses maisons individuelles pavillonnaires, sorte de *tiers-espace* ni vraiment urbain, ni tout à fait rural. La Marne apparaît ici comme un corps étranger. Le trait droit de la voie ferrée qui serre de près la rivière fait l'effet d'une incision rendant inaccessible la rive droite.

J'aurais aimé jeter un coup d'œil au château de Pomponne, édifice du XVIIᵉ siècle dessiné par Mansart, où a longtemps vécu Lemaistre de Sacy, chassé de Port-Royal. Emprisonné trois ans, à la Bastille, pour ses opinions jansénistes, il avait mis à profit cette réclusion pour traduire la Bible, première transposition en français que lurent avec passion Hugo, Stendhal, et que Rimbaud annota abondamment. C'est une transcription envoûtante par sa limpidité qui s'éloigne de la stricte conformité au texte originel. On l'appelait « la belle Infidèle ».

Phénomène historique souvent trompeur, le jansénisme est loin d'être mort. Il reste une doctrine de la résistance, mettant en avant la promotion de l'individu. Mais c'est aussi une conception pessimiste de l'homme si corrompu, si enfermé en lui-même par l'amour-propre qu'il ne peut être sauvé que par la grâce divine.

On ne sait pas quelle influence avait sur Lemaistre de Sacy cette rivière auprès de laquelle il a passé ses quinze dernières années, et qui n'est plus aujourd'hui qu'une émulsion d'un vert de zinc. Il n'y fait aucune allusion dans sa correspondance. Il n'aurait pas apprécié ma remontée : « Voyager, c'est voir le diable habillé de toutes sortes de façons, mais c'est toujours le diable. »

J'apprends que le château, occupé par une compagnie de CRS, ne se visite pas.

9

À Lagny-sur-Marne, je peux enfin passer sur la rive droite. Les franges urbaines disparaissent peu à peu au profit de zones boisées et de clairières agricoles. Du côté de Dampmart, le maillage d'infrastructures routières et ferroviaires se relâche, les berges de la Marne sont plus ébouriffées. La campagne ou plutôt la nature reprend ses droits. Apparaît le moment où l'on peut attester que la ville a cessé d'être.

J'ai guetté depuis longtemps cet instant, mais il ne répond pas tout à fait à mon attente. Il n'y a pas vraiment de ligne de démarcation. C'est pourtant à Dampmart qu'une transition assez radicale s'ébauche avec mon premier champ de colza. Dans cette métamorphose, la Marne joue un rôle essentiel. La moindre poussée de la ville se heurte désormais à la boucle de la rivière, devenue cul-de-sac. À la ville il est signifié que la course-poursuite est terminée. Non seulement elle ne peut aller plus loin, mais elle doit reculer.

Longer un champ, ne plus croiser des joggeurs et des cyclistes. La Marne est décarcérée de sa chape urbaine. Enfin seuls. La rumeur de la ville, cette respiration à la fois sourde et sibilante, a laissé place à un bruissement régulier, rompu cependant par une sorte de froissement métallique tout proche.

Derrière un bosquet, à une cinquantaine de mètres de la rivière, j'aperçois un homme en train de démonter des tuyaux apparemment destinés à l'arrosage. Il m'a vu et n'a semble-t-il pas envie de faire le moindre effort pour ce flâneur qui jouit effrontément de la promenade alors que lui-même trime. Il m'examine avec attention. « Vous allez où ? » Je lui expose le but de mon voyage, les sources de la Marne. Je ne remonte pas le Nil, long de 6 000 kilomètres, mais la formule « sources de la Marne » produit son effet. Elle fait apparaître le commencement, l'origine, le filet d'eau primordial. Il dit qu'autrefois la Marne était un handicap, inondant ses cultures.

— Maintenant, c'est différent, je m'en sers pour irriguer. Et elle nous protège. Regardez, ici c'est la frontière. Dampmart marque la coupure entre l'agglomération parisienne et la campagne. Nous sommes aux avant-postes. Lagny a beaucoup d'habitants, mais peu de surface, alors que Dampmart, c'est le contraire. Pour les gens de la ville, la campagne est avant tout une zone à urbaniser.

Je lui fais remarquer qu'il est le premier paysan que je rencontre depuis Paris.

— J'ai déjà été exproprié une fois, j'ai cinquante-six ans. Mon père possédait une ferme à Bry-sur-Marne. Nous avons dû partir. Les terres font partie aujourd'hui de l'A4 et de la SFP. À la place des bâtiments de l'exploitation se trouve le centre urbain Arcade. J'y suis retourné pour voir l'exploitation familiale, je n'aurais pas dû.

Il propose de me montrer son domaine, tout près d'ici. Le site que nous laissons derrière nous est magnifique. C'est un espace apaisé, les tensions de la ville se sont évanouies. Le paysage apparaît comme un bon exemple d'une médiation entre le rural et l'urbain. Le creux de la boucle aurait pu permettre tout aussi bien la naissance d'un village, puis d'une ville.

Sur ma carte, quelques lieux-dits : la Fontaine au Berger, la Mare aux Écrouelles. La France est riche de ces sources miraculeuses qui avaient pour vertu de guérir cette maladie tuberculeuse grâce à la présence de la scrofulaire, plante aimant les lieux humides, dont la feuille rappelle l'ortie.

Ses champs servent de dépôts sauvages. De petites entreprises y déversent leurs gravats clandestinement. Des particuliers se livrent à des travaux, le week-end, et déchargent en douce leurs débris.

— Quand on vit à proximité de dix millions de Parisiens, il faut s'estimer heureux.

La ferme, une bâtisse entourée de sapins, a été édifiée à l'emplacement d'une cabane où l'on ravitaillait les mariniers. Il me présente sa fille, qui s'est lancée dans la culture maraîchère. C'est une belle brune à l'épaisse chevelure noire. Elle est plantée au milieu d'un rang de tomates, l'oreille collée à son portable, la parole brève. Tout en parlant, elle pince les inflorescences à l'aisselle des branches. Elle vend directement aux particuliers sa production de potirons, d'artichauts et de fraises. La proximité de la ville a aussi du bon. « Une amie fidèle », dit-elle de la Marne. Cette façon déférente de parler de la rivière ne sent-elle pas la langue de bois ?

Nous dégustons dans la cuisine une bouteille de riesling. Si je veux mener à bien ce voyage, il va falloir que je me mette rapidement au régime sec. Je m'abandonne néanmoins à ce moment paisible, à l'accueil affable de mon hôte. Il tient à m'accompagner jusqu'au pont de chemin de fer qui me permettra de passer sur l'autre rive et de voir d'étranges sculptures, le long de la berge. Ce pont est interdit, mais je n'ai pas d'autre moyen de franchir la Marne. Pour y accéder, il faut gravir un talus de graviers très escarpé où je dérape à plusieurs reprises. Enfin parvenu au sommet, je fais signe à mon hôte. Il me sourit avec une distinction délicatement affligée.

10

Une femme nue implore le ciel. À partir de décombres, un artiste, Jacques Servières, a composé un « jardin de sculptures » au bord du fleuve. Les blocs qu'il a travaillés proviennent de l'ancien aqueduc de la Dhuys tout proche qui alimentait Paris. Bombardé par l'aviation allemande en 1940, l'ouvrage resta longtemps un champ de ruines jusqu'au jour où un sculpteur, las d'entendre ses voisins se plaindre du bruit de son burin, s'installa au milieu de ces vestiges. Peu à peu, les blocs de pierre épars se transformèrent en bustes, têtes, personnages.

Une cinquantaine de statues géantes dressées le long de la rivière. Il n'y a personne. Le site ressemble à un chantier de fouilles archéologiques d'où l'on aurait remonté couche par couche des idoles inviolées : oiseaux de pierre, atlantes, animaux monstrueux. Le sursaut d'une civilisation disparue. Un style indéfinissable, imitant à la fois l'art précolombien et la technique d'Angkor. Divinités dont on ne sait si elles sont bienfaisantes ou démoniaques. Un panneau précise que l'artiste a pour ambition de « remonter vers la source de la rivière, sculpture après sculpture ».

Remonter la rivière, c'est aussi le but que je me suis fixé, mais lui a choisi la difficulté en prétendant semer ses œuvres une à une jusqu'à Balesmes. Il lui faudra plusieurs vies, ou des épigones, pour venir à bout d'une telle tâche. J'aurais aimé rencontrer cet homme doué d'un sens avéré de la dérision. Il a imaginé une « offrande à Mickey » haute d'au moins cinq mètres. Sa façon à lui de proposer un lieu de rêverie et d'imaginaire moins fabriqué que Disneyland qui se trouve sur la même commune.

Il se met à pleuvoir au débouché du tunnel de Chalifert. La configuration du lieu est remarquable par son enchevêtrement : une vallée où cohabitent la Marne, la ligne SNCF Paris-Strasbourg, les canaux de l'Ourcq et de Chalifert et les câbles EDF à haute tension. Un viaduc survole l'ensemble. Presque aussi vertigineux que le pont de Millau, il souffre d'un seul défaut : on ne le voit pas. Il plane au-dessus de la vallée, haut, très haut. À la vitesse de l'éclair, les TGV de la jonction Est le traversent toutes les dix à quinze minutes.

Cette fulguration de la modernité au milieu de la campagne devrait perturber le paysage. Étrangement, il s'en dégage une grâce indéfinissable qu'on peut retrouver en France, même quand la nature est saccagée. L'impression que, malgré la désorganisation apparente, chaque élément, chaque construction, chaque axe est à sa place, ajusté à une position, obéissant à un ordre profond. Une façon désinvolte de s'approprier un espace en désordre. L'enchantement réside probablement ici dans l'épure parfaite du viaduc qui enjambe ces lignes. Ce pays d'ingénieurs a quelquefois du bon. L'aisance tout aérienne du trait, c'est le détail permettant à l'ensemble de tirer son épingle du jeu.

Je m'abrite sous une pile de l'ouvrage que la pluie battante assombrit jusqu'à en devenir noire. Deux solutions : longer une nouvelle boucle de la Marne ou la couper tout simplement pour gagner Jablines, puis Trilbardou. J'hésite. Suivre scrupuleusement le tracé du méandre, c'est la consigne. Je dois la respecter. L'enfreindre, c'est aussi prendre le risque de rater une rencontre ou un paysage. Sur ma carte, le lobe du méandre est occupé par une immense tache bleue. Elle représente la base de plein air de Jablines, installée sur d'anciennes sablières, domaine de la planche à voile et du téléski nautique. Très peu pour moi.

11

Après la chaleur des semaines précédentes, la pluie d'orage délivre les odeurs emprisonnées par l'été. Les gouttes explosent à la surface de l'eau. Une bruine légère s'élève dans la vallée. L'air sent à la fois le gazon mouillé, l'herbe coupée, l'argile humide, les feuilles rouies. Parfum de fin d'été plutôt que de début d'automne. L'acidité, le dessèchement, la chaleur végétale sont encore sensibles. La Marne dégage des relents marécageux. Même les piliers du viaduc exhalent une odeur que la pluie a révélée, une note minérale et chaude qui évoque l'asphalte trempé en été.

Je sors de mon abri. La pluie claque bruyamment sur mon anorak en fibranne. Une petite départementale orientée nord s'offre à moi. Quelques voitures passent en trombe, écrasant les flaques d'eau, et m'aspergent copieusement. Un automobiliste klaxonne, estimant que je ne me range pas assez sur le bas-côté. Je me prends déjà à regretter les berges de la rivière. Jablines, enfin, avec ses trois îles sur la Marne : le Gord, Heuriet et l'île aux Vaches, cette dernière étant comblée et pratiquement rattachée à la rive.

Il est 19 heures. À présent, il crachine. Je pensais atteindre Trilbardou ce soir. J'entre dans un café et me fais servir un thé au bar où sont accoudés quelques habitués qui regardent et commentent un jeu télévisé dont les participants doivent appuyer sur un bouton. La conversation des clients s'arrête net. Ils sont assis sur de hauts tabourets, arborant des Adidas ou des Reebok. Le vrai changement dans la tenue, ces vingt dernières années, réside dans la façon de se chausser. Les retraités, les ados, les cadres décrispés, les prolos, les prêtres, les bobos, tous portent des baskets. Il n'y a guère que les paysans pour échapper à cette habitude collective.

Ils m'examinent avec une expression dénuée d'aménité. Mon sac dégouline, mes vêtements sont maculés de boue, j'ai la barbe rêche. Ils me prennent probablement pour un SDF voyageant avec tout son fourniment – la France est le pays le moins accueillant d'Europe aux vagabonds et aux sans-abri. Que de fois, pendant ce périple, n'ai-je pas dû essuyer, de la part de clients attablés, ce regard d'emblée hostile à l'inconnu, comme si le nouveau venu entrait dans un périmètre à lui interdit. La défense du territoire est un principe sacré. Passés ces préliminaires désagréables, les choses peuvent évoluer aussi vite dans l'autre sens. Il suffit de se comporter comme si de rien n'était, de poser innocemment une question pour que les préventions tombent d'un coup. La cause de ce retournement est peut-être le fait d'articuler un son. Émettre un mot confère une humanité. La minute d'avant, l'intrus n'est qu'une forme appartenant à une espèce non identifiable, vaguement anthropoïde ; en tout cas, il ne fait partie ni du clan ni de la communauté. Ce n'est pas exclusivement français, mais, en France, cette suspicion se veut démonstrative, surtout quand on sent que la protection du groupe assure l'impunité. S'y mêle peut-être aussi un goût de la séduction si fortement ancré dans notre comportement, la volonté de plaire coûte que coûte à autrui, une fois réussi l'examen de contrôle.

Tout se déroule comme prévu. Je m'adresse à la serveuse, une petite blonde décolorée qui camoufle son visage de madone sous un maquillage outrancier, et lui demande si elle connaît un hôtel dans le coin. Elle a l'air paniquée. Je répète ma question : « Oui, n'importe quoi. Un endroit où dormir. »

L'échange se déroule dans un silence écrasant. On n'entend plus que le râlement léger de la machine à café et les chuintements qu'émet la télévision réglée au plus bas. La patronne entre en action :

— Bien sûr, monsieur. Ça manque pas, ici, les hôtels. Ça dépend de ce que vous cherchez.

C'est comme si elle avait donné un signal. Elle vient tout simplement de libérer la parole. D'un coup, la bande-son monte à son plus haut niveau. Les habitués s'époumonent. Chacun, dans le brouhaha, veut donner son opinion sur la question. Tous connaissent qui une chambre, qui un studio, qui une maison d'hôte. Le leader du groupe tient absolument à payer ma consommation après m'avoir interrogé sur mon voyage.

Je finis par échouer dans la chambre d'un petit hôtel à deux pas du café. Elle sent le plastique fané. Cette pluie m'a harassé. Après la douche, je m'assoupis sur le dessus-de-lit en cretonne, puis m'endors pour me réveiller vers 23 heures. J'ai la fringale. Tout est fermé. Sur la place déserte, trois réverbères diffusent une buée orangée.

12

« Un jour, je ferai comme vous. » Pendant ce périple, j'ai souvent pensé à la promesse faite à Jacques Lacarrière. À l'occasion de la sortie de son livre, *Chemin faisant*[1], racontant une pérégrination des Vosges aux Corbières, je l'avais rencontré chez lui, à Sacy, en Bourgogne, pour *Le Matin de Paris*. Il m'avait incité à « inventer d'autres chemins ». J'ai attendu plus de trente ans. J'ai suivi son conseil et emprunté un sentier différent. Je retrouve parfois la France oubliée dont il parlait, « cette mémoire des routes » qu'il a si bien retracée. Il était parti de Saverne, sac au dos, s'employant à résoudre l'éternel problème du marcheur : l'autonomie. N'emporter que des choses indispensables, mais lesquelles ? Ce qui lui paraissait au début nécessaire devint vite superflu. Cependant, la réussite d'un voyage tient aussi à des détails en apparence inutiles. J'ai emporté des cigares. Je pourrais m'en passer. Cette commodité pourtant m'est indispensable. J'ai besoin du luxe d'un havane dégusté après le dîner. Un cigare rachète souvent la médiocrité d'un repas, il le couronne en

---

1. *Chemin faisant. Mille kilomètres à pied à travers la France*, Fayard, 1977.

beauté quand on a fait bombance, ce qui ne m'est pas arrivé jusqu'à présent.

Ce matin, j'ai décidé de me débarrasser des jumelles. Je les renvoie chez moi par la poste. Certes, elles sont lourdes et occupent une place démesurée dans mon sac mais surtout je n'ai nul besoin d'une vision binoculaire de la Marne. Je veux la considérer à distance normale, sans effet grossissant. Je suis sûr, à présent, qu'elles ne me serviront à rien.

En ce moment, par exemple, elles amplifieraient la confusion de cet espace mixte, cette hybridation du paysage, intermédiaire entre le rural et le périurbain résidentiel. La rivière a du mal à s'arracher à cet état incertain. Elle piétine, elle est à la peine. Passé Dampmart, je croyais pourtant que, désentravée de la domination urbaine, elle allait s'épanouir et filer à travers les champs de la Brie.

À Charmentray, proche de Trilbardou, j'ai la sensation qu'il se passe quelque chose. Depuis mon départ de Charenton, je n'ai cessé de me demander pourquoi Jules Blain, le mystérieux voyageur des champs de bataille, avait choisi de commencer sa remontée de la Marne à Trilbardou. Il n'a pas eu le choix. C'est à Charmentray que le canal de l'Ourcq rallie la Marne, et à Trilbardou qu'ils se rejoignent vraiment. Or le canal de l'Ourcq est la seule voie permettant au marcheur désireux de gagner les régions de l'Est de sortir sans encombre de Paris.

Ce fait semble établir que Blain a effectué le début de son voyage à pied. Il ne fournit aucun détail sur la façon dont il s'est déplacé. Grâce à ce canal, on pouvait déjà, à l'époque, éviter les embarras de la banlieue. Certes, le trajet rectiligne est monotone, mais il est si pratique que j'ai moi-même songé à l'emprunter.

Je pose mon sac à terre pour en sortir un petit livre protégé par un étui, intitulé *Voyage égoïste et pittoresque le long de la Marne*, par Jules Blain. J'ai trouvé cet ouvrage dans un vide-grenier du département de l'Aube en 2005. Sur le moment, cette acquisition n'avait pas excité ma curiosité. Elle faisait partie d'un lot de bouquins parus dans l'entre-deux-guerres, témoignages d'officiers, guides Michelin des champs de bataille, etc. Plus tard, je me suis aperçu de la singularité de ce récit paru sans mention d'éditeur ni même de l'imprimeur. À l'évidence, un témoignage publié à compte d'auteur.

Qui était ce Jules Blain ? Des recherches sur Internet, aux archives militaires de Vincennes, n'ont rien donné. Aucune mention de cet homme qui, d'après plusieurs allusions dans le livre, combattit pendant toute la guerre dans le département de la Marne. Blessé dans des circonstances qu'il ne précise pas, il fut soigné à Saint-Dizier avant de repartir sur le front. Il est certain que cette pérégrination a joué un rôle non négligeable dans mon propre voyage. Région floue pour ceux qui ne l'habitent pas, l'Est m'a toujours attiré, mais je n'aurais peut-être pas entrepris pareille remontée sans la lecture de ce récit souvent déconcertant.

Dans ce coin de la Seine-et-Marne perpétuellement tiraillée entre la ville et la campagne, quelque chose d'énervé, de tendu ne cesse de perturber l'espace. Cet inapaisement provient du ballet des avions qui vont atterrir à Roissy ou qui en décollent, turbulence faible mais incessante comme un bourdonnement de frelons.

Pendant la bataille de la Marne, Gallieni avait installé son poste de commandement à Trilbardou. Nommé gouverneur militaire de Paris pour assurer la défense de la capitale, il déclare : « J'ai reçu le mandat de défendre Paris contre l'envahisseur ; ce mandat, je le remplirai jusqu'au bout ! » Blain, qui souvent préfère Gallieni à Joffre, est enthousiasmé par la simplicité de cette déclaration et lui trouve un « caractère romain ». Longtemps Trilbardou s'est enorgueilli d'une statue de Gallieni scrutant l'horizon, mais après une tentative de vol, la ville de Paris s'est résolue à démonter le bronze et l'a remisé[1].

Pour la première fois, je m'éloigne de la rivière pour contempler son cours, sur plusieurs kilomètres, depuis une grosse ferme briarde : un liseré gris argenté qui tranche sur le fauve des champs de céréales et les constructions pavillonnaires. Comme le mercure, l'eau, bombée sur les bords, ne semble pas adhérer aux rives. C'est peut-être un effet de la lumière. La Marne miroite, comme tous les cours d'eau, mais diffuse constamment un éclat particulier, froid et pâle, même quand le soleil scintille. Cette clarté blafarde répand une atmosphère étrange.

Adossé au mur d'une grange, je n'ai pas entendu les bruits de pas. Une voix ni amène ni agressive : « Vous êtes ici dans une propriété privée ! » C'est un homme aux yeux pétillants, d'une cinquantaine d'années. Je réponds que je me suis gardé de pénétrer

----

1. Il se trouve depuis 2011 au musée de la Grande-Guerre, à Meaux.

dans la cour, restant à l'extérieur de la ferme. « À l'extérieur, c'est toujours une propriété privée. » Alors que je me lève pour quitter les lieux, il se radoucit, étendant la main :

— Vous comprenez, il y a tant de rôdeurs. On m'a volé un tracteur, l'an dernier.

— Qui vous dit que je ne suis pas un de ces rôdeurs ?

— Les claque-dents, les manouches, les gitans, croyez-moi, je sais les reconnaître.

La rivière est un sujet qu'il esquive : « J'ai peur de l'eau. Depuis toujours. Quand j'étais enfant, j'ai retrouvé un cadavre, là, en bas. » Il veut me montrer l'emplacement. Nous descendons vers la Marne. Il s'arrête, le visage défait au souvenir de cette découverte : « C'était une femme. L'eau avait complètement dissous le visage, excepté les yeux qui me fixaient. » Il s'arrête. Le champ s'abaisse en pente douce vers la rivière vif-argent. Sèche et dure comme du béton, la terre porte la trace crantée de pneus. Chaque fois qu'il contemple ses cultures, la rivière est là qui lui gâche son plaisir, rappelant la tête de Méduse mangée par l'eau, son regard glaçant. Je crois que, s'il en avait le pouvoir, il détournerait le cours de la rivière pour ne plus se souvenir. « Et les pêcheurs ! Regardez cette cabane sur pilotis, elle a été construite en douce. Elle va valser, c'est sûr. Les pêcheurs aujourd'hui ne respectent plus rien. »

« Respecter », c'est un mot que j'entendrai souvent au cours de ce voyage, comme une valeur définitivement perdue, nostalgie hargneuse d'une considération appartenant à un âge d'or qui, en vérité, n'a jamais existé. Lorsque je le salue pour prendre congé, il me regarde avec des yeux éblouis : « Remonter la Marne jusqu'à sa source. Eh bien, chapeau ! »

Il est 3 heures de l'après-midi. Des cumulus de beau temps flottent sur la vallée ; leurs bords nacrés se découpent dans le ciel très pur. La France est au travail et je me promène, confiant, humant l'air tiède de cette fin d'été. De la Marne émane une odeur de tourbe. Un vent léger fait écumer les bords et creuse des vaguelettes à la surface parsemée de feuilles de peupliers de forme ovale. Elles se sont agrégées en liasses unies par le même mouvement. Je suis hypnotisé par ce va-et-vient sur l'eau. De loin on peut prendre ces entassements flottants pour des étoffes, des hardes. Je ne cesse de penser à cette femme noyée ondulant sur le courant.

13

Une capture peut rater. Piteusement, la Marne s'empare du Grand Morin, cours d'eau autrefois valeureux, où Joffre a joué gros. À Condé-Sainte-Libiaire, elle finit par attirer à elle la petite rivière harassée, mais à quel prix ! Dans ce darwinisme fluvial, le plus fort a besoin d'absorber le plus faible pour affronter les cours d'eau à venir. Quatre épis ont été érigés, avant la confluence, pour tenter d'infléchir le courant dans la bonne direction, mais l'envasement rend l'écoulement difficile. L'eau stagne. Spectacle pénible que de voir cette rivière devenue impotente, incapable de remuer. Dans un effort désespéré, elle parvient à s'unir à la Marne. Rien à voir avec le phénomène d'aspiration que provoque le choc brutal de deux rivières.

Condé-Sainte-Libiaire : j'ai souvent entendu prononcer ce nom par mon grand-père, Georges Kauffmann, soldat au 150e régiment d'infanterie. Il a stationné ici avant d'être engagé, comme tant d'autres, dans la contre-offensive de la Marne. Lorsqu'il est décédé, j'ai hérité d'un ouvrage relatant l'histoire de son régiment pendant la Première Guerre. La brochure indique que son unité a bivouaqué près du cours d'eau. Comme tous ceux qu'il a connus, le nom du village est souligné. Enfant, j'étais envoûté

par ses récits sur le conflit. Sans être un conteur-né
– il avait tendance à se perdre dans les péripéties –, il
avait un sens du « divin détail » cher à Nabokov. De
sa vie d'obscur fantassin il ne subsiste plus qu'une
chronologie du régiment que relate cet écrit, et mes
souvenirs d'enfant. Cette guerre qui n'était pas si
éloignée, au fond, me paraissait aussi distante, dans
le temps, que les campagnes napoléoniennes. Mon
goût pour l'histoire vient probablement de ce grand-
père : je connaissais personnellement un témoin de ce
passé. Un autre temps m'était raconté. Il n'était plus
seulement composé de récits de batailles, mais aussi
d'émotions et de drames ayant bien peu de chose en
commun avec la légende officielle.

Une onde sonore portée par le vent me parvient
par bribes. Je reconnais un air d'accordéon salué par
des rires et des applaudissements.

Sur les bords de la Marne, à quelques mètres du
confluent, une noce jette ses derniers feux dans les
jardins ombragés d'une vraie guinguette. Apparemment, la journée a été rude, à en juger par les visages
fatigués et béats de la plupart des convives. Quelques
couples dansent encore aux sons d'une valse musette
diffusée sur le terre-plein par haut-parleur. Certains
invités, encore attablés, les acclament. D'autres devisent
avec animation près d'un boulingrin où quatre
hommes en bras de chemise jouent à la pétanque.
L'atmosphère sent l'épilogue.

Les réjouissances ne sont pas tout à fait terminées,
les adieux s'éternisent. Le claquement des portières
est de plus en plus rapproché. Depuis Charenton, je
constate enfin une bonne intelligence entre la Marne
et les humains. Et pourtant, ces derniers semblent

peu intéressés par la rivière qui coule en contrebas. Ils ne la regardent pas. Seuls quelques enfants envoient depuis la berge de la mie de pain aux cygnes indifférents. L'établissement ne revendique même pas le nom de guinguette, c'est tout simplement un restaurant au bord de l'eau qui propose toute l'année des fritures en terrasse, des coupes de glace à déguster dans la journée, caboulot empressé à organiser « mariages, anniversaires, soirées ».

C'est merveille de constater qu'un tel établissement puisse encore exister. Je ne jurerais pas que la qualité de la cuisine soit à la hauteur du cadre. Il est visible qu'on ne vient pas ici prioritairement pour la saveur des plats, mais pour la douceur de l'air et la succulente simplicité du décor. On comprend que les invités de la noce répugnent à quitter ce paradis qui ne paie pas de mine.

J'essaie de me faire tout petit pour traverser la fête finissante. En ce début de soirée, le soleil couchant irradie une lumière cuivrée qui épaissit les feuillages et compose des raies d'un ton ocre sur les tables. Une tombée de fin de jour qui ne sent pas encore l'automne, mais détache les formes avec netteté et bronze les visages.

On me montre distraitement du doigt. Un jeune homme, arborant une chevelure que la gomina a rendue si compacte qu'on le croirait peigné à la truelle, m'interpelle : « Fait chaud ! une p'tite bière pour la route ? » Il a l'œil trouble du paroissien entre deux vins et me tend une canette glacée qu'il ne m'est pas possible de refuser. Un de ses amis, qui tient à la main une bouteille d'eau minérale, s'interpose et chuchote à mon intention : « Il est chargé ! »

J'apprends que le marié est plombier et que la jeune épouse est institutrice. « Belle plante ! » parvient à articuler le gominé. D'un signe de la tête mal assuré, il désigne un petit groupe tout proche. « Les mariés… » L'homme est un échalas au visage maigre et intelligent, il tient par la taille une créature aux gestes gracieux, massive, mais aucunement corpulente. L'exact opposé des actuels canons de beauté prônant la femme mal nourrie et cachectique. Une blonde dont on devine l'ossature puissante sous la robe de mariée en soie grège très ajustée. Un beau brin de fille, en effet, avec tout ce que l'expression renferme d'indestructible, une Junon pour les temps présents, charpentée mais exempte de tout empâtement.

Tous ces gens ont l'air emprunté dans leur costume des grands jours, mais pas plus que des bourges dans la même circonstance. L'assistance est plutôt classe moyenne, du genre artisan-commerçant. Quelques hommes arborent des catogans. Les filles sont maquillées à mort. La génération des hommes, plus âgés, a gardé la cravate, mais tombé la veste ; les femmes ont les joues en feu. Ils sont du coin, à en juger par les véhicules pour la plupart immatriculés en Seine-et-Marne. Rigolarde, la mariée se tourne vers moi : « Vous n'êtes pas de la noce, vous ! » Elle désigne en riant mon sac à dos et relève son épaisse chevelure blonde. Je lui explique en deux mots mon voyage, mais elle s'en moque et se blottit langoureusement contre son mari.

14

J'ai quitté Meaux ce matin à regret. Avant d'accéder au centre, il m'avait fallu affronter la périphérie, traverser Mareuil, infesté de panneaux publicitaires et d'enseignes de grandes surfaces (Leclerc, Lidl, Carrefour). Ronsard, qui en était le curé commanditaire, a vécu à Mareuil, fuyant la peste qui sévissait à Paris. Il en a profité pour composer le poème le plus gracieux et le plus frais jamais consacré à la Marne :

> *Icy, fuyant la ville périlleuse,*
> *Je suis venu près de Marne l'isleuse,*
> *Non guère loin d'où le cours de ses eaux*
> *D'un bras fourchu baigne les pieds de Meaux...*[1]

Une énergie destructrice a envahi cette périphérie, comme tant d'autres en France, travaillée sourdement par un pullulement de pancartes et de fanions publicitaires – toujours les mêmes –, par des hangars maquillés en centres commerciaux. Images de naufrage et d'étalement sans retenue.

Meaux était située sur la grand-route de Paris à l'Allemagne. La ville est traversée par une nationale bruyante qui longe la rivière, aspirant un flot exas-

---

1. Épître à Ambroise de la Porte.

péré de camions et de voitures qui grondent, fument, sifflent sans s'arrêter. Au début, je me suis senti perdu dans cette cité qui semblait si peu soucieuse de sa rivière. Mais Meaux est aussi liée à la Marne que peut l'être Venise à l'Adriatique. Elle a éclos, grandi, embelli à partir de l'eau, résolument amphibie, se payant le luxe de posséder deux centres : la cité épiscopale, sur les hauteurs, et la ville commerçante, autour du marché, toute proche de la rivière.

Le méandre où Meaux s'est créée est pincé, proche de l'étranglement, à deux doigts de se recouper. Bien vu, en tout cas, ce « bras fourchu [qui] baigne les pieds de Meaux », décrit par Ronsard. C'est à l'intérieur de ce bras que la cité a surgi de l'eau pour déborder, repoussant au loin la campagne. Celle-ci est revenue aujourd'hui en plein centre-ville. Des étangs, des prairies, des bois, des roselières respirent avec la rivière qui déborde ou se retire dans un mouvement désormais familier. Depuis quarante ans, toutes les plages sur la Marne ont disparu, excepté celle de Meaux, ressuscitée en 2007. La ville a renoué le lien perdu avec sa rivière.

Avec Bossuet, c'est une autre affaire. Il faut monter à la cité épiscopale où il est enterré. Sur la dalle funéraire, faite de marbre noir, est inscrite la phrase suivante : « *Hic quiescit B. resurrectionem expectatus* » – « Ci-gît Bossuet en attendant la résurrection ». Admirable, la tranquille certitude de cette épitaphe : l'espérance sans faille de ce « corps de gloire » va survenir un jour. Mais quand ?

« Madame se meurt : Madame est morte ! » Dans le maniement de notre langue, je n'en connais pas qui soit au-dessus de l'Aigle de Meaux. Qu'a-t-il de plus que les autres ? « Bossuet dit ce qu'il veut ! » a écrit Valéry. C'est probablement une virtuosité supérieure qui le distingue des autres. Dans ses phrases, c'est la qualité du son qui frappe, une acoustique à jamais perdue. La sonorité augmente la force du mot. Elle a presque autant d'importance que le sens. Posséder aussi intimement et naturellement la langue française, la plier aussi facilement à sa pensée, avec cette inflexion éclatante, est un privilège divin. Fixé sous Louis XIII, le français classique autorisait davantage de liberté et d'écarts, comme il arrive souvent dans les débuts.

Notre langue est portée naturellement à la grandiloquence, à la laque, à la parure, à l'amidon. « Trop de cosmétique », se plaignait Martin du Gard qui répugnait, dans ses livres, à utiliser des produits de beauté. Bossuet fait preuve d'une efficacité sans égale, mais il aimait aussi bousculer les mots. Le *bousculé*, c'est peut-être cela, l'idéal. Une certaine imperfection, en tout cas de négligé – pas de négligence – que Jacques Rivière a parfaitement définie : « Je ne sais quoi de dédaigneux de ses aises, d'à moitié campé, de précaire et de profond, l'incommodité des situations extrêmes. Un esprit toujours en avant et au danger[1]. » Un modèle comme Saint-Simon commet lui aussi nombre d'incorrections et n'hésite pas à malmener la langue. Ce côté risqué, inconfortable, est ce qui convient le mieux au français. Quelque chose d'expéditif, de dégagé dans la tenue. Une forme de desserrement, venu sans peine. Pour moi, le comble de l'élégance. La grâce. Cependant, il ne faut pas que cela se voie.

---

1. *Carnets (1914-1917)*, Fayard, 2001.

Blain, qui a visité le tombeau de Bossuet, l'exécute d'une pichenette : « Ces accablantes oraisons funèbres qu'il fallait apprendre par cœur… Cet apparat, ces réflexions sur l'immortalité et la résurrection me dégoûtent. » Pas moi. Les méditations sur la mort de l'Aigle de Meaux m'enchantent. Elles exhalent pour moi une odeur particulière, nullement funèbre. Vive, au contraire, toujours d'actualité. Les hommes n'ont pas changé. Irrémédiablement enfermés en eux-mêmes par l'amour de leur propre personne. « Nos vrais ennemis sont en nous-mêmes[1] », constate-t-il. Les paroles de Bossuet portent sur l'orgueil, l'avidité, la convoitise. Il n'a pas de mots assez durs pour dénoncer l'égoïsme de l'élite, son insensibilité aux pauvres.

Non loin du tombeau de Bossuet, je me suis assis dans la nef près d'un pilier, débarrassé de mon sac posé sur la chaise voisine. L'église lumineuse sentait la pierre blanche, ce coquillé du calcaire et une odeur poudrée de vieux livre, aucunement moisie, quelque chose de blet ressemblant au parfum de vieilles pommes rangées sur un carrelage. Quel moment délicieux ! Les bruits de l'extérieur me parvenaient étouffés : touches de klaxon, percussions régulières d'une masse sur le bois, staccato d'un marteau-piqueur. Ce léger brouhaha contrastait avec l'intérieur où le moindre pas, le grincement d'une chaise, le battement de la porte capitonnée retentissait, amplifié par la réverbération.

Je suis resté longtemps dans un état de léthargie à observer le va-et-vient des touristes et des fidèles. Sur

---

1. Oraison funèbre de Marie-Thérèse d'Autriche, 1er septembre 1683.

la cathédrale Saint-Étienne qu'il a visitée, Blain écrit notamment : « Il n'y a que les églises qui puissent garder cette qualité de silence, ce qui n'empêche pas les bruits de peupler cette paix pour mieux la souligner. Je contemplais ces couples en pèlerinage qui entraient et sortaient. Pourquoi ce besoin irrépressible de revenir sur l'horreur que nous avons vécue ? » J'imagine qu'il fait, là, allusion à tous les rescapés visitant les champs de bataille avec leur famille. Le voyage qu'il effectue, lui, ne peut être qualifié de pèlerinage. On a l'impression qu'il remonte la Marne pour oublier, même s'il lui arrive de citer certains lieux qu'il a connus pendant les combats. Tout un tourisme de guerre a prospéré après 1918 avec la série des guides illustrés Michelin consacrés aux champs de bataille, mais Jules Blain cherche visiblement autre chose.

L'odeur du marbre dans cette église. Même le marbre a une odeur. Il a beau être impénétrable, il exhale une curieuse sensation de givre, acide, dur, piquant. Il me faut débusquer ces effluves chaque fois que je découvre une ville, un village, un site. L'empreinte. La trace d'un parfum ou d'un monument.

« L'empreinte, le passé, ça suffit, intéresse-toi donc au présent », m'avait exhorté Jeanne. Mais ce passé ne cesse de me demander des comptes. J'ai besoin de cet air, de sentir le fluide impalpable qui nous constitue, de recevoir sur mon visage cette ventilation. Cette diffusion s'effectue dans un rapport actif au présent. Il m'aide à mesurer le chemin parcouru. J'ai alors le sentiment de me trouver au cœur du paradis sur terre. Je ne possède d'autre existence que cette vie, certes arc-boutée au passé, mais cet appui, je le vois surtout comme un moyen d'exercer une poussée, une résistance contre le temps présent.

Cette dépendance me permet de tenir dans un monde dont on nous répète qu'il est riche, ouvert, imprévu. Je suis assez bien parvenu à échapper à son emprise. Le monde actuel a beau être quadrillé, il existe beaucoup de trous, de failles. Ce pays possède la grâce. Il a le chic pour ménager une multitude d'interstices, d'infimes espaces permettant de se soustraire à la maussaderie générale. Ce retrait, cette stratégie d'évitement face à l'affliction des temps sont à la portée de tous. Il suffit de ne pas se conformer au jugement des autres, à la prétendue expertise de ceux qui savent. Depuis mon départ, j'ai rencontré des hommes et des femmes qui pratiquent une sorte de dissidence. Ils ne sont pas pris dans le jeu et vivent en retrait. Ils ont appris à esquiver, à résister, et savent respirer ou humer un autre air, *conjurer* les esprits malfaisants. Ces *conjurateurs* tournent le dos aux maléfices actuels tels que la lassitude, la déploration, le ressentiment, l'imprécation. Sans être exclus, ils refusent de faire partie du flux.

Le jardin Bossuet, à côté de la cathédrale, correspond bien à l'idéal que je poursuis : un jardin miniature ceint de tilleuls, calme, installé aux marges du temps, propice à la lecture. Je n'ai jamais vu autant de personnes lire en plein air dans un si petit espace. Il n'est pas hors service, mais adossé au passé, invulnérable.

15

Les naïades sont nombreuses dans cette partie de la rivière. Depuis Meaux, je ne regarde plus devant moi, mais à côté. J'ai entendu dire qu'elles sont tout en finesse, surtout la petite naïade vaporeuse qui se déploie avec langueur dans l'eau, préférant le voisinage des berges, mais s'effarouchant facilement, ce qui explique sa rareté. Ses feuilles étroites et dentées, courbées gracieusement vers la tige, la font ressembler à un bouquet ou à une chevelure.

Dans cette progression, l'imprévu se voit de loin. Une barque, un promeneur, une chapelle, on a le temps de s'y habituer. La marche annonce longtemps à l'avance le moindre changement. La vie du promeneur fluvial ne connaît pas de hauts ni de bas, elle suit la platitude moelleuse et l'uniformité du cours d'eau, sa pondération un peu ennuyeuse. Ce dispositif assure le pilotage automatique du marcheur. Le long de la berge, pas besoin de réfléchir, il suffit d'accompagner le flux. Pas de carte à consulter, pas d'inscriptions à déchiffrer, casse-tête de la randonnée. Cette déambulation quasi somnambulique est reposante, elle permet de s'absorber spacieusement dans ses pensées sans perdre de vue la rivière.

L'eau exhale un parfum de feuilles mortes, d'infusion à froid, cette empreinte entêtante d'eau verte et terreuse, bouffées mouillées que ramène inlassablement le vent dans mes narines. Cette haleine de liquide bourbeux rappelle la canalisation d'eau suintante, une sensation de rouillé, de renfermé, paradoxalement rafraîchissante. Si c'était un son, ce serait une basse continue. Sentiment de bien-être légèrement litanique, perception de déjà-senti. Dans ce déroulé monotone, l'olfaction est le sens le plus sollicité.

Quand je ralentis le pas, il m'arrive souvent de sentir la menthe aquatique qui mettait le philosophe Gaston Bachelard dans tous ses états : « Elle me fait croire que la vie est un simple arôme, que la vie émane de l'être comme une odeur émane de la substance, que la plante du ruisseau doit émettre l'âme de l'eau. »

La Marne n'était pas étrangère à l'auteur de *L'Eau et les rêves*[1]. Bachelard est natif du Vallage, région du sud-est de la Champagne occupant une partie de la Haute-Marne, territoire que je vais découvrir dans la dernière partie du voyage. Bachelard est mon ange gardien, il m'avertit, me gronde gentiment, même si je ne comprends pas toujours ce qu'il veut me signifier. C'est une pensée en mouvement, ingénieuse, parfois louvoyante. Avec lui, l'eau, c'est du sérieux. On ne badine pas avec l'imagination qu'elle engendre. Quand je vois le vent iriser la surface de la rivière ou le soleil faisant étinceler les courtes vagues, méfiance ! L'esprit de Bachelard veille. Il me met en garde contre ces phénomènes trop faciles et trop pit-

---

1. Gaston Bachelard, *L'Eau et les rêves, essai sur l'imagination de la matière*, Librairie José Corti, 1942.

toresques qui relèvent, selon lui, d'une inspiration subalterne dont abusent les poètes secondaires. J'essaie d'être un marcheur à la hauteur, parant aux embûches de la métaphore facile.

Sur le chemin de halage, la compagnie est rare. Peu d'habitations, elles sont établies loin de la berge à cause des inondations. Après Meaux, la campagne a définitivement pris le dessus. L'entrave urbaine se relâche, le cours paraît plus délié.

Quelle signification donner à la phrase d'Héraclite : « On ne se baigne pas deux fois dans le même fleuve » ? On devrait d'ailleurs traduire « On *n'entre pas* deux fois… », avec l'idée de pénétration. Pour Bachelard, aucun doute, un tel acte est l'image même de la mort. Mais ne peut-on, au contraire, l'interpréter comme une représentation de la vie ? Tout coule, tout change ; l'homme étant un être vivant, en devenir, il n'est plus le même lorsqu'il se baigne une seconde fois. Héraclite aurait inventé la dialectique en regardant couler l'eau du fleuve. À la fois invariable et mobile. C'est ainsi qu'il aurait conçu l'accord de deux vérités opposées. La rivière est à Héraclite ce que la pomme est à Newton.

Bachelard prétend que l'eau qui coule possède une voix qui a appris aux hommes à parler et à chanter. Les mots que nous prononçons sont nantis d'une liquidité, d'un débit. Le français ou l'italien « possède une eau dans les consonnes ». L'allemand et l'anglais, c'est moins sûr.

Je me dirige vers La Ferté-sous-Jouarre en passant sous un pont qui a récemment défrayé la chronique : Trilport. Près des piles, on a découvert deux tubes en PVC coincés dans l'enrochement. Eh bien quoi, on trouve tellement de choses dans l'eau ! On a affirmé que ces tubes auraient servi de perches pour placer un crochet en fer sur les caténaires de la ligne TGV. Ce qu'on a appelé l'« affaire de Tarnac » se serait déroulé dans ce périmètre.

Le temps est doux. On ne sent pas encore l'automne, excepté en fin d'après-midi où la fraîcheur s'abat brusquement. Les bruits deviennent plus nets, plus acérés. Mon sac à dos est lourd, mais c'est une carapace qui m'est devenue presque nécessaire. À Meaux, je l'ai laissé dans un café, le temps de visiter le parc du Pâtis ; j'avais l'impression d'être amputé. Cette pression rassurante sur l'échine est indispensable au cheminement et à la foulée.

16

Germigny-l'Évêque. La campagne de Bossuet, « le paradis terrestre de la Brie », selon ses propres mots. Il ne reste plus grand-chose de sa résidence d'été, si ce n'est le colombier et deux tourelles. Mais la position des terrasses et du jardin dominant la rivière est remarquable, majestueuse, même, une belle allée de tilleuls soulignant son air de grandeur. À cet endroit, la Marne envoyait ses eaux par un canal vers les jardins grâce à une machine sophistiquée, une curiosité au temps de Louis XIV. L'Aigle de Meaux adorait les fleurs et la nature ; à l'époque, c'était plutôt rare. Il connaissait l'art de greffer les arbres, cultivait orangers et melons, et s'entourait de toute une ribambelle d'animaux (chèvres, pigeons, chiens). Ce Bossuet champêtre ne cadre guère avec la figure tonnante du prélat inflexible reprochant au monarque ses frasques du haut de la chaire.

Être invité à Germigny était un privilège. Le dauphin, le prince de Condé, le duc du Maine, Mme de Montespan sont venus rendre visite à l'évêque. Fénelon a même composé des vers sur Germigny, chantant ses « doux zéphyrs ». Je croyais que l'Aigle de Meaux et le Cygne de Cambrai étaient à couteaux tirés, en tout cas c'est ce qu'on nous enseignait. En fait, c'est après l'affaire du quiétisme, où Fénelon a été condamné, qu'ils se brouillèrent.

Le quiétisme, encore une histoire de grâce, la grave affaire du règne qui divisa violemment la France à l'époque de Louis XIV. L'ardeur de ces disputes théologiques nous paraît aujourd'hui disproportionnée. Elles portaient pourtant sur des questions nullement absurdes : l'homme est-il entièrement libre ? peut-il se sauver seul ? Dans son refus de toute tension, le quiétisme est étonnamment moderne. Il a même un côté planant : la contemplation passive, la recherche du pur instant comme seules réalités. On dirait aujourd'hui que le quiétisme est zen.

Chaque époque a la vanité de croire que ses interrogations sont absolument inédites et capitales. Ainsi, nous pensons actuellement que nous avons atteint un point de non-retour. Rien ne sera plus comme avant, nous assistons à des bouleversements comparables, paraît-il, à l'imprimerie, à la révolution copernicienne, alors que tout est conforme, rétréci, joué. Cette fin est consommée depuis longtemps. Il n'y a pas de quoi en faire un drame. Ce n'est ni un dépérissement ni une décadence, encore moins une agonie ou un épuisement. Simplement un accomplissement. Une saison se termine, une autre commence.

Je m'attable à une terrasse ouverte sur la Marne. C'est un établissement apparemment réputé, à en juger par les nombreux panonceaux gastronomiques affichés à l'entrée. « On ne fait pas bar », stridule le maître d'hôtel, à moins que ce ne soit un serveur. Il a le maintien grave, la componction et la lassitude délicate d'un haut fonctionnaire. J'ai la flemme de me lever, de soulever et sangler mon sac, toute une opération qui exige de le remonter d'un coup de reins, de l'ajuster sur les lombaires, de cambrer le dos et serrer les lanières. Je décide donc de rester.

L'homme au visage pâle et rétracté s'emploie à dérouler des nappes pour le déjeuner. Il lisse soigneusement l'étoffe avec le plat de la main et chasse des miettes imaginaires. Il n'a pas son pareil pour aligner les couverts. De manière vétilleuse, il mesure la distance de l'assiette par rapport aux couverts. Sa minutie s'applique particulièrement à l'entredent des fourchettes. Cette partie presque invisible comporte une cavité ou plutôt une légère dépression, appelée fond d'yeux, où adhèrent parfois malencontreusement des impuretés. Implacable, il traque une à une ces minuscules salissures que la machine à laver n'a pu ôter ou a contribué à thermocoller par la rotation. Indifférent à ma présence, il soulève chaque verre et les mire à la lumière, au-dessus de sa tête, pour vérifier leur transparence.

Je le regarde faire, captivé par l'application passionnée qu'il met à composer chaque table : bouquet, assiette, cuillère, fourchette, verres à vin et à eau, carré de la serviette harmonisé au diamètre de l'assiette.

Ce goût du travail bien fait, que peu de clients remarqueront ce midi, me paraît relever d'une probité exemplaire, malgré le détachement buté que l'homme manifeste à mon endroit. Il a quitté sa cravate et ouvert son col de chemise, laquelle laisse deviner un marcel. Pour délasser ses pieds, il a chaussé de vieilles espadrilles rouges, aux semelles de corde qui se détricotent. Il n'a pas pour autant l'air négligé.

Sa raideur n'est pas celle qu'affectent les maîtres d'hôtel qui prennent un air compassé devant les clients mais se comportent comme des polissons en cuisine.

Le moteur lointain d'un remorqueur remontant la rivière interrompt sa tâche. Une cuillère à la main, il prête l'oreille. La silhouette du chaland apparaît, enveloppée d'une brume légère qui se confond avec les nuages roses. Il se tourne vers moi et consent enfin à m'adresser la parole en précisant que la péniche transporte les poubelles de Paris :

— Parfaitement, les ordures de la capitale. Incinérées. Ils les ramènent chez nous, mais c'est toujours des ordures.

Enfoncée lourdement dans l'eau, la péniche défile lentement devant nous dans un murmure sourd et bourbeux, la ligne de flottaison à ras du pont, laissant derrière elle une odeur de fuel et un immense sillon liquide qui attaque les berges.

D'après les explications du maître d'hôtel, les barges apportent depuis la capitale les déchets réduits en cendres afin d'y être enterrés dans d'anciennes carrières. La pollution de la rivière l'inquiète.

— Il paraît qu'ils prennent toutes les précautions. Qu'ils disent... Vous n'avez qu'à aller voir vous-même. C'est un peu plus haut. Peut-être qu'ils vous laisseront visiter les installations. Il y a même une piste d'aviation.

À présent il dispose les couverts d'un air songeur. Soudain, il s'immobilise et vient s'asseoir sans façon à ma table en s'excusant de n'avoir pu me servir : « On manque de personnel. Je devrais dire : de personnel qualifié. Les jeunes ne veulent plus faire ces métiers-là. Des horaires impossibles… Mais ils ne se rendent pas compte que c'est une chance. Nous sommes à part. Tenez, moi qui vous parle, je me sens privilégié. La routine, je ne connais pas. Bon, c'est vrai, on ne gagne pas assez, vu le travail fourni. Mais les différences de salaire, ça a toujours existé, on n'y peut rien. »

Il ne propose toujours pas de me servir une consommation. Je l'amène sur Bossuet. Il assure que, parmi la clientèle du restaurant, figurent des fans de l'évêque de Meaux, ce dont je doute un peu. « Parfaitement. Des Américains, surtout. Je me demande ce qu'ils lui trouvent. J'ai essayé de lire ça, des sermons… Ce type est incompréhensible. » Puisqu'il accepte l'inégalité de revenus, je lui demande s'il connaît le « paradoxe de Bossuet ». C'est un concept inventé par l'historien Pierre Rosanvallon, qui se base sur cette réflexion du prélat : « Dieu se rit des hommes qui se plaignent des conséquences alors qu'ils en chérissent les causes. » Ce qu'il veut dire, c'est que les hommes déplorent les inégalités de fait, alors qu'ils acceptent parfaitement les causes de l'inégalité qui les conditionnent.

Je l'écoute, séduit non par son jugement, mais par sa façon d'aborder les choses. Il ne dit rien de bien original, mais il essaie par lui-même de pénétrer la nature secrète des choses. Il réfléchit en se conformant à son propre jugement. Il ne répète pas ce qu'il a lu dans les journaux ou entendu à la télé. D'ailleurs, il ne les regarde pas, précise-t-il. Il semble invulnérable. Tout lui paraît inattendu. Il vit ailleurs au milieu du monde.

Ce qu'il préfère dans la Marne, me confie-t-il, ce sont les cygnes. « Ils avaient disparu. Depuis quelques années, la rivière en est remplie. » Il est scandalisé de m'entendre dire que je ne les aime pas. « Mais, monsieur, c'est impossible de ne pas les aimer, avec leurs belles plumes blanches. » Il ajoute une phrase qui me déconcerte : « Vous devriez réfléchir aux raisons de votre antipathie. D'ailleurs, ils ne sont pas aussi gracieux qu'on le dit. Quand on s'approche d'eux, ils deviennent agressifs. Vous avez remarqué ? Leur sifflement est très désagréable. Savez-vous qu'à la différence des canards et des oies le mâle est le seul des palmipèdes à aider la femelle à construire son nid ?

— Il paraît que les canards sont des polygames frénétiques.

— Érotomanes, en plus.

— Mais où avez-vous appris tout cela ?

— J'observe, monsieur. C'est ce qui me plaît dans mon métier, regarder et écouter les gens. Ça ne s'arrête pas après le service, je continue à faire attention à tout, aux personnes et aux choses. C'en est même fatigant. »

Il a l'air de tenir énormément à ce décalage que lui confère son métier, une sorte d'exil intérieur. Il est convaincu de vivre en marge.

L'homme aux espadrilles rouges n'arrête pas de bouger sa chaise pour éviter le soleil qui rougit son visage pâle et fait perler des gouttes de sueur parmi sa maigre chevelure. La table autour de laquelle nous sommes assis est nue et rouillée. Il n'y a pas encore posé une de ses belles nappes immaculées. Parfois, il se met à pianoter avec ses ongles sur le plateau métallique, suscitant un léger écho un peu creux. Il prête l'oreille aux brèves vibrations et se prend à rêvasser.

— On est bien, ici. On respire.

Il se met à inhaler l'air, bruyamment. Depuis quelques minutes, j'ai tiré discrètement mon carnet de ma poche et prends des notes tandis qu'il fixe l'eau de la rivière. Son regard revient soudain vers moi :

— Que faites-vous ? Ben, ça alors ! Vous m'enregistrez ? Qui êtes-vous ? Journaliste ?

Il prend la mine peinée de quelqu'un dont on a trahi la confiance, quitte sa chaise et me tourne le dos. L'heure est venue pour moi de lever le camp. Il claque sous mon nez une nappe qu'il vient de déplier et la déploie de manière démonstrative sur ma table.

Jeanne avait raison : la vue d'un bloc-notes change radicalement l'attitude d'un interlocuteur, quel qu'il soit. La méthode de Truman Capote, qui ne prit aucune note lorsqu'il interrogeait les deux protagonistes de *De sang-froid*, est la seule qui vaille. Une fois l'entretien terminé, il fonçait à son hôtel pour écrire ce qu'il avait mentalement enregistré.

17

Adieu, Bossuet ! Je sens derrière moi le regard ina-
mical du serveur. Au bout d'une centaine de mètres,
je me retourne et heurte un arbre qui vient d'être
abattu. Je m'affale de tout mon long. Au loin,
l'homme n'a rien perdu de la scène.

Les bords de la Marne sont déserts. Cependant, je
constate que les pontons de pêcheurs se multiplient.
Établies à bonne distance de la rivière, les constructions se font plus nombreuses. Chacun a installé sa
cale annexant le bord de l'eau : « Interdit d'accos-
ter ». Les nombreuses pancartes affirment un droit
d'autant plus impératif qu'il est discutable. Jusqu'à
Saint-Dizier, la Marne est en effet un cours d'eau
domanial. L'État est propriétaire, et de la berge, et
du lit. Le droit d'usage de l'eau lui appartient. Selon
la loi, partout où existe un chemin de halage, les rive-
rains doivent laisser un espace libre de 7,80 mètres de
largeur. Sinon, ils sont soumis à ce qu'on appelle
« la servitude de marchepied ou de contre-halage ».
La loi sur l'eau de 2006 autorise les piétons à circuler
le long des berges et précise qu'ils ne doivent pas se
heurter à des « obstacles infranchissables ».

Depuis qu'elle a quitté la ville, je n'ai aperçu
aucune barque sur la rivière. Le risque d'envahisse-
ment est donc purement théorique. Je traverse à pré-

sent le domaine du défendu, la France des « Chien méchant », des « Site sous surveillance électronique » et autres « Défense d'entrer ». Ces mises en garde semblent avoir à tout le moins instauré sur la rivière une quiétude et un silence de grandes vacances. Sensation d'une France qui fait la sieste. Je ne vois personne. Les maisons, pourtant, sont habitées. Impression d'un sommeil qui n'en finit pas. Souvent, pendant ce voyage, j'éprouverai cette excitation d'un territoire inoccupé, sous-peuplé, comme s'il m'était donné rien que pour moi.

Cet espace qui sépare villes et villages, on l'appelle campagne. Une inanimation troublante s'en est emparée. Une étendue non pas vide ou sans vie, mais qui a perdu connaissance, une perte de conscience momentanée, comme un évanouissement qui me fait penser au *fading*, cette disparition passagère du son. De fait, je pénètre souvent dans des zones où règne un silence qui ressemble à une pause. Où sont passés les humains ? La paix n'est perturbée que par quelques fréquences sonores : le gémissement lointain d'une tronçonneuse, une très faible note de klaxon, le cri pleuré d'un paon.

Peu avant Mary-sur-Marne, près d'un hallier, je me suis reposé quelques instants contre le tronc d'un chêne. Un vent léger se glissait entre les branches qui se soulevaient doucement. On aurait dit qu'elles se haussaient avec délicatesse pour me laisser souffler et me ménager une halte consolatrice. Le chemin qui longeait la rivière était à moitié effacé par l'herbe. Mon sac appuyé sur l'arbre me servait de dossier. Et, soudain, cette plénitude... Elle m'a envahi déli- cieusement. Plaisir d'être seul, dans une solitude recueillie, non pas replié mais rassemblé en moi-même au plus profond, dans un mouvement de confiance et d'intimité avec ce qui m'entourait : les nuages, l'air tiède, les saules blancs, les églantiers bordant la rivière. Et cette lumière insaisissable. Tout cela m'était offert. Je ne voulais pas en perdre une miette. Je savourais le spectacle de cette paix comme un don gratuit, un état de complétude total. Révélation d'avoir trouvé la cadence, ou plutôt la patience avec moi-même. Jamais je n'avais regardé avec autant d'avidité la rivière : l'eau et ses froissements de soie ; l'ombre des racines déployées sur les bords comme des chevelures. J'avais craint que la lassitude s'insinue par l'accumulation, la redite. La surface de la Marne était agitée de vaguelettes. Bachelard veillait, m'exhortant à ne pas succomber à ces phénomènes qui banalisent l'imagination matérielle de l'eau. Avais-je enfin acquis cette confiance itinérante qui me manquait ?

Je me suis alors aperçu que je me trouvais tout près de la confluence de la Marne avec l'Ourcq. À ne pas confondre avec le canal qui, lui, continue son chemin jusqu'à Paris. Bien différent est le destin du cours d'eau. Je me suis levé pour regarder sa capture. C'est presque clandestinement qu'il disparaît à hauteur de l'île de la Cornaille, indécis, se perdant dans le sable et les graviers. J'ai pensé : pauvre rivière ! On sent qu'elle s'était battue pour se frayer un chemin afin de s'unir, elle aussi, avec la Marne, laquelle se contente d'attendre, non sans arrogance, qu'on lui saute dessus. Ce n'était pas beau à voir. L'Ourcq corsetée, amputée, peu à son avantage, voulant à tout prix entrer en ménage avec la Marne, quémandant un minimum d'égards auprès d'elle. Et l'autre, indifférente, sûre de son bon droit. La petite rivière n'était pas de force à exiger quoi que ce soit. Ce n'est pas un mariage qui avait eu lieu, mais un avalement, un forcement, une dévoration.

J'en ai voulu à la Marne, ce boa qui a paresseusement étouffé sa proie avant de s'en emparer et de l'engloutir.

18

Parois droites et blanches ressemblant aux falaises crayeuses de Normandie. Tumulus de sable. Pyramides de cailloux. Des camions sillonnent des chemins couverts de cendre. Sur le site de cette sablière dont avait parlé le maître d'hôtel, sont enterrées les ordures des Parisiens. Stade ultime d'une civilisation qui n'est pas parvenue à éliminer totalement ses déchets. Il a fallu les enterrer. Bien entendu, avec toutes les précautions voulues pour que la Marne et la nappe phréatique n'en soient pas altérées. Mais le poison est bien là, enfoui dans les entrailles de la terre. Ne finira-t-il pas, un jour, par crever la gaine de bentonite qui l'emprisonne ?

Depuis le début du voyage, je fais mon possible pour ne dépendre que du moment présent. J'ai confié mon sort au hasard, c'est la règle. Jusqu'à présent, la chance m'a souri. Ce soir, je m'en veux d'avoir été trop confiant. Je ne sais pas où je vais dormir.

Il est 20 heures. Le couchant approche. La Marne a pris une couleur noire laquée, légèrement bleutée, qui ressemble à de l'encre de Chine. Pas d'hôtel en vue. La seule personne que j'aie rencontrée est un électricien remballant son matériel et pressé de rentrer chez lui. En claquant sa portière, il a marmonné :

« Faut aller à La Ferté. » La Ferté-sous-Jouarre ! Je calcule que, dans le noir, je pourrai au mieux y parvenir dans deux heures. À 10 heures du soir, tout sera fermé. Non loin de la rivière, des maisons émettent cette phosphorescence bleu pétrole propre à la télé. À cette heure, les humains ont donné un tour de clé à leurs maisons, ils n'ouvriront plus. Bien sûr, il me reste l'ultime solution : appeler un taxi pour qu'il me conduise à La Ferté. Pour l'instant, je répugne à ce choix, contraire à ma règle.

Le jour a chuté brusquement, les formes sont de plus en plus indistinctes. J'ai beau suivre le chemin de halage et serrer au plus près le cours de la rivière, je n'en mène pas large. Malgré le faisceau de ma lampe de poche, je ne cesse de trébucher sur des racines et manque même un moment de tomber dans cette eau noire vernissée, peu engageante.

Au loin, je distingue une lueur plus intense que les autres. Elle semble se multiplier, croître avant de s'éteindre dans la nuit. Des reflets papillonnants et liquides. Un bruit continu et torrentiel m'intrigue. Il n'y a pas de cataractes, sur la Marne. À mesure que j'approche, la lumière se fait de moins en moins tremblante. Ce sont bien des chutes d'eau : devant moi, un barrage aménagé pour réguler le cours de la Marne, bordé par une écluse permettant le passage des bateaux. Une tourelle, sans doute le poste de commande, est éclairée. Un homme d'une quarantaine d'années, vêtu d'une veste de cuir cloutée, est en train de fermer la cabine. Il m'a aperçu et me regarde avec amusement.

— Je cherche un hôtel, n'importe quoi. Connaissez-vous dans le coin un endroit où dormir ?

— Il n'y a rien ici. Il faut aller à La Ferté.

— Non, c'est trop loin. Il est tard et, vous voyez, je suis à pied.

Il se gratte la tête, m'observe d'un regard aigu, légèrement railleur. Il porte un bracelet en cuir au poignet droit, qu'il ne cesse de masser.

— D'où vous venez ?

Je lui explique en quelques mots le but de mon périple. En y mettant un soupçon de dérision. D'un côté, je m'en veux d'utiliser l'arme démagogique de l'autopersiflage ; de l'autre, j'abhorre les jérémiades, humiliantes et, de plus, contre-productives. Dès cet instant, je sais qu'il va m'aider.

— Vous voyez le jardin, à côté de la maison éclairée ?

— Où il y a la caravane ?

— C'est ça, la caravane. C'est tout ce que j'ai, ça vous dépannera. Voulez-vous y jeter un coup d'œil ?

— Inutile, c'est parfait. Merci.

Dans la roulotte, un lit et une table pliante. Elle garde une vague empreinte de chauffage au pétrole, ainsi qu'une odeur aigre-douce, à la fois piquante et compotée. Dans un coin, des noix et des pommes posées sur le linoléum.

— Désolé. Il n'y a pas de draps. Mais les couvertures sont *clean*. Bonne nuit. J'oubliais : demain matin, dès 7 heures, vous serez certainement réveillé par le bruit de l'écluse.

Je suis flapi et n'ai qu'une envie, dormir. Les couvertures sentent l'humidité et la lessive parfumée à la lavande. J'ai beau avoir l'estomac vide, je suis sûr que le sommeil trompera ma fringale. Au beau milieu de la nuit, je suis réveillé par une faim de loup. Plus de barres vitaminées dans mon sac. J'essaie en vain de me rendormir, tourmenté par l'odeur des pommes. Et si j'en croquais une ? Vu la quantité, impossible que mon hôte s'aperçoive qu'un fruit a disparu. Je n'y tiens plus et me lève pour choisir le plus gros.

Jamais pomme ne m'a paru plus délectable. Je la déguste lentement, savourant la pulpe ferme et sucrée à laquelle je trouve le goût exotique de la mangue. Je fais disparaître le trognon dans mon sac et essaie de me rendormir. Comme un remords, l'image de Jean Valjean subtilisant les candélabres de l'évêque de Digne me poursuit. Le prélat est le seul être humain à lui avoir accordé l'hospitalité, et parlé comme à un égal.

Vers 7 heures, je suis réveillé par des bruits de moteur et de crémaillère. J'ouvre la porte de la caravane : une péniche vient de franchir l'écluse en amont. Mon hôte me fait signe et m'invite à prendre un café dans sa maison. Il est vêtu d'une veste en jean et chaussé de bottines noires au bout très pointu. Ses cheveux longs forment une crête de coq au sommet du crâne. Son intérieur est confortable, avec vidéo dernier cri, larges fauteuils et canapé profond. Des CD d'électro rock (Daft Punk, The Klaxons), ainsi que l'intégrale d'Édith Piaf sont empilés sur une table basse.

Je lui avoue que j'ai mangé une de ses pommes.

— C'est de la reinette de Champagne, une variété assez rare. Tant qu'à faire, vous auriez dû goûter aussi les noix.

Il ne prend pas la chose à la rigolade. Il réagit même froidement à mon larcin. Mais c'est peut-être sa façon de se comporter, détachée, sans émotion. Il précise qu'il est éclusier-barragiste. Il aime son boulot, sans doute mal rémunéré, qui lui permet d'assouvir sa passion du rock et de bénéficier d'un logement gratuit. Nous parlons de la Marne :

— C'est une bavarde. Elle raconte tout ce qui lui est arrivé en amont. Des tas d'objets flottant sur l'eau arrivent ici : des troncs d'arbres, des bidons, des bonbonnes de gaz, parfois des cadavres. Quand viennent les beaux jours, ce sont les ballons. À chaque orage, elle change de couleur. Elle charrie des feuilles, des milliers de brindilles, des branches. L'orage, ça fait du vilain. Les pesticides... Les poissons morts qui flottent ventre à l'air, c'est pas beau à voir. L'eau claire, ça ne signifie rien. Elle peut être limpide et polluée.

J'essaie de l'interroger sur sa vie.

— Ma vie, c'est la mienne. Personnel ! En quoi peut-elle vous intéresser ? Changer de job ? Non. Je n'ai pas envie de m'en sortir, car, figurez-vous, je suis « sorti » depuis longtemps. Je me suis dégagé de tout ce qui pue, si vous voyez ce que je veux dire.

— Non, je ne vois pas bien. Qu'est-ce qui pue ?

Il me jette un regard réfrigérant et me fixe de son œil noir :

— Je vous ai accueilli, OK, mais cela ne vous donne pas le droit d'être indiscret.

L'aveu de mon chapardage, j'en suis sûr, l'a profondément choqué. Il l'a pris comme une forme de familiarité ou de cynisme. Il aurait préféré que je garde cette histoire pour moi. Je comprends à présent son irritation. J'étais convié en tant qu'hôte, j'ai outrepassé mes droits. En me dénonçant, j'ai manqué de jugement et de retenue. « Malheur à qui fait outrage à l'esprit de la grâce », prévient l'apôtre Paul. J'ai commis à son encontre une grave indiscrétion. Tout se paie ? Non, justement, la grâce est exempte de tout esprit de calcul, l'éclusier n'attendait rien en retour. Dans de telles situations, mieux vaut éviter de se confondre en excuses. Elles soulignent un peu plus la bévue.

Je le quitte en le remerciant avec une certaine effusion. Il abrège d'un énergique « Bonne route » et d'un sourire.

19

Limpidité matinale. Les gouttes de rosée étincellent au creux des feuilles. Netteté des sons, un de ces prologues que l'on croit inédits. La terre, l'espace mettent en appétit. Le marcheur s'imagine assister à l'avènement du monde, il sait pourtant que la transparence et la saveur des choses vont s'altérer au fil des heures.

En cette fin d'été, le déclin s'est déjà insinué sur le sol chlorotique. D'innombrables feuilles mortes agrégées macèrent dans l'eau. Je ne pense plus à la dernière nuit. Cette histoire ne m'a pas mortifié longtemps. Juste le moment où l'éclusier m'a suivi des yeux avant que je disparaisse à un détour de la rivière.

Remonter un cours d'eau abolit tout. Paysages, humains, sensations, ce qui est derrière soi se volatilise presque aussitôt au profit de ce qui va advenir. Je suis le pèlerin de la Marne tendu vers le sanctuaire qu'il lui faut atteindre, les sources de Balesmes. Dans combien de temps y parviendrai-je ? Je marche à raison d'une quinzaine de kilomètres par jour, peut-être moins, je ne dispose d'aucun moyen pour compter – les cartes IGN, pourtant très précises, n'indiquent pas les distances pour les fleuves ou leurs affluents. Une allure paisible. Ni grimpée, ni descente. Une surface continûment plane s'offre à moi, rompue de temps à autre par les sinuosités de la rivière et le passage des ponts. Ceux-ci, je les vois de loin. Chacun possède un son, une vibration bien à lui. Sans parler de la voûte ou du parapet, jamais identiques. Ainsi le pont de l'autoroute A4 sous lequel je suis passé tout à l'heure résonnait puissamment, dans un battement composé de sourdes détonations, de sifflements, de bangs. Je me figurais être sous une piste d'envol. Délire accentué par une profusion de graffitis, d'inscriptions de fins dernières (« *No future* », « Grand Voyage », « Cendres cadencées ») et un portrait du Che en Christ de l'Apocalypse. Pas mal, ces « cendres cadencées ». Dissolution méthodique des corps ? La crémation comme un ballet ? Pendant plusieurs secondes, je me suis senti plongé dans la fureur et l'incohérence du monde. Quelques mètres plus tard, tout s'est évanoui.

Souvent, le chemin de halage ou le marchepied (j'ai du mal à les distinguer) s'arrête brusquement sur une rive. Il me faut alors passer de l'autre côté à condition qu'un pont se trouve dans les parages. La Ferté-sous-Jouarre dispose de deux ponts, mais ce n'est qu'à Luzancy que j'ai pu franchir la rivière.

Une joggeuse, Nelly Cremel, empruntait quotidiennement ce trajet. Elle courait sur sept kilomètres. En juin 2005, deux individus l'ont enlevée. L'un était en liberté conditionnelle après avoir été condamné à la perpétuité pour assassinat. Ils ne trouvèrent sur elle qu'une montre et vingt euros. Elle avait vu leurs visages. Ils décidèrent de s'en débarrasser. Elle tenta de les raisonner. Suppliante, s'efforçant de retenir ses larmes. Se doutant que trop d'émotivité accentuerait leur méfiance. L'un, insensible, avait depuis long-temps décidé la mort ; l'autre, peureux, plus friable, hésitait. C'est à lui qu'incomba l'exécution.

Effet du soir à Luzancy, *Soleil levant au bord de la Marne* : Corot a aimé cette rivière, s'attachant à rendre sa lumière voilée, humide, la délicatesse d'un ciel toujours changeant. Pour moi, cet endroit est funèbre. *La Bergère de Luzancy* représente une jeune fille étendue au bord de la Marne. Corot l'a peinte adossée à un arbre, elle a l'air vivante, mais elle pourrait tout aussi bien être morte. Peindre une vie par la mort...

Une barque à cet instant passe doucement devant moi. Je ne l'ai pas entendue fendre l'eau. Elle se dirige vers une petite île hérissée d'églantiers et d'arbres noirs. Je fais signe à l'homme qui la gouverne. Il ne répond pas à mon salut. Cette eau sombre sur laquelle file l'embarcation, je la vois comme l'image en profondeur de la mort, de l'effroi et du malheur. L'homme qui regarde droit devant lui est vêtu d'un vêtement gris qui lui enveloppe le corps et les bras, une sorte de houppelande pourvue d'une capuche qui dissimule la raideur de son visage. Le bateau file sans moteur ni rames. Avec sa cape, on ne peut que penser au nocher des Ombres recevant les âmes des trépassés pour leur faire traverser l'Aché-ron. Le passeur infernal dirige l'embarcation, mais ne rame pas. Ce sont les morts qui la propulsent. Comme le dit Bachelard, « la barque de Charon va toujours aux Enfers. Elle restera attachée à l'indes-tructible malheur des hommes. Il n'y a pas de nauto-nier du bonheur ». Descente sans rémission dans le

Tartare. Bachelard n'indique pas que la remontée autorise à inverser le cours des choses, à retourner la situation.

Jamais, depuis mon départ, la beauté de la Marne ne m'est apparue avec autant d'éclat. Une beauté tragique, un air d'abandon : troncs morts, eau noire, silence oppressant. Les arbres aux ramures profuses plongent dans le courant. Négligée, mal entretenue. Violente. Il y a, dans ce déploiement souverain, une surabondance, une énergie destructrice, mortifère. La force du fleuve charrie dans ses fonds chocs et blessures, un monde nocturne d'anéantissement. La vie semble l'avoir déserté.

Quatre cents soldats français furent tués à Luzancy le 13 juin 1940. Tenir la Marne, tels étaient les ordres tandis que les Allemands déferlaient sur le pays dans toutes les directions. Très combative, la troupe fit sauter le pont et résista vaillamment à l'ennemi cloué sur place. Puis, de manière incompréhensible, il fut enjoint à nos unités d'abandonner la position.

Entre Luzancy et Méry, la Marne décrit une boucle parfaite, presque fermée – dans un temps plus ou moins proche, elle se terminera par un recoupement. Sentiment intimidant de contempler depuis la rive l'emportement inexorable vers les sombres demeures.

20

« Le mal de survivre, c'est à Méry que je l'ai
éprouvé le plus intensément. "Toute je t'ai goûtée, ô
douceur du monde ! À présent je suis las du vent."
Je suis le rescapé, l'homme qui eut dû périr et qui,
vivant, est devenu un déserteur. J'ai abandonné mes
camarades, je n'ai point partagé leur sort. Mais
comment, pour moi, réveiller le corps des morts ?
À Méry, au retour des combats sur l'Ourcq, les
mouches attirées par l'odeur du sang, les cadavres
qu'on recouvre de chaux, de terre ou de sable… Je
racle mon uniforme couvert de boue avec un morceau d'ardoise », écrit Jules Blain dans son étrange
pèlerinage.

La citation du début (« je suis las du vent »), je
crois l'avoir identifiée : c'est un vers de Hölderlin. Si
je comprends bien, Blain s'arrête à Méry, qu'il avait
connu lors de la première bataille de la Marne. Il se
sent profondément culpabilisé d'être encore en vie,
alors que ses compagnons sont morts. Quel intérêt
à effectuer un voyage de retour sur les lieux où il a
souffert ? Pour ne pas oublier ? Il parle de « réveiller
le corps des morts ». J'ai parfois l'impression qu'il a
besoin d'être tourmenté par les fantômes. Il ajoute :
« La Marne rassemble le vivant et le mort, le passé et
l'avenir. » Prendre la rivière à contre-courant a été

pour lui une façon de remonter le temps. L'illusion, peut-être, de revenir au début, *avant* le cataclysme. Son récit laisse entendre qu'il est impossible de surmonter les épreuves. On n'en guérit jamais. Mais on peut se soigner. Parlant de sa souffrance, il écrit : « On habite ensemble, mais chacun doit rester à sa place. » Une fois qu'on a compris cette histoire de cohabitation, la vie ne devient certainement pas plus facile mais plus intelligible.

Nanteuil. Le portail de la Champagne. Tout commence à Nanteuil, pour le vin effervescent, l'une des trois communes de Seine-et-Marne avec Saacy et Citry à pouvoir revendiquer l'appellation. Du champagne en Seine-et-Marne ! Je me souviens qu'il y a vingt ans la surface des vignes à Nanteuil était de treize hectares. Aujourd'hui, elle est de trente. La cour de l'école et le cimetière sont classés, on pourrait tout à fait y planter du pinot meunier, le cépage-roi de cette région.

À présent, je me trouve en territoire connu. Depuis plus de trente ans, je ne cesse de sillonner la Champagne viticole. Pour la première fois, je la parcours à pied. Tous ces villages situés le long de la vallée de la Marne me sont familiers. Quand on vient en voiture de Paris pour se rendre à Épernay ou à Aÿ, prendre la route du vignoble qui sinue à travers les coteaux est le meilleur avant-propos pour comprendre et aimer ce vin qui a noué un lien intime et singulier avec la rivière. Sans la Marne, pas de champagne. Celui-ci a failli s'appeler « vin d'Aÿ ».

Cependant, la vigne, qui a horreur d'avoir les pieds dans l'eau, veille à ne jamais s'approcher des berges bordées d'arbres. Entre Saacy et Crouttes, l'allure de la rivière est grandiose. C'est un Rhin certes en moins imposant, mais qui pousse puissamment. Sa force fraie un chemin à travers le massif qui n'est plus forestier, mais viticole.

Dans ma remontée, à part quelques promeneurs résidant dans les environs, pour la plupart des retraités, je croise peu de voyageurs. La Marne campagnarde, qui commence du côté de Trilbardou, n'attire ni les explorateurs, ni les randonneurs. Jusqu'à présent, je n'ai jamais vu un vrai marcheur portant comme moi un sac à dos. Pour le randonneur qui a besoin d'être confronté à un relief inégal et difficile, la Marne n'est pas un bon terrain d'exercice.

Du côté de Charly-sur-Marne, j'aperçois, au loin, une forme qui vient dans ma direction, harnachée, semble-t-il, comme moi. La silhouette se rapproche. C'est un Asiatique d'une vingtaine d'années, adepte de la marche nordique. Je lui demande d'où il vient : « De Vitry-le-François. J'étudie la dynamique fluviale, les méandres. » Il récite la phrase qu'il a dû apprendre par cœur. Ensuite, j'ai du mal à comprendre ce qu'il dit, nous passons à l'anglais, mais c'est pire. Il tient dans ses mains une paire de bâtons identiques à ceux du randonneur de ski de fond. La pointe en est munie d'un embout. Il tire un carnet de son sac et me montre des croquis qu'il a réalisés. Les dessins représentent la Marne avec des flèches qui, j'imagine, désignent les mouvements de l'eau, les courants. Il répète plusieurs fois : « tourbillons ». Il déploie d'autres esquisses du cours d'eau où sont mentionnés les gués – le mot est écrit en français. Il me fait comprendre qu'il vient d'en retrouver tout près d'ici, au hameau de Drachy.

Quel dommage ! Je suis sûr que son savoir me serait très précieux pour la connaissance de cette rivière, mais nous ne pouvons décidément communiquer. Je savais déjà qu'en l'absence de ponts il existait une multitude de gués. Les ponts furent souvent édifiés à proximité d'anciens passages.

Il transporte un ordinateur et un curieux appareil, sorte de petite lance qui se termine par une buse ressemblant vaguement à un chalumeau. Est-ce pour mesurer le courant ou le sens des tourbillons ? Son sac à dos est plus volumineux que le mien, mais beaucoup mieux distribué, avec compartiments à soufflets, fermetures à glissière, pochettes et sous-pochettes. L'ensemble en même temps est très sobre – l'homme doit être japonais.

Comme s'il se grattait le dos, il passe sa main en arrière et, sans tâtonner, extirpe de son sac une nouvelle carte – à croire qu'il ne transporte que des plans et des relevés. Elle reproduit le cours de la Marne entre Vitry-le-François et Meaux. Il souligne du doigt un lieu, Vésigneul, situé en amont de Châlons : « Intrezant, intrezant », répète-t-il.

Pourquoi Vésigneul est-il intéressant ? Je l'ignore. En tout cas, l'endroit semble l'avoir impressionné, à en juger par la ferveur de son regard. Il me fait comprendre qu'il a dormi la nuit dernière à Dormans. Quelle vélocité ! Le jour précédent, il se trouvait à Tours-sur-Marne, ce qui fait une moyenne d'au moins trente kilomètres par jour. Il est vrai qu'avec les bâtons le marcheur nordique possède quatre appuis. Cette technique permet d'accomplir des miracles. Il parvient à m'expliquer qu'il a atteint des pointes de 8 km/h – à vue de nez, je dois faire une moyenne de 4 km/h.

En août 1914, l'armée allemande est arrivée à marches forcées sur la Marne au rythme de quarante kilomètres par jour. Pendant la bataille, le 9 septembre, plusieurs unités réussirent même à parcourir la distance de cent kilomètres[1]. Si la contre-offensive de Joffre a réussi, c'est aussi parce que les soldats de von Kluck étaient à bout de forces.

Alors que je m'apprête à partir, il me fait signe d'attendre, pose son sac et en exhume une bouteille de champagne. Il veut qu'on trinque. Je touche le flacon, il est frais. Et les verres ? D'un compartiment il tire deux flûtes à pied télescopique. Le champagne est assez plat, et pourtant je le déguste avec un réel plaisir.

Nous nous tenons tous deux debout sur la berge en ce milieu d'après-midi. C'est un jour d'été encore ardent, tempéré par le léger souffle de fraîcheur que ventile la rivière. Je suis confondu par la conduite de ce jeune homme qui a consenti à alourdir son sac d'une bouteille pour la goûter avec un inconnu rencontré en chemin. Si je ne l'avais pas moi-même abordé, avec qui aurait-il trinqué ? Entrer en contact avec des particuliers, souvent méfiants, ne doit pas être facile, pour un étranger. Je suppose que le tact lui interdit de me poser à son tour des questions. Il tient à remplir mon verre pour la troisième fois. « Le dernier pour la route », fais-je en levant ma flûte. Il sourit poliment. Nous nous saluons. La rencontre a

1. Jean-Baptiste Duroselle, *La Grande Guerre des Français, 1914-1918*, Perrin, 1994.

duré moins d'une demi-heure. C'est fini. À moins d'un miracle, je ne le reverrai plus. Et je ne saurai pas s'il est chinois ou japonais. Ou coréen. Plus jamais.

Un détail m'a frappé : c'est lorsque, après la défaite de Waterloo, Napoléon quitte le château de La Malmaison. C'est une belle fin d'après-midi de juin. Une calèche l'attend, la cavalerie prussienne approche, il faut partir. Le souverain déchu fait attendre ses compagnons, car il veut contempler une dernière fois la chambre où Joséphine est morte. À cet instant, il sait qu'il ne reverra plus ce château, attaché au temps où il était Premier consul. L'époque où il fut le plus heureux. Dans les jardins, il jouait aux barres avec Murat. Il n'était alors qu'au début de l'aventure. À présent, il est seul. Fini. Tout est consommé. Le proscrit est plongé dans la pénombre, il part pour l'exil. C'est un adieu définitif.

Passée inaperçue, cette scène est l'un des moments les plus poignants de cette chute qui verra son dénouement à Longwood. *Plus jamais.* Pour moi, il n'y a aucune nostalgie dans ces mots. Plutôt une tentative désespérée d'immobiliser le flux du temps. Ce moment est inscrit. Il n'aura plus jamais lieu. Mais il ne doit pas disparaître.

L'écoulement... L'étudiant en dynamique fluviale descend la Marne, moi je la remonte. Aller dans le sens inverse du courant est un choix qui d'emblée s'est imposé à moi ; je n'ai pas songé un seul instant à partir de la source. Le fleuve qui s'écoule est tellement associé à la direction du temps – à l'instar de la flèche qui indique un sens irréversible – que je me demande si cette idée d'aller à contre-courant ne traduit pas le désir inconscient de revenir en arrière, au début. Une anabase, un retour, une expédition vers l'intérieur, remontée aventureuse vers la patrie perdue que vécurent les Dix Mille au temps de Xénophon. Tout, dans ce voyage, invite à la réversibilité. La rivière descend inexorablement vers sa disparition, j'avance vers son commencement. Hölderlin note que « la rivière n'oublie jamais la source car, en s'écoulant, elle est la source elle-même ». Quand on regarde attentivement le fil de l'eau, on s'aperçoit que, sur les bords, des tourbillons, des remous, des contre-courants refusent obstinément de suivre le mouvement et remontent le fleuve.

21

À Nogent-l'Artaud, sur la rive gauche, une maison abandonnée, construite en briques bicolores à motifs losangés, m'intrigue. Ma carte indique qu'elle se nomme la « maison du Diable ». Elle en a la beauté, cette beauté vénéneuse que recèlent les propriétés laissées en plan et pourtant intactes. J'aimerais connaître son histoire, comme celle de toutes ces maisons-éclusières vides, de ces silos en ruines dont les quais d'amarrage sont déserts, de ces moulins dont il ne reste plus qu'un bief fangeux, l'empreinte des fondations en dalles blanches.

Près de Chézy où la Marne dessine une boucle magnifique, vision inattendue et énigmatique d'un château enveloppé dans la souplesse végétale des prés et des feuillages, jouissant d'un panorama sans égal sur la rivière. La surprise est la marque du paysage français. De la laideur surgit parfois, comme un coup de théâtre, un détail inattendu qui dispense la grâce, l'harmonie. Comme ce château panoptique embusqué et pourtant rayonnant. À la volée, on peut l'apercevoir ; l'instant d'après, tout est perdu. Le site impose le secret et un silence d'autant plus paradoxal qu'il est entouré d'une parcelle appelée « le Bruit ». Mystère de la toponymie française que consigne soigneusement ma carte IGN. Autrefois, ces noms étaient vivants, ils parlaient aux hommes. À présent, leur signification s'est perdue. Ils sont devenus lettre morte.

Pourtant il y a du bruit. J'ai commencé à le remarquer du côté de La Ferté-sous-Jouarre. J'ignore alors qu'il va m'accompagner pendant la plus grande partie du voyage, ce roulement qui va devenir si obsédant et familier qu'il finira par appartenir au paysage sonore de la Marne, et que je n'y prêterai plus attention. Depuis 1849, la ligne de chemin de fer Paris-Strasbourg talonne la rivière. Elle n'épouse pas tous ses méandres, mais ne la perd jamais de vue. Le train attaque le tunnel : une sorte de rétrécissement sonore, puis, quelques secondes plus tard, le jaillissement, expulsion tonitruante qui retentit et se désintègre dans la vallée. Un sifflement déchire l'air. Par son effet de propagation, il accentue la solitude de la campagne.

Je vais bientôt atteindre Château-Thierry, sous-préfecture de l'Aisne, qui relevait de la Champagne avant la Révolution et qui dépend aujourd'hui de la Région Picardie. Elle appartient à l'Omois, un des nombreux petits pays traversés par la Marne. D'origine souvent gauloise, en vigueur sous l'Ancien Régime, ces territoires fréquemment configurés par une rivière étaient encore vivaces sous la IIIe République[1]. La France, comme l'a souligné Vidal de La Blache, s'est construite à partir des « pays », cette « multitude d'impulsions locales née de différences juxtaposées de sol dans un horizon restreint[2] ». Il n'y

1. Voir Bénédicte et Jean-Jacques Fénié, *Dictionnaire des pays et des provinces de France*, Éditions Sud-Ouest, 2000.

2. *Tableau de la géographie de la France*, Éditions des Équateurs, 2009.

a pas si longtemps, l'idée de revivifier cette dimension géographique de la France avait suscité de grandes espérances que la crise et la mondialisation ont réduites à néant.

Château-Thierry. La consonance de cette ville liée aux combats de la Première Guerre évoque quelque chose d'à la fois énergique et désespéré. Ainsi se manifeste le danger qui vient de l'Est. Vitry-le-François est la première alerte, Château-Thierry, le signal d'alarme. Quand il retentit, la France a du souci à se faire. L'ennemi approche de Paris, il occupe la patrie de La Fontaine – tout un symbole. Mais, dans le *t* de Thierry, il y a cette dentale sourde, et dans le *i*, qui, c'est le cas de le dire, met les points sur les « i », une façon de réagir vigoureusement, un sursaut de bon augure, comme en 1918. Partie de Château-Thierry et de la Marne, la riposte a mis fin à la guerre. Le monument américain, avec ses deux rangées de colonnes, commémore cette contre-offensive du 18 juillet 1918, plus connue sous le nom de deuxième bataille de la Marne. Le double portique fait penser à la fente d'un grille-pain.

Les abords de la ville sont moins éprouvants que l'arrivée à Meaux. Mais, de part et d'autre de la rivière, c'est toujours le même chaos, l'absence de règle, le règne du laisser-faire. Autrefois, on élevait des murailles autour des villes pour dissuader d'y entrer. Les zones industrielles, les vendeurs de salons et canapés, les grandes surfaces, les hangars de maintenance semblent avoir été conçus pour repousser le marcheur qui souhaite accéder au cœur d'une ville.

Non loin de la rivière, j'ai trouvé un hôtel qui a l'avantage de n'être pas trop éloigné du centre. La chambre est spleenétique, il n'y a pas d'autre mot. Tout est scellé comme dans une cellule de prison : la table, la chaise, l'étagère, sans doute pour éviter que le client les emporte. La pomme de douche sert aussi de robinet chaud-froid pour le lavabo. Dans le but d'améliorer la rentabilité, ce pragmatisme hôtelier lugubrement parcimonieux a tout calculé, excepté le vol des ampoules qui se dévissent. Ces manières n'ont pas envahi seulement l'hôtellerie bon marché, mais toutes les sphères de la consommation.

Je ne déteste pas cette désolante frugalité du moindre sou gagné, cet opportunisme insipide. J'accepte la laideur et le parti pris de platitude comme une sorte d'exercice spirituel. Ces chambres d'hôtel monacales m'aident à me défaire de ce qui n'est pas strictement nécessaire, et me ramènent au réel. D'ailleurs le luxe, la surabondance ne répondent jamais tout à fait à notre attente. J'ai besoin d'être confronté à cette aridité du décor pour interrompre le fil confortable de ma rêverie, prendre la mesure de l'évident et de l'ordinaire. Le long de la rivière, en compagnie des arbres, des nuages, je ne suis que trop enclin à me monter la tête.

22

À chaque entrée du pont, deux naïades fluviales réalisées en 1952 par un certain Denis Gelin témoignent d'un véritable culte que Château-Thierry rend à la Marne. J'espère n'avoir raté aucune de ces divinités censées incarner la rivière depuis mon départ. La Marne est un mot d'origine gauloise latinisé sous le nom de *Matrona*, la mère nourricière, source de richesse pour les pays qu'elle traverse. De là à la considérer comme une femme d'âge mûr, d'allure grave et imposante, une matrone, il n'y a qu'un pas qu'a craint de franchir le sculpteur. Tout en rondeurs, cambrures et courbes, les deux allégories hésitent entre la figure maternelle et la jouvencelle.

Une chose ne change pas, la pose. À croire qu'il existe une tenue typiquement marnaise, la même observée à Saint-Maur ou sur le pont de Nogent. Un refus d'affronter. Une façon alanguie de renverser la tête, de s'accouder, de regarder dans le vide. Aucune tension, aucun élan, un manque évident de tenue. La statuaire de cette époque se plaît à représenter des femmes aux cuisses puissantes, à la Maillol, des visages amples et charnus comme dans les masques du Picasso de la période rose.

J'ai rendez-vous sous la statue de Jean de La Fontaine où l'on a fait figurer le poète avec les personnages de la fable *Le Lièvre et la Tortue*. Château-Thierry sait honorer son grand homme. Il y a un lycée Jean-de-La-Fontaine, un rond-point La Cigale-et-la-Fourmi, sans compter les célébrations de la Saint-Jean, appelées Fête Jean de La Fontaine. Des chars défilent qui ont pour thèmes *Le Lion et le Moucheron*, *Le Cheval et l'Âne*, *Le Singe et le Léopard*, etc.

Au milieu de la ville, la Marne dessine un arc presque parfait, s'élargissant jusqu'à ressembler à un lac envahi par les canards. Château-Thierry est tellement fière de sa rivière qu'au XVIIIᵉ siècle les édiles décidèrent d'en creuser une autre, la fausse Marne, qui a fait naître une île au centre de la cité : une Marne postiche dotant la cité d'un cœur double, relié par le pont aux deux naïades.

L'idée de se rencontrer sous la statue de La Fontaine vient de la personne que j'attends. C'est l'ami d'un ami, un agrégé de littérature moderne. Nommé à Château-Thierry, il s'est entiché du fabuliste et de la ville où il a décidé d'habiter après avoir vendu son studio parisien. Selon mon ami, cet engouement doit beaucoup à une Castelthéodoricienne pour laquelle il a eu le coup de foudre.

La Fontaine n'aimait rien tant que se promener le long de la Marne, « l'Arcadie de son enfance et de son adolescence[1] ». Une sorte de paradis perdu, partout présent dans ses fables. Le renard, la belette, le héron, le cerf, la grenouille, le loup, sans parler du meunier, du bûcheron, tout ce monde peuplait les bords de la rivière qu'il a fréquentés non seulement

---

1. Marc Fumaroli, *Le Poète et le Roi. Jean de La Fontaine en son siècle*, Le Livre de Poche, 1999 (première édition, Fallois, 1997).

durant son enfance, mais aussi lorsqu'il devint maître des Eaux et Forêts. Le pays abondait alors en gibier – giboyeux est, je ne sais trop pourquoi, un mot que j'adore : la labiale sonore du *b* et la diphtongue rendent bien l'idée de profusion – « l'odeur est restée dans le mot », dirait Bachelard. Les habitants vivaient grassement du poisson de Marne, cours d'eau qui entrait dans les attributions du fabuliste. Le ressort de sa juridiction commençait à l'ouest de Château-Thierry et s'étendait jusqu'à Épernay.

Pendant mes années de pensionnat, je fus confronté, encore enfant, aux « contraintes terrifiantes des institutions totales », pour reprendre la formule de Bourdieu. Le refuge dans les livres y était une forme de résistance. Passive, sans doute. Loin de cette existence morose, j'avais pris le maquis, j'en étais le roi. Personne ne pouvait m'atteindre. Nos maîtres expurgeaient Diderot, Voltaire, Stendhal, Balzac. Nous n'avions droit qu'aux morceaux choisis. Seules les fables de La Fontaine, à leurs yeux inoffensives, ne subissaient aucune mutilation. Ces écolâtres en étaient restés à la sagesse et au naturel du Bonhomme, passant totalement à côté de la subversion de l'œuvre.

J'ai presque tout appris chez La Fontaine. Il est le premier à m'avoir fait entrevoir, à travers une vision pourtant pessimiste de l'homme, les vertus de l'amitié, le bonheur de la communion avec la nature, le goût de la solitude, de l'autonomie, de la retraite, toute cette « vie rêvée » que magnifiaient les illustrations de J.-B. Oudry. Ces années accablantes restent illuminées par le monde merveilleux de ce peintre inséparable du fabuliste : un décor de campagne romaine incarnant pour moi l'âge d'or. Les arbres, les ruisseaux, les vallons, les édifices antiques à l'arrière-plan incarnent une beauté sereine, une grâce à jamais liées à l'univers de La Fontaine.

On ne fréquente pas impunément un écrivain comme lui à un âge aussi friable. Peu aimé de Louis XIV, détestant l'esprit de cour, préférant la compagnie d'amis fidèles et adoré d'eux, cet homme avait toute ma sympathie. L'aversion à l'égard des puissants, un fatalisme libéré de tout ressentiment, l'art de vivre à l'écart, venant sans doute d'une éducation janséniste : telle est la leçon que j'ai retenue de ce poète qui a si bien chanté la volupté, l'indépendance et l'oisiveté.

Mon attirance pour la Marne doit beaucoup au maître des Eaux et Forêts de Château-Thierry. Il m'a éduqué à la nature vivante et parlante en m'apprenant à l'écouter et à la regarder. Quand j'aperçois un chêne, je ne pense pas automatiquement à la fable *Le Chêne et le Roseau*, mais le caractère qui le constitue, son essence empruntent pour une large part à cet arbre « dont les pieds touchent à l'Empire des Morts ». D'ailleurs, je l'ai toujours trouvé sympathique et fraternel, ce chêne, contrairement au roseau. Je n'aime pas, chez ce dernier, le côté dégourdi et, pour tout dire, opportuniste que l'on prête aux faibles. Je préfère la bienveillance et la naïveté du premier à la roublardise du second. Je partage le point de vue de Francis Ponge qui dit préférer la moindre fable de La Fontaine à Schopenhauer ou Hegel : « 1° moins fatigant, plus plaisant ; 2° plus propre, moins dégoûtant ; 3° pas inférieur intellectuellement et supérieur esthétiquement[1]. »

---

1. *Le Parti pris des choses, op. cit.*

23

Une poussette dernier cri, avec ombrelle et roues pivotantes, est roulée par un jeune homme d'une trentaine d'années. Chemise noire ajustée tombant sur le pantalon, chaussures pointues, barbe de trois jours. Il m'aborde devant la statue de La Fontaine et me présente sa fille Leïla. Tout à l'heure, précise-t-il, sa mère va nous rejoindre. Il propose que nous marchions, et montre le pont :

— Le pont aux deux naïades ?

— Ici on l'appelle le pont de l'Aspirant-Rougé, il l'a défendu héroïquement en 1940. Au temps de La Fontaine, son nom était le pont Saint-Nicolas.

La petite Leïla se manifeste par quelques grognements que son père fait taire en perçant d'une paille une mini-briquette en carton rangée derrière la coque du landau. La fillette est charmante et circonspecte. Parfois, elle agite gracieusement ses poignets ceints de minuscules bracelets. On dirait une petite princesse mérovingienne. Le père anticipe ses moindres désirs. Il dit que La Fontaine se moquait de l'argent et qu'on le jugerait aujourd'hui comme un parasite social. « Il a toujours eu besoin de protecteurs : Fouquet, la duchesse d'Orléans, la duchesse de Bouillon, Mme de La Sablière, Anne d'Hervart. Il a bien vécu. On ne peut pas dire qu'il ait connu l'adversité. »

En l'écoutant, je pense à ce que disait Jean Genet : « Il n'est pas de grand artiste sans qu'un grand malheur s'en soit mêlé. » La Fontaine semble avoir démenti ce propos, bien qu'un désenchantement à peine voilé traverse son œuvre. Ce « sombre plaisir d'un cœur mélancolique » est peu courant pour l'époque. Le père de Leïla pense que la peur de l'ennui explique la personnalité de La Fontaine.

Sa manière d'en parler me fait penser à Bernard Frank, l'ami disparu : une forme d'insouciance, un art de l'oisiveté et du repli, une aptitude pour l'observation lucide et même cruelle, cachés derrière la nonchalance, la gastronomie et l'amour du vin. Cette légende de légèreté et de paresse a bien trompé son monde.

— Est-il extravagant d'envisager que Françoise Sagan pourrait être Mme de La Sablière ?

Le hic est que ce jeune agrégé, pourtant épris de littérature, n'a jamais entendu parler de Bernard Frank. Je ne lui en veux pas. Le chroniqueur d'*Un siècle débordé* était un auteur pour *happy few*. S'il est peu connu, il compte néanmoins de nombreux *aficionados*, surtout parmi les écrivains. Il avait l'humeur volage, quelque chose qui ne parvenait pas à s'attacher. Ce sont les mots que La Fontaine emploie en parlant de lui-même. Bernard insiste sur son inconstance et écrit quelque part : « Ne pouvant supporter mon indifférence, qui me fait peur, je veux à tout prix passionner moments et rapports : que le temps bouge enfin. »

On parle beaucoup du don de sympathie chez les écrivains, qui leur permet de rendre vivants êtres et choses, mais rarement du don d'indifférence. Rien à voir avec l'égoïsme. Une manière de se tenir à distance, de préserver son moi profond, un noyau inentamable qu'on appelle l'imaginaire, le registre aussi du leurre.

L'histoire de Bernard Frank semble intéresser le jeune professeur. Cela crée même, chez moi, une certaine confusion quand il dit : « Il s'est prémuni du monde extérieur en se composant un personnage de façade, endormi, paresseux, pour se protéger. Son aisance, sa souplesse ne pouvaient s'obtenir que par un travail acharné. » En fait, non, il parle de La Fontaine. Dans les salons, on avait parfois du mal à comprendre le Bonhomme, pourtant si limpide dans ses vers. Frank aussi s'exprimait par marmonnements et sous-entendus difficiles à décrypter. Il en jouait. Une façon de se dégager. C'est cela, la grâce. L'art de l'évitement. Être ailleurs. Se soustraire. Ne jamais se laisser envelopper, pour se laisser toujours une issue. Le don par excellence.

C'est l'heure du déjeuner. Je lui demande de choisir un restaurant. Puisque nous avons évoqué tout à l'heure la fausse Marne, il trouve plaisant d'essayer un café-brasserie qui porte ce nom, rue Carnot. C'est un de ces établissements bruyants et bondés à midi où les serveuses, n'ayant pas une seconde à perdre, sont d'une redoutable efficacité. Le père de Leïla s'essaie à quelques plaisanteries en consultant la carte, mais la jeune femme n'a pas le temps, elle attend crayon à la main et n'a nulle envie de batifoler. Je choisis la formule complète avec buffet, plat, dessert et un quart de vin. C'est proprement expédié et nullement médiocre, comme je le redoutais – excepté pour le vin en carafe.

Au moment du café surgit une mirobolante créature du genre blonde peroxydée, tailleur noir, tirée à quatre épingles. Dans la salle de restaurant, l'intensité des voix a chuté d'un cran pendant une trentaine de secondes, puis a repris son amplitude de croisière. La mère de Leïla est pressée. Elle travaille dans une banque et s'occupe de la gestion de portefeuilles : « Y a de l'artiche chez nous. Château-Thierry n'en a pas l'air, mais c'est une ville riche. Le taux de chômage est le plus bas du département. Nous avons beaucoup de commerces, alors qu'ils ont disparu ailleurs. Nous sommes ici dans la Brie crayeuse. Le champagne remue l'argent. »

Je ne sais pas si « le champagne remue l'argent », mais cette idée de mobilité, de déplacement quelque peu artificiel, ne profitant qu'à une minorité, me paraît assez pertinente. Il y a chez cette femme un mélange de sophistication et de vulgarité, la distinction l'emportant d'extrême justesse. Le décolleté pigeonnant est une forme d'exhibition, mais aussi de générosité.

Elle doit partir. Je la regarde s'éloigner lentement, sur ses escarpins haut perchés, sous l'œil admiratif des derniers clients. La petite Leïla agite ses bracelets. La gestionnaire de portefeuilles pourrait incarner la nouvelle naïade de la Marne, si on s'avisait de moderniser son image – ne le fait-on pas déjà pour l'effigie de Marianne ? Dans son côté appétissant, il y a chez elle une part maternelle et souveraine qui, loin de renoncer à la féminité, sait attirer, séduire, émouvoir.

24

Avant de nous séparer, le jeune agrégé tient à m'escorter jusqu'à la maison natale de La Fontaine. La demeure est belle : un hôtel particulier en pierre de taille, la façade ornée de pilastres surmontés de chapiteaux corinthiens. Un ravissant escalier en arrondi mène à l'entrée. Je m'étais promis, durant ce voyage, de ne pas trop abuser de la fréquentation des musées, ma faiblesse. La visite de la maison natale va-t-elle enrichir mon regard sur les fables ? D'accord, seule l'œuvre compte, les détails biographiques n'expliquent rien. Mais d'abord, qu'est-ce qu'on en sait ? Hippolyte Taine, critique littéraire et historien, figure du positivisme, avance, dans un livre très contesté, *La Fontaine et ses fables*[1], que la race (il faut l'entendre au sens d'un groupe de personnes apparentées par des comportements communs héréditaires), le milieu géographique et social et le moment historique expliquent sa production littéraire.

Un couloir mène à la salle dite du XVIIᵉ siècle où sont montrés des portraits de Marie Héricart, l'épouse de La Fontaine, de Mme de Sévigné, de la duchesse de Bouillon. Ces femmes, qui passaient

---

1. Version remaniée de sa thèse *Essai sur les fables de La Fontaine*, 1853.

pour de vraies beautés aux yeux de leurs contemporains, nous apparaissent aujourd'hui assez laides. Ces visages sont certainement très ressemblants. Ce n'est pas la fidélité de leur apparence qui est en cause, mais notre conception, finalement très mouvante, de la beauté. La grâce, c'est autre chose. Plus difficile à évaluer. « La grâce, plus belle encor que la beauté », relève La Fontaine dans *Adonis*.

D'autres périodes paraissent davantage en conformité avec nos goûts. Les Vierges de la peinture flamande, quelques nobles dames de la Renaissance italienne correspondent aux critères esthétiques de notre temps. Les femmes du règne de Louis XIII et de Louis XIV nous semblent ordinaires, alors que les poètes ou les mémorialistes vantaient leur perfection physique. Je suis toujours déçu quand je vois les photos des lionnes de la Belle Époque, célèbres pour leur séduction. Je n'aperçois que leur maquillage outrancier, leur bouche en cœur, leur corps grassouillet. Que dira-t-on plus tard de nos Jocondes anorexiques ? On le sait, la beauté est le genre de laideur que chaque génération met à la mode.

Le jardin est délicieux avec ses buis, son cerisier et ses trois tilleuls. Il flotte dans cette vieille demeure un parfum du passé comme je les aime, nullement poussiéreux ou fatigué, au contraire assez frais sans être outrageusement au goût du jour. On sent une honnête volonté d'enrichir les collections et de rendre accessible l'univers du fabuliste sans verser dans la démagogie. J'achète à la librairie une reproduction du *Renard et le Bouc*, par Oudry. Je l'envoie à mon amie Jeanne qui habite l'île des Loups, avec ce vers tiré de la fable : « En toute chose il faut considérer la fin », phrase à laquelle j'ajoute : « Pour ma part, j'en suis encore loin, comme tu peux le constater. Quand viens-tu voir le pèlerin de la France cantonale ? »

25

Je ne peux quitter Château-Thierry sans voir l'église Saint-Crespin-hors-les-Murs. Il paraît que l'appellation « hors les Murs » est peu courante en France. La Fontaine fut baptisé là, mais ce n'est pas pour cette raison que je souhaite la visiter. Dans son récit de voyage, Jules Blain mentionne l'édifice pour les peintures d'un certain Maurice Rondeaux qu'il a bien connu pendant la Grande Guerre. Il écrit : « Quelle émotion au spectacle du martyrologe illustré par Rondeaux ! Le fantôme du pioupiou accroché à la croix de bois, nos morts que nous enterrions à la hâte. Tout cela est certes peint avec naïveté et même innocence, mais comme il a bien saisi la fragilité de nos destinées ! »

L'église, mal en point, est fermée. Sur une porte, un avis indique qu'on peut retirer la clé au presbytère. Très obligeamment, le curé me la remet : « Quand vous avez fini, mettez-la dans la boîte aux lettres. » Quelle confiance !

J'éprouve un choc thermique en pénétrant dans l'église plongée dans la pénombre. Il y fait frais comme dans un caveau. Fermé le plus souvent, l'édifice a gardé l'empreinte des hivers, sans que les chaleurs de la belle saison puissent réchauffer l'intérieur. L'odeur est sombre et épicée. Deux panneaux sont accrochés symétriquement de part et d'autre de la travée. Une liste de noms est peinte sur chacun : les soldats de la paroisse « morts au champ d'honneur » en 14-18. Sous l'obituaire figurent le fantôme et la croix de bois que décrit Jules Blain, avec, en arrière-plan, les flots tumultueux de la Marne et une vue de Château-Thierry d'où émergent l'église Saint-Crespin et la tour du beffroi.

En examinant de plus près le tableau, je constate que le spectre du soldat tend la main à une ombre qui, dans le ciel, représente le Christ. L'autre panneau évoque, outre l'énumération des défunts de la Grande Guerre, un spectacle encore plus étrange : un grenadier de l'Empire se levant de sa tombe saluant à l'aide de son shako, tandis qu'un oiseau est perché sur son pied droit. Au fond on observe une ville en feu et des poilus qui partent à l'attaque laissant derrière eux leurs camarades enterrés à la hâte. Bien sûr, le trait est ingénu, mais une qualité poétique et une vraie ferveur se dégagent de ces deux scènes. Les compositions qui expriment le prosaïsme et l'horreur de la guerre ont certainement été exécutées à chaud, sous le coup d'une profonde souffrance que l'artiste a voulu transfigurer par cette résurrection du grognard de Napoléon.

« Nous sommes devenus des bêtes sauvages, commente Blain. Il faut enterrer les cadavres de nos camarades déjà noirs de pourriture, écarter les corbeaux. Toutes ces pauvres tombes hâtivement creusées, marquées par une croix grossière coiffée d'un képi. Ah, ne parlons pas d'héroïsme ! Tout cela est dénué de sens. Rondeaux, le peintre du cœur sacré, avait tout compris. N'a-t-il pas eu l'idée de reproduire sur sa palette de guerre le visage d'un soldat : la bouche correspond au trou par où le peintre passe le pouce afin d'étendre et mélanger ses couleurs. Le cri de la bouche d'ombre : je ne veux pas mourir ! »

26

Nombreuses plateformes au bord de la Marne, aménagées pour appâter et tendre les lignes ; des fascines entre l'estrade et la rive permettent d'enjamber l'eau. Sans être vraiment hostiles, les quelques pêcheurs n'apprécient pas les passants. Tout piétinement, paraît-il, effarouche le poisson.

La rivière se fraie à présent un chemin à travers une jungle d'arbres : saules, chênes, érables sycomores, aulnes, acacias. La masse et l'ampleur d'un fleuve tropical. Les branches plongent dans l'eau, les ramures s'avancent loin de la berge.

Je vais bientôt atteindre Dormans où m'attend un ami qui habite un vieux château surplombant la rivière. Sa chambre est installée dans une tour du XVe siècle au pied de laquelle Henri de Guise, blessé à la joue droite par un coup d'arquebuse, reçut le surnom de Balafré. Nous appellerons cet ami Milan. Il ressemble étrangement à cet oiseau. Même regard perçant, une façon de tanguer les épaules et les bras évoquant le balancement du rapace qui plane, louvoie par cercles et spirales avant de foncer en piqué sur sa proie.

Milan est photographe. L'acuité de son regard est certainement prédatrice – comment être photographe si l'on n'a pas l'instinct de chasse ? Mon ami pourrait se rendre maître par la séduction ou l'effet de surprise, empêcher la proie de résister afin qu'elle se rende ; il est bien plus subtil. Il ne montre pas son appareil, si bien que ses futures prises ne voient rien venir. Il lui faut cette dessaisie par quoi la victime consent sans tout à fait capituler. Surtout pas une reddition qui donnerait un portrait sans vie. En une fraction de seconde, il a extrait de sa veste un minuscule boîtier cabossé. Il a armé, visé et aussitôt rengainé. On n'y a vu que du feu. Sur la Marne, c'est lui qui a fait mon éducation. Nous nous sommes donné rendez-vous sur le pont de Dormans.

Avant notre rencontre, je fais rapidement un tour de la ville. Dans une rue, une plaque indique, sur une maison autrefois « Hôtel du Louvre », que Louis XVI y a séjourné le 23 juin 1791 au retour de son arrestation à Varennes. Quelques heures plus tôt, il avait rencontré à Boursault les commissaires de l'Assemblée nationale chargés de l'escorter jusqu'à Paris. La Marne aura été le chemin de croix du roi et de sa famille. À l'aller, la berline des fuyards a piqué sur Châlons par la route de Montmirail. Prisonnier, le cortège royal aura emprunté le chemin qui, depuis Châlons, suit le cours de la rivière jusqu'à Meaux. À Dormans, le propriétaire de l'hôtel, qui est aussi maire de la ville, propose au roi un plan de fuite. Une barque est amarrée au bas du jardin, permettant de gagner l'autre rive. Marie-Antoinette est tentée par l'offre, Louis XVI refuse tout net.

27

Milan doit être posté quelque part près du pont. Soudain, il se présente devant moi sans que je l'aie vu arriver.

— Depuis combien de temps étais-tu là ?

Il veut prendre mon sac.

— Tu as l'air vanné. Il faut grimper là-haut.

Dans son nid d'aigle, Milan a créé un savant désordre qui tient du cabinet de curiosités. Livres, tableaux, objets sont entassés, cramponnés aux murs, empilés sur des tables, rapetissant peu à peu l'espace disponible. Pour circuler, il faut slalomer à travers d'étroits passages, contourner des haies de recueils de poésie, des massifs d'albums, enjamber des casiers, des tablettes surmontées de photos. Le foisonnement de ces trésors est en extension constante. Quand il n'y a vraiment plus de place, Milan ouvre une pièce nouvelle de sa grande demeure. Il n'est pas animé par la jouissance du collectionneur, plutôt par un goût de la présence et de la connaissance. Avant d'aller photographier un écrivain, un artiste, une célébrité, il a tout lu de lui. Rien n'est laissé au hasard. Il s'imprègne, cherchant le fameux « motif secret » d'une existence ou d'une œuvre cher à Henry James. Ses tirages sont recherchés par les collectionneurs. Aucun marchandage.

Dans ce cabinet en apparence anarchique, il ne faut pas sous-estimer l'ironie. C'est un test, pour le visiteur qui découvre le lieu pour la première fois. « J'exhibe mes désirs, à vous de les décrypter », est-il signifié.

Nous dînons dos à la cheminée après avoir goûté un Salon 1982. Nous nous livrons régulièrement à des dégustations comparatives de champagne. Sa famille possède des vignes dans cette appellation. Très vive, très occupée professionnellement, son épouse possède aussi un enthousiasmant talent de cuisinière : c'est une virtuose de l'improvisation. Comme à chaque fois que je suis leur hôte, le dîner est exceptionnel. Mais, ce soir, l'effet de contraste ajoute une saveur supplémentaire à ces tourtes, fondues de légumes, poissons cuisinés avec exactitude, d'une discrète touche asiatique. Après les bouibouis dénichés au hasard de mes haltes, j'apprécie la blancheur de la nappe damassée, la vaisselle éclatante. Au cours du repas, Milan m'annonce tout de go qu'il a décidé de faire un bout de chemin avec moi.

Tard dans la soirée, nous profitons de la douceur de l'arrière-saison estivale pour déguster un cigare au pied de la tour. Une légère humidité imprègne l'atmosphère. Elle envoie des effluves automnaux portés par la fluidité d'un souffle que je commence à reconnaître : un relent de terre trempée, légèrement vaseuse, l'odeur de la rivière dont on distingue le tracé.

Devant nous, dans la vallée, s'étend démesurément l'ombre du mémorial des batailles de la Marne éclairé par la lune. Ce bâtiment romano-byzantin est édifié sur l'autre rive, en mémoire de toutes les victimes. Le maréchal Foch avait choisi cet emplacement parce que, selon lui, Dormans était « le point synthétique des deux batailles de la Marne ». Jules Blain a été le témoin de la construction de ce monument entre 1921 et 1931. Il consacre quelques lignes à un étrange détail : la lanterne des morts, cette tour qu'on érigeait au Moyen Âge pour guider l'âme des défunts. Tout au long de son voyage, on le sent particulièrement attentif à ces ouvrages censés perpétuer le souvenir. La multiplication de ces monuments lui paraît néanmoins dérisoire. Il ricane à propos de leur mauvais goût et de la bonne conscience dont ils sont l'expression.

28

Départ à l'aube dans une rosée matinale si abondante qu'on dirait qu'il a plu pendant la nuit. Milan est un lève-tôt. Il va falloir que je m'habitue. Avec lui je profiterai de journées plus longues et mieux remplies. Le spectacle a de quoi faire sourire : moi, puissamment harnaché ; lui, muni d'une petite sacoche et d'une sorte de réticule en tissu.

Nous descendons vers la vallée à travers les vignes qui n'ont pas encore été vendangées. Le panorama est grandiose. Milan s'oriente parfaitement au milieu des rangs. Il sait choisir le raccourci, le sentier qui n'aboutit pas à une impasse. Le vignoble champenois de la vallée de la Marne tient de l'hortillonnage, avec ses cabinets de verdure, ses plates-bandes cultivées en carré ou en rectangle, ses berceaux, ses compartiments, ses allées, ses rigoles. Habit d'Arlequin composé de parcelles trop bien cousues. La netteté et la perfection du paysage jardiné manque parfois de naturel.

À Damery, nous rencontrons un vigneron ami de Milan qui inspecte ses vignes avant la vendange. C'est un homme mal fagoté, geignard, mais il a l'air très malin. Son 4 × 4 Porsche aux vitres fumées couvertes de poussière est garé sous un arbre. Il fait chaud, trop chaud, gémit-il, et, à l'écouter, cela ne fait pas son affaire :

— Vous, les Champenois, n'êtes jamais contents, décrète Milan. Vous vous êtes assez lamentés des mois de septembre trop frais ! À présent les raisins sont à maturité, de quoi vous plaignez-vous ?

— Vous savez bien que nos raisins n'aiment pas trop la maturité. Ces étés tropicaux vont devenir pour nous une calamité.

Le vigneron ajuste sa veste et remet de l'ordre dans sa chevelure.

— Alors, monsieur Milan, vous allez me prendre en photo ?

— Non, la photo, ça ne se passe pas comme ça. C'est une question d'instant, et c'est moi qui en décide. Comme vous pour la vendange. Vous ne laisseriez à personne d'autre que vous le soin de choisir le moment, n'est-ce pas ?

L'opulence de ce monde viticole, qui a du mal à dissimuler les signes extérieurs de sa prospérité, contraste avec la paupérisation d'une partie de la population. Alors que nous avons rejoint la rivière, Milan se plaît à souligner cet écart croissant, à en signaler le moindre indice dans cette alternance de potagers. Ils paraissent abandonnés, envahis par des cadavres de machines à laver, jonchés de plaques de polystyrène qui se décomposent en flocons, de sièges de voitures éventrés.

La crise. La zone. On dirait que les gens ici ont baissé les bras. Quand tout cela a-t-il craqué ? L'ordre social s'est détricoté, les mailles ont sauté. Tous ces points soigneusement entrelacés depuis des lustres n'ont pas cédé d'un coup, mais il a bien fallu constater un jour que l'assemblage avait cessé d'être. Ces hommes-là ont-ils lâché pied, éprouvant l'impossibilité d'habiter ce monde-ci ? Spectacle d'un *démeuble-ment* des villages. L'impression d'un déménagement à la cloche de bois. Un naufrage ? Le signe irrémédiable d'une décadence ? Non, un accomplissement, la fin d'un cycle. Inquiétude de ce qui va advenir ? Pour l'heure, une attente, un grand blanc. La page n'est pas écrite.

29

L'île d'Amour à Port-à-Binson. Milan s'y est baigné durant sa jeunesse. Le dimanche, aux beaux jours, on y accourait d'Épernay et de Reims. La piscine sur la Marne est abandonnée, une eau noire déborde de la levée. Cependant, l'île d'Amour, que les arbres et la végétation ont rendue impénétrable, garde son mystère de domaine interdit, enchanté. Que d'îles d'Amour semées tout au long de la Marne ! Comme si la rivière réservait aux amoureux un royaume pour eux seuls. « J'y vois plutôt des amours rapides, clandestines. Il y a de la dérision, dans ce nom. » Milan a le don de saper mes illusions.

Un silo à blé. *Champagne-Céréales*. L'immense cathédrale de béton avec ses trois tours d'élévation éteint l'éclat de la rivière. Son absence de grâce écrase le village. Pourquoi ces constructions sont-elles si peu esthétiques ? Elles auraient pu être l'un des visages de la modernité agricole. Jacques Lacarrière le regrettait déjà, dans sa traversée de la France. Le monde paysan reste attaché à ces temples de l'agriculture intensive qui agissent comme des monuments signalétiques au milieu de la campagne, points de repère rassurants dans le brouillage général. Ces sémaphores affirment la puissance de la céréaliculture champenoise qui se plaît à arborer sans complexe une architecture ne visant qu'à l'utile. Cette indifférence aux règles du beau est la preuve de son bon sens. Cet anti-esthétisme, hélas, fait florès aujourd'hui.

Le chemin de halage est situé à présent sur la rive droite. Mystère de ces voies qui, lorsqu'on arrive à la hauteur d'un pont, changent brusquement de berge, sans explication. Nous empruntons un beau sentier herbeux que la sécheresse a dénudé par plaques. Sur le sol argileux, durci, se sont imprimés de nombreux réseaux de craquelures.

Ce coin est parfois connu sous le nom de Petite Marne, ou Varosse (orthographié parfois Varoce), qui tirerait son nom de *Val rosse*, moins ensoleillé que les vignobles de la rivière. La Varosse sert parfois à désigner les crus périphériques de la vallée de la Marne, région comprise entre Dormans et Damery, appellation longtemps dépréciative. Ses habitants, qui ont une réputation de rudesse, ont retourné le mot et le revendiquent aujourd'hui fièrement.

De part et d'autre de la rivière, le vignoble se déploie à l'infini, jusqu'à la ligne de crête occupée par la forêt. De l'autre côté, on passe de façon irréversible dans le Tardenois, le pays de Claudel, un monde méconnaissable de prés, d'herbages et de bois.

Sans crier gare, Milan surgit derrière un buisson ou une pile de pont, avec ses yeux perçants de chasseur, l'index posé sur la bouche, imposant silence, dépistant je ne sais quelle proie : un bateau à la coque crevée dans les aubépines, un vieux chêne boursouflé de verrues, un groupe de massettes à la forme de quenouilles, une voiture qui passe au loin derrière une rangée de peupliers. Sa proie serait-elle le pur instant ? Il l'attend et va dégainer au dernier moment son vieux Leica sorti d'une poche. Il dit : « J'aime les images silencieuses qui renvoient à une interrogation, un doute. Je les vole, mais je les rends. »

Que cherche-t-il dans ces racines mortes tordues dans l'eau, pareilles à des têtes de Méduse ? L'impossible représentation. L'abîme qui frappe de stupeur. L'épouvante ressentie devant la tête de Méduse ne serait que la peur de découvrir le secret de la représentation. Point commun à ses portraits : tous ont l'air de recéler un secret. Son instinct très sûr le porte à la fois à montrer et à cacher, tout en montrant que l'on cache. Être à la fois présent et absent. Je crois qu'il ne souhaite pas que trop de monde remarque ce don d'ubiquité, même s'il ne dédaigne pas la reconnaissance.

Un peintre du XVe siècle, Rogier Van der Weyden, a représenté le sosie de Milan. Ce portrait de François d'Este est exposé au Met de New York : même nez aquilin, même expression impénétrable et scrutatrice du regard, même chevelure. Étrangement, la science de ce portrait n'est pas sans rapport avec le style photographique de Milan : l'imminence d'un dévoilement qui ne surviendra jamais. Confidence indéchiffrable, signifiée par le marteau et l'anneau que François d'Este tient énigmatiquement entre ses doigts.

Les peupliers banalisent le paysage mais, de loin, leur silhouette étirée confère à ce coin de la vallée un air toscan. Ils abondent dans les bas-fonds humides et les sols marécageux, à quelques mètres de la rivière. Leur système racinaire peu développé ne retient pas la berge. La moindre tempête les arrache pour les jeter en travers de la rivière. « Le peuplier est le seul arbre qui soit bête », affirme Victor Hugo.

— Je ne suis pas d'accord, déclare Milan. Son problème c'est qu'il ne peut pas se défendre.

Il attrape une branche et prend une feuille.

— Regarde, l'extérieur est clair, alors que l'intérieur est sombre. Hugo est passé à côté de la complexité de la feuille de peuplier.

30

Damery et son pont métallique. Sur l'autre rive, la ferme du Chêne-Fondu, à Boursault : une plaque commémorative indique que « le 23 juin 1791 se sont trouvés ici la Nation, la Loi et le Roy ». En ce hameau, Louis XVI et la famille royale, de retour de Varennes, rencontrèrent les commissaires de l'Assemblée nationale chargés de les escorter jusqu'à Paris – les tenir à l'œil serait plus exact. À cette occasion, Pétion se hissa sur le siège de la berline royale pour lire à la foule le décret de l'Assemblée. Scène capitale dans cette odyssée qui ira jusqu'à sa conclusion, le 21 janvier 1793, date de l'exécution du monarque.

À Pétion, futur maire de Paris, on doit une relation vivante et circonstanciée de ce retour. Il évoque souvent la Marne. Sous un soleil brûlant, elle est, jusqu'à Meaux, l'accompagnatrice du cortège royal, surveillé par une foule hostile qui grossit de plus en plus – on a parlé de dix mille personnes. Louis XVI redoute l'accueil de la capitale. « Quiconque applaudira le roi sera bâtonné ; quiconque l'insultera sera pendu. » Telles seront les consignes de La Fayette.

Mon compagnon inspecte les tables de pique-nique en ciment installées sous les tilleuls et propose de s'y arrêter quelques instants. Qu'a-t-il aperçu ? De l'autre côté du pont, une très longue allée de platanes. Les arbres sont gigantesques. Ils forment un tunnel au milieu d'un espace lumineux. Il prête l'oreille. Ce n'est pas la vue qui l'intéresse, mais le concert discordant des corbeaux nichés dans les branches : un chahut de croassements ressemblant à des vociférations mêlées de râles.

— Tu devrais pouvoir photographier ce bruit, dis-je imprudemment.

— Une image acoustique ? Pourquoi pas ?

L'une des photos les plus célèbres de Milan est un vol d'étourneaux au-dessus des tours de la cathédrale de Reims. La trajectoire de l'essaim et le déferlement de la vague dans l'espace suggèrent un froissement, une onde explosive proche du séisme. Graphiquement, on entend cette photo à la limite de l'abstraction, la puissance de la houle projetée dans le ciel rémois. Milan, l'homme du coup d'œil, scrute l'horizon :

— Ce serait possible, mais on n'a pas le temps. Il faudrait rester toute la journée.

Nous arrivons à Cumières, haut lieu du pinot noir. Le long de la rivière, des sculptures en fer forgé illustrent le travail de la vigne : taille, rognage, sulfatage, etc. À part ces personnages, Cumières ne laisse rien voir. Aucun commerce, excepté un Proxi. Derrière les grands murs gris de la rue principale se cachent l'aisance et la gloire champenoises. La prospérité a du mal à se dissimuler sous une raideur et un quant-à-soi trop circonspects pour être convaincants. À l'arrière de ces maisons, le bien-vivre, les félicités matérielles, le souci individuel. Le jansénisme n'est pas loin : l'apparent retrait du monde pour mieux l'investir et le transformer. La grâce et les œuvres. La fortune du champagne, « vin de Rivière », a commencé ici même, à la fin du Moyen Âge, dans ce port fluvial situé au-dessous de Hautvillers, résidence des évêques de Reims. C'est dans cette abbaye qu'a vécu dom Pérignon.

Pas de vignoble de qualité sans le rôle majeur de la batellerie. Les grands terroirs sont tous nés à proximité d'une voie navigable, d'un port ou de routes très accessibles. Contrairement à une idée répandue, les données géologiques ou même climatiques n'ont pas une valeur prépondérante dans l'implantation d'un vignoble de renom[1]. Beaucoup plus déterminant est le rôle du marché. « Si vous n'êtes en lieu où vendre votre vin, que feriez-vous d'un grand vignoble ? » s'écriait déjà Olivier de Serres en 1601. Le poète Eustache Deschamps, natif de Vertus, distinguait, outre les crus de Hautvillers et d'Aÿ, ceux de Cumières, alors des vins rouges ou clairets, acheminés sans difficulté vers Paris grâce à la Marne.

Pendant que Milan photographie dans tous les sens une façade gris-jaune assez ordinaire, je franchis une vieille porte de fer forgé qui donne accès au parc d'une propriété, à quelques mètres de la rivière. Un homme m'a donné rendez-vous : le chef de culture de Joseph Perrier. Cette marque de champagne, qui possède des parcelles à Cumières, s'est singularisée en installant son siège hors du vignoble, à Châlons-en-Champagne. Elle y est implantée depuis 1825 et

---

1. Roger Dion, « Querelle des Anciens et des Modernes sur les facteurs de la qualité », in *Le Paysage et la vigne*, Payot, 1990.

le revendique fièrement, à rebours de la tradition. L'usage veut en effet que les grandes maisons ne sauraient s'enraciner hors d'Épernay et de Reims, ou à la rigueur à Aÿ.

Carrure de lutteur, l'homme qui m'accueille est du genre taiseux. Il sourit néanmoins en m'invitant à regarder attentivement autour de moi. J'examine avec application les jardins à la française, parfaitement entretenus, qui descendent vers la rivière. Le dessin est régulier, excepté peut-être les rampes de tilleuls qui délimitent une partie du parc.

Un détail m'échappe, que l'œil acéré de Milan n'aurait sans doute pas manqué de noter, mais il a refusé de m'accompagner : en ce moment, il doit rôder dans les rues vides de Cumières pour pister Dieu sait quoi. Avant d'être acquise en 1888 par la maison Joseph Perrier, cette propriété avait été construite par l'un des premiers députés de l'Assemblée constituante. Par nostalgie, il conçut une demeure dont le perron représente la tribune de l'Assemblée et un jardin figurant l'hémicycle. La pente qui dévale vers la Marne ressemble à des gradins. Cette théâtralisation d'une nature soigneusement domestiquée depuis deux siècles est insoupçonnable au premier coup d'œil. Mais il suffit d'en connaître la signification pour être séduit par cette extravagance.

Le chef de culture me regarde avec amusement. On sent que ce parc bien peigné n'est pas trop son élément. Il préfère parler du vignoble : « Le meilleur emplacement pour la vigne reste la mi-pente. »

L'air froid, toujours plus lourd, descend le long des versants pour venir s'accumuler en fond de vallon. Il faut ne rien planter, empêcher tout obstacle pour que l'air puisse s'écouler librement au milieu de ces couloirs. La rivière qui emmagasine la chaleur est un atout, à condition de se prémunir contre un excès de maturité. À l'inverse des autres vins, le champagne ne recherche pas une plénitude exemplaire des raisins, mais une relative verdeur favorisant la prise de mousse. Le réchauffement climatique, avec ses débuts d'automne souvent tropicaux, comme celui que je connais depuis le début de ce voyage, n'est pas une bonne nouvelle pour le monde champenois.

Nous dégustons, près du vieux pressoir, la cuvée spéciale 2002, logée dans une bouteille aux formes anciennes datant de l'époque victorienne. Joseph Perrier fut le fournisseur officiel de la reine Victoria et du roi Edouard VII. Il est 15 heures. Un vent léger venu de la rivière rafraîchit la terrasse où je savoure ce millésime raffiné, si gourmand. Je comprends qu'éloigné du vignoble à Châlons Joseph Perrier ait choisi cette belle demeure entre la Marne et les coteaux.

31

Dom Pérignon régissait l'abbaye de Hautvillers sur la colline. Milan propose de monter voir son tombeau :

— Hautvillers, c'est tout en haut.

— On va s'éloigner de la rivière. Si je veux venir à bout de ce voyage, je dois me limiter à la Marne. Il y a trop d'occasions de divaguer.

— Mais divaguer, c'est ce que fait la rivière. C'est même le seul intérêt d'un tel voyage.

Je connais depuis longtemps ce monastère vers lequel nous grimpons en zigzaguant à travers les vignes. La première fois que je l'ai visité, c'était il y a plus d'une vingtaine d'années, en compagnie d'un homme travaillant chez Moët & Chandon, devenu un ami, Philippe des Roys du Roure. Il était d'une politesse précise et raffinée, jamais obséquieuse, manifestant une douceur et une bienveillance qui n'excluaient pas la lucidité. Le cœur intelligent, vertu suprême. À ses yeux, tout être humain trouvait grâce.

J'avais passé une après-midi avec lui, m'attardant dans le cloître et le parc, propriété de Moët. Incisé dans la falaise calcaire, le site de l'abbaye, qui domine tout le vignoble, donne l'impression de s'introduire dans un monde intemporel. L'austérité du paysage n'est qu'apparente. Son intériorité est palpable, elle dégage une présence charnelle. Et pourtant, il ne subsiste plus qu'une galerie de cloître, un pavillon dit « des dames de France » et la chapelle de Saint-Sindulphe, faisant aujourd'hui office d'église paroissiale, où est enterré dom Pérignon.

Hautvillers fut un haut lieu du jansénisme champenois. L'« inventeur du vin effervescent », symbole du luxe et de la fête, était un adepte de Port-Royal, système fondé sur une morale de la contrainte et une profonde répugnance à l'égard du « divertissement ». Dom Pérignon, qui occupait les fonctions de procureur (ou cellérier), avait en charge l'administration du monastère, tâche incluant l'entretien des vignes et l'élaboration du « vin de Rivière ».

Était-il un bon janséniste ? On peut le penser, l'éthique du devoir et de l'excellence, ajoutée au sens de l'autonomie, comptant parmi les plus hautes vertus requises par ces Messieurs, comme on les appelait. Ces qualités sont au moins aussi marquantes que le rigorisme et l'austérité prêtés communément à cette doctrine – laquelle prônait aussi la joie opposée à la crainte et le bonheur sur terre. Avant tout, le jansénisme incarne une forme de contestation politique et une modernité. Précurseur dans le domaine de la pédagogie, attentif à l'égalité absolue des élèves, soucieux de l'éducation des filles dont on se désintéressait à l'époque, ce progressisme ne sera pas sans influence dans le déclenchement de la Révolution. « Un janséniste est surtout un catholique qui n'aime pas les jésuites », disait-on alors.

Dom Pérignon, qui croyait donc à la prédestination, pensait-il que le destin exceptionnel du vin de Champagne était écrit d'avance ? Que Dieu avait élu cette terre ? Aucun témoignage n'existe à ce sujet. Avec ses rues et ses ruelles dans le goût médiéval et ses jolies enseignes en fer forgé, Hautvillers appartient à cette catégorie des « beaux villages professionnels », bien peignés, patinés juste ce qu'il faut, qui attirent les touristes, surtout étrangers, en été. Il ressemble plus à une bourgade vigneronne d'Alsace « riante » qu'à un village champenois traditionnellement placé sous le signe d'une certaine austérité.

C'est à Philippe, aujourd'hui disparu, que je pense tandis que nous nous arrêtons devant la sépulture de dom Pérignon, placée à l'entrée du chœur. L'inscription rend hommage à ses grandes qualités humaines, mais elle ne fait aucune allusion à son rôle dans la mise au point du champagne – seule une pancarte récente, au-dessus du tombeau, assure qu'il est « l'inventeur du traitement du vin de Champagne ». Le bon cellérier n'a pas découvert l'effervescence, elle existait bien avant lui. Un désagrément que les Anglais, à la fin du XVIIe siècle, finirent par trouver délicieux. Contrairement à une idée répandue, la singularité du champagne ne tient pas à ses bulles, mais à l'assemblage, aptitude à élaborer un vin à l'aide de crus de provenances différentes. Principe essentiel : la partie ne doit pas se prendre pour le tout, chaque cru en complète un autre, sans domination, l'apport de chaque composant concourant au résultat final. Dans ce domaine, l'habileté de dom Pérignon était, semble-t-il, hors pair. Mais cette compétence s'exerçait surtout sur les vins tranquilles, qui étaient alors rouges ou gris.

Les marronniers du parc aux troncs cyclopéens ajoutent à la puissance immatérielle du site. Philippe m'avait proposé un rejet que cet arbre produit en abondance. Je n'avais pu le planter qu'une semaine plus tard dans mon airial des Landes. Il était tout ratatiné, avec une motte desséchée. Aujourd'hui, il a atteint une taille plus qu'estimable et me rappelle la sévère beauté de l'abbaye, ainsi que la figure de l'ami disparu.

Les groupes de vendangeurs se sont multipliés depuis tout à l'heure. La vallée résonne de bruits qui n'appartiennent qu'à ce moment de l'année. Les voix, les cris, le moteur des tracteurs, le frottement des caissettes qui recueillent le raisin émettent une vibration particulière. En ce début d'automne, l'ébranlement de l'air rend une sonorité claire, en même temps qu'un écho confus et étouffé.

32

Nous approchons de Dizy. La remontée de la Marne va tout à l'heure changer de cours. En effet, après Dizy, la rivière n'est plus navigable. Les péniches doivent emprunter le canal latéral à la Marne jusqu'à Vitry-le-François, voie prolongée ensuite par le canal de la Marne à la Saône qui permet d'atteindre le Rhône. Une manière de réaliser le vieux rêve français : relier l'Europe du Nord à la Méditerranée. Fernand Braudel a bien montré l'importance de cette connexion qui s'est faite au Moyen Âge. Les deux économies européennes les plus entreprenantes, l'Italie septentrionale et les Pays-Bas, ont alors pu communiquer. Braudel a souligné que si Paris est devenu le cœur de cette nouvelle économie-monde, c'est grâce à la Champagne.

Sans devenir sauvage, la Marne va évoluer de manière plus imprévisible. Les berges seront souvent inaccessibles. Le chemin de halage, qui côtoyait le cours d'eau depuis Charenton, va se faire plus rare. Il ne disparaîtra pas pour autant, mais cessera d'être propre à la rivière, se déplaçant de plusieurs mètres pour accompagner rigoureusement le canal. Sauf à proximité des villes, Marne et canal ne sont jamais éloignés l'un de l'autre. L'existence même du second dépend des prises d'eau sur la rivière, qui compensent les bassinées et les fuites de la voie navigable.

Ce voisinage peut changer la nature de mon voyage. Finis, le côte-à-côte, l'intimité avec Matrona. Je vais désormais cheminer dans un entre-deux qui risque de m'éloigner du contact avec l'eau vivante de la Marne.

Dizy : c'est à cette écluse que, par un jour pluvieux d'avril 1930, les choses sérieuses ont commencé pour Georges Simenon. Il ne circulait pas, comme moi, à pied mais sur un bateau de pêche confortablement aménagé, l'*Ostrogoth*. Ayant quitté sa Belgique natale, il voulait découvrir la France, son nouveau pays. Puisque les villes et villages s'étaient presque toujours constitués au bord de l'eau, il pensa aussitôt aux canaux et aux rivières.

Comme lui, j'aimerais aussi naviguer un jour. Pas sur le canal, mais sur la Marne. Connaître son for intérieur. À part les pêcheurs et quelques amateurs de canoë-kayak, les humains ont perdu toute intimité avec Matrona. Simenon, lui, avait employé les grands moyens en embarquant sa femme, sa cuisinière, qui était aussi sa maîtresse, et son chien. *Une France inconnue, ou l'aventure entre deux berges* : tel est le titre du récit de voyage où le créateur de Maigret « recherche l'homme » depuis l'élément liquide.

Pour le marcheur, il y aura toujours une rive manquante. Suivre la rivière est une auscultation, on n'écoute jamais que d'un côté. Où que l'on soit, la vraie Marne se trouve toujours ailleurs : sur l'autre berge, en aval, en amont.

Tous les mariniers connaissent Dizy. À l'époque de Simenon, les lieux étaient animés, le village en haut comptait trois bistrots-épiceries où l'on vendait du mazout et des cirés. À l'écluse de Dizy commence *Le Charretier de La Providence*, écrit à bord de l'*Ostrogoth* pendant l'été 1930. Maigret enquête sur le meurtre d'une femme. L'une de ses premières investigations, qui le conduira jusqu'à Vitry-le-François. C'était encore l'époque des chalands halés par des chevaux, appelés bateaux-écuries, l'écurie étant une construction surélevée, au milieu du pont, où le charretier dormait avec ses bêtes. *La Providence* est le nom d'une péniche. Le héros est un charretier, ancien bagnard, que Maigret soupçonne d'avoir commis le crime. Il pleut sans arrêt dans ce roman. Dans les rares moments d'accalmie, Simenon tente aussi de capter cette lumière impalpable qui m'intrigue.

Aujourd'hui, le port de Dizy, dont Maigret a humé l'atmosphère, est désert, et, pour tout dire, inexistant. Il n'y a pas de *Café de la Marine*, seule construction de l'endroit, d'après Simenon : « Il y régnait une odeur caractéristique qui suffisait à marquer la différence avec un café de campagne. Cela sentait l'écurie, le harnais, le goudron et l'épicerie, le pétrole et le gasoil. »

La maison-éclusière est coquette, avec ses graviers immaculés et ses parterres de fleurs. Le périmètre est interdit à toute personne extérieure à la batellerie ou à la navigation de plaisance. À présent, les éclusiers n'ont plus de poste fixe. Ce sont des agents itinérants qui ont la charge de deux à cinq écluses. Ils vont d'un poste à l'autre à l'aide d'un véhicule, seul autorisé à circuler sur la voie de halage.

Comme je le craignais, la proximité d'Épernay éloigne la rivière du canal de plusieurs centaines de mètres, voire parfois d'un bon kilomètre. À l'embranchement, Milan et moi décidons de nous séparer et de nous retrouver devant la mairie d'Aÿ. Milan suivra le canal, moi la rivière. Celle-ci s'approche d'Épernay sans y pénétrer franchement. Très vite, je m'aperçois que je n'ai pas fait le meilleur choix, la Marne se frayant un chemin à travers la zone industrielle et les faubourgs de la ville.

Une jolie promenade, intitulée « parcours de santé », avec escalade, slalom, barres parallèles, saute-mouton, tente de racheter la trivialité conquérante du béton et des hangars logistiques entourés de parkings déserts d'où émergent des îlots de poubelles sélectives. Une accélération s'est produite on ne sait plus quand : un jour cette organisation froidement utilitaire a tout submergé.

Les abords d'Épernay ne sont ni plus laids ni plus décousus qu'ailleurs. Ils se situent dans l'honnête moyenne de ces espaces gaspillés qui se ressemblent tous. En lisant Julien Gracq ou Jacques Lacarrière, on est frappé par la netteté des paysages, des villes et des villages qu'ils décrivent. Cela ne date pourtant pas d'un temps si lointain. La campagne était familière, entretenue, ses représentations encore bien balisées. On était dans la continuation du *Tour de France par deux enfants*, une suite beaucoup moins convenue et infiniment plus poétique. La coupure entre le rural et l'urbain était encore assez nette. Gracq et Lacarrière évoquent un pays aujourd'hui disparu. S'ils n'étaient pas dupes des nombreuses disgrâces que subissait déjà le territoire, ils n'ont voulu voir qu'une France indemne d'altérations. Un voyage réussi ne va pas sans une part d'aveuglement.

« Épernay, c'est la ville du vin de Champagne. Rien de plus, rien de moins », remarque Victor Hugo qu'on a connu plus inspiré. Encore une ville qui profite de sa rivière, mais ne lui accorde pas une considération démesurée. La Marne est à l'écart du centre installé sur la rive gauche, pas très éloignée, cependant, de l'avenue de Champagne qui regroupe les grandes maisons. Seule Castellane, en face de la halte nautique, se met en scène – se met en quatre, pourrait-on dire, tant le show est éblouissant. La rivière et surtout la ligne de chemin de fer, deux voies qui cohabitent depuis La Ferté-sous-Jouarre, profitent du spectacle. Intrigués, les voyageurs de la ligne Paris-Strasbourg sont persuadés que les installations de Castellane sont celles de la gare d'Épernay. La confusion est pardonnable : l'architecte, Marius Toudoire, est le même que celui de la gare de Lyon. Deux édifices presque jumeaux avec la même tour néotoscane. L'espace d'un éclair, les voyageurs entrevoient les noms des grandes capitales en émaux bleu ciel : Vienne, Copenhague, Naples, Alexandrie. L'œuvre de Toudoire aurait bien besoin d'être rafraîchie, mais sa brève invitation au voyage a quelque chose de foudroyant.

Épernay aura été occupée par l'armée allemande au moment de la retraite de la Marne, du 4 au 11 septembre 1914. Pour retarder l'avance française, les Allemands font sauter le pont sur la rivière. Épernay n'a pas trop souffert du pillage dans les caves de champagne. Des troupes complètement ivres et incapables de combattre, l'image relève de la légende. Comparé à 1870, l'envahisseur a été plutôt « correct ». À la tête de la IIe armée censée envelopper

Paris et anéantir l'adversaire, von Bülow remâche sa rancœur à Épernay. Dans la demeure des Moët où il s'est installé, des témoins le surprennent à sangloter.

Passées les installations de Castellane, on se perd dans un labyrinthe de chemins mal empierrés et de sorties d'usines. La tentation est de les qualifier d'*improbables*, n'était l'abus qui est fait de cet adjectif – « ôter aux mots leurs sales habitudes », préconise Ponge. À peu près tout est improbable aujourd'hui, qualificatif commode qui évite de définir la chose. À moins que le mot ne rende au contraire parfaitement compte de l'inconsistance de notre époque, de sa part douteuse et invérifiable ?

Nombreux jardins potagers à la sortie d'Épernay. Odeur du linge qui sèche au soleil. Un parfum lumineux qui sent le frais et le vent, sensation à la fois douce et énergique. Deux voisins devisent de part et d'autre de la haie. Ils s'arrêtent de parler à ma vue. Ils ne marquent aucun signe d'hostilité, mais je ne suis pas le bienvenu. Pas une mauvaise herbe, les tuyaux d'arrosage sont soigneusement enroulés près du robinet, la tondeuse est bâchée. Seul le linge étendu flotte. Malgré l'alignement des thuyas, je sens leur gêne à étaler contre leur gré la physionomie de ce travail sans défaut, à voir révéler leur souci maniaque du détail. Pour eux, j'imagine, il doit être aussi obscène de laisser entrevoir leur enclos que leur chambre à coucher. À l'image des pêcheurs, les propriétaires n'apprécient guère l'inconnu qui passe, démasquant leur petit royaume depuis le chemin de halage. Ce territoire appartient à la sphère privée, on le présente avec fierté aux parents et amis, l'étranger doit passer son chemin.

Les habitations plantées au-dessus de la Marne possèdent presque toujours un espace cultivé. Celui-ci fournit non seulement des légumes, des fruits, des fleurs, mais établit aussi une mise à distance et sert de protection contre les crues. Dans le jardin-refuge que le chemin de halage dévoile, l'intimité, les goûts, les obsessions sont exhibés : animaux en plâtre (lion, canard, chien), nains avec leur contingent de gnomes, lutins et autres gremlins, puits où l'eau est tirée par un moulin à vent d'opérette, coin-barbecue orné de débris de faïence, campement de toile encrêpé, etc. Le décalage est frappant entre le jardin cultivé, compartiment strict, séparé par des allées et des bordures végétales, et le débordement ornemental des tonnelles, bassins, grottes et rocailles galonnés de faux pampres et de ramages synthétiques.

Au carrefour du travail manuel et de l'esprit humain, le jardin est une mise en ordre du monde obligeant à entretenir une relation intime au temps, au vivant, au silence. Le kitsch, la surcharge, la standardisation ne peuvent faire oublier ce qu'il a fallu de patience, d'ingéniosité, de rigueur pour amadouer la terre, appliquer des règles respectées et répétées par des générations. Jardiner témoigne d'un degré de culture et d'un système de valeurs qui ne sauraient justifier le regard condescendant de ceux qui considèrent ces enclos-cocons comme le signe d'un repli et de la vulgarité plébéienne.

33

« Les puritains du champagne » : le titre de mon premier article sur le vin effervescent. J'ai connu Aÿ il y a trente ans, déjà enthousiasmé par ce paradoxe : le symbole de la frivolité et de la fête requiert, chez les Champenois, une forme d'ascèse. Cet aspect janséniste imprègne toujours le comportement des grandes maisons. Pour illustrer mon propos, j'avais choisi Bollinger, marque restée aux mains de la même famille depuis sa création en 1829. L'un des champagnes les plus fameux menait ses activités sur les hauteurs d'Aÿ dans un décor digne d'un notaire de province. Pas de nom à l'entrée. Ce mépris des apparences me fit forte impression. Depuis lors, j'ai compris : plus c'est voyant, moins c'est bon. Ce que confirme le dicton : « À bon vin, point d'enseigne ».

On fait le vin que l'on est. Contrairement aux apparences, le champagne est un vin originellement austère. Les bulles font illusion. Avant l'effervescence, il est marqué par la raideur et l'intransigeance. Seuls des palais particulièrement avertis parviennent à en discerner les promesses. Un retournement va s'accomplir par la mousse, mais surtout par l'assemblage. Un vrai champagne n'exhibe pas ses qualités. Sa personnalité ne saurait être envahissante. Il doit se retrancher dans une forme de sobriété pour ce qui est des arômes et des bulles. Ce raffinement le distingue des autres vins pétillants.

Le vieux fond champenois aime à entretenir l'idée d'une prédestination, la gratuité d'un don que le Ciel aurait octroyé à ce terroir, ce qu'on appelle la grâce. Dans l'élaboration, la faculté de choisir, le libre arbitre sont beaucoup moins agissants que pour les autres appellations. La méthode est assujettie à un ordre très contraignant. Les clairettes, crémants ou autres *cavas* espagnols cultivent un parti pris de faconde que le champagne abomine. Lui rejette l'exubérance, le pommadé. D'où, parfois, une caricature : des vins neutres, acides et sans relief, à la limite du délavé.

C'est dans les caves de Bollinger que j'ai fait la connaissance de Milan au début des années 80.

La marche change radicalement la relation à l'espace et au monde. Le village d'Aÿ m'est familier, mais je le vois à présent sous un jour différent. La voiture, qui permet d'accéder promptement au cœur d'un village, ne met en mouvement que le cerveau ; manqueront toujours le toucher, le contact physique, cette friction de la plante des pieds et du talon avec le sol, sans lesquels l'expérience de la vie immédiate est incomplète. Les orteils palpant la surface de la croûte terrestre nous renseignent mieux que la tête sur la consistance des choses.

Le sac à dos modifie le regard d'autrui. Autrefois, le chemineau était perçu comme un vagabond. Aujourd'hui, le randonneur est considéré comme appartenant à une espèce à part, impossible à classer. Il cache une autre vie. Que fait-il quand il ne marche pas ? Il n'est pas socialement identifiable. L'anorak, le bâton, l'équipement, qui tiennent lieu d'uniforme, font l'effet d'un camouflage.

Devant la mairie, je retrouve Milan et vois soudain passer une vieille connaissance, personnalité respectable et écoutée du monde champenois que je fréquente depuis longtemps. Il regagne son 4 × 4 et regarde avec une vague expression de dédain les deux marcheurs fourbus assis sur les escaliers. Ai-je à ce point changé ? Je suis dépenaillé, mes vêtements sont poussiéreux. Milan, lui, paraît moins négligé. Ce qui le rachète, c'est sa mèche légendaire, rebelle mais domptée. « On a l'air de deux SDF », s'enthousiasme-t-il. Depuis que nous sommes partis, il affirme qu'on devrait avoir un chien, compagnon indispensable de la cloche et des asociaux.

— Mais pourquoi veux-tu à tout prix avoir l'air d'un clodo ?

— Les gens regardent autrement, et ce regard-là, figure-toi, j'aimerais bien le saisir.

Quelques minutes plus tard, nous sommes interpellés par le conducteur du 4 × 4. Il a abaissé sa glace et lance dans ma direction, sans manifester la moindre surprise : « Ravi de vous voir, cher ami ! Comment allez-vous ? » Pour ne pas bloquer la circulation, il fait un geste d'impuissance, démarre sans attendre ma réponse, et disparaît.

— Qu'en penses-tu ? dis-je à Milan.

— Il cache bien son jeu, le grand sachem du champagne ! Il ne manque pas d'humour.

— Ah, tu trouves ? J'appelle plutôt cela de l'hypocrisie.

— Et alors ? Ce n'est pas incompatible. Il y a aussi une part de dissimulation et de retenue dans l'humour. C'est très champenois. L'humour a ceci de commun avec le champagne qu'il libère une énergie emprisonnée.

Aÿ est un village qui a beaucoup d'humour. Tant de rues étroites, de portes cochères dissimulant la force nocturne de millions de bouteilles enfouies dans les profondeurs et prêtes à exploser ! L'authentique capitale de la Champagne n'est ni Reims ni Épernay, mais cette petite cité du bord de Marne où sont nés autour de 1670 les premiers vins qui prirent mousse. Le champagne s'est d'abord appelé « vin de Rivière » ou vin d'Aÿ. Cela sonne moins bien, mais le mot champagne, qui a fini par acquérir la pétillance et la grâce de ce vin, n'est pas, à l'origine, particulièrement élégant. Campagne, champagne, c'est la même origine : la plaine, le contraire d'un pays de bocage, une terre plate et aride sans caractère saillant ni qualité frappante. La France possède nombre de champagnes : berrichonne, mancelle, charentaise, tourangelle, caennaise, etc. Une seule a su, de manière inégalable, opérer le renversement – le cognac est bien loin derrière avec ses Grande et Petite Champagnes.

Le vin effervescent a une dette envers la Marne. Sans la rivière reliant ce vignoble à Paris, le champagne serait resté inconnu. Depuis le Moyen Âge, l'amateur appréciait ces vins de Rivière produits autour d'Épernay. Le plus fameux était le vin d'Aÿ que l'on vinifiait en blanc, alors que la Montagne de Reims élaborait essentiellement du rouge. Très vite, à la fin du XVIIᵉ siècle, Aÿ fut réputé pour sa mousse

« particulièrement explosive[1] ». De nombreux écrivains ont chanté la qualité du vin d'Aÿ. Les propos de Saint-Évremond permettent de se rendre compte du chemin parcouru dans le domaine de la dégustation : « Le bon vin d'Aÿ est le plus naturel de tous les vins, le plus sain, le plus épuré de toutes les senteurs du terroir, et d'un agrément le plus exquis par le goût de pêche qui lui est particulier, et le premier, à mon avis, de tous les goûts. »

Depuis Saint-Évremond, les mots pour qualifier les vins n'ont pas vraiment évolué et je préfère de loin la saveur simple et éloquente de ce poète aux commentaires de nos prétendus experts. Je ne sais où il a pêché ce goût de pêche, mais peut-être a-t-il voulu souligner l'aspect velouté de ces vins ronds et fondants qui composent encore aujourd'hui les têtes de cuvées les plus recherchées.

Entre canal et rivière, nous sommes, depuis Épernay, dans la grande vallée de la Marne, par opposition à la simple vallée de la Marne en aval d'Épernay.

Halte sous les grands platanes d'un mail donnant sur le petit port de Mareuil-sur-Aÿ où sont ancrés à l'année quelques grosses péniches et des bateaux que loue Josita, valeureuse figure du canal, issue d'une lignée de mariniers. Assis sur un banc, nous grignotons un morceau de pain accompagné d'un fromage.

— Une petite coupe ne nous aurait pas fait de mal, relève Milan.

Hélas, nous n'avons pas de verres, encore moins de bouteille. Frustrant, alors que des millions de

---

1. Jean Nollevalle, *Le Vin d'Aÿ : à l'origine du champagne*, Fonds agéen d'histoire locale, 1988, ronéotype.

flacons dorment sous nos pieds. Au mini-market, tout à l'heure, j'ai aperçu sur les rayons quelques marques assez quelconques.

— Milan, nous n'allons tout de même pas déguster du champagne dans des gobelets en plastique !

Sur ces sujets-là, nous sommes toujours d'accord, et même au-delà. Ce n'est pas le conformisme qui dicte notre attitude, mais le respect que l'on doit au vin. Il est indéniable qu'il n'a pas le même goût et perd une bonne partie de ses mérites s'il est servi dans un contenant inapproprié. Surtout le champagne, qui exige expressément la flûte, laquelle permet un dégagement régulier et adéquat des bulles. Longtemps utilisée, la coupe est une horreur : elle disperse l'effervescence et émousse la sensation fine et piquante que procure le champagne. Les vrais Champenois comme Milan emploient le mot coupe par pure fidélité sémantique à la tradition, mais ils désapprouvent sévèrement son usage qui sabote ce vin si sophistiqué.

— Tout près d'ici il y a une bouteille de champagne. J'espère qu'elle n'a pas disparu… Malheureusement, on ne peut pas l'ouvrir. Tu verras, ça vaut le détour. D'ailleurs, non : c'est sur notre chemin.

34

Je connais le château de Mareuil, cette propriété mystérieuse située près du port. Beaucoup d'arbres ont disparu. Ceinte de ces murs gris si marnais, la demeure appartenait à un homme aujourd'hui disparu, Jean-Michel Ducellier, personnalité débordante de finesse et de brio, de cette éloquence champenoise, allusive et déliée, à laquelle je me suis longtemps laissé prendre. Michelet assure que le Champenois a « l'esprit leste, juste, avisé, malin ».

À la mort de son patron, décédé sans postérité, Ducellier avait hérité d'une marque prestigieuse de champagne, Ayala, et d'un cru classé bordelais, La Lagune, ainsi que de cette résidence, l'un des rares châteaux champenois. Autrefois propriété des ducs d'Orléans, elle fut achetée sous la monarchie de Juillet par le duc de Montebello, fils du maréchal Lannes, tué à Essling. Montebello fut, à la fin du XIXe siècle, le nom d'une des plus fameuses maisons de champagne. Le château détenait beaucoup de souvenirs napoléoniens, mais l'ami Ducellier refusait obstinément de répondre à mes appels du pied. L'année de la parution de mon livre *La Chambre noire de Longwood*, sans que j'eusse à le demander, il me confia sans explication la clé du château.

Je comptais y passer une bonne partie de l'après-midi. J'étais seul. C'était un jour d'hiver. Très vite, j'eus l'impression désagréable que le maréchal Lannes, dont les portraits ornaient les murs de toutes les pièces, me surveillait. Partout des étendards, des armes, des décorations, des reliques : c'était étouffant. Accablé par tous ces souvenirs guerriers, j'avais retrouvé la quiétude en me promenant dans le parc dont la terrasse ouvre sur le canal et la Marne. La conjonction de l'épopée napoléonienne et du business de champagne était pourtant unique.

Je m'interroge encore sur les raisons de ce trouble. Je suis captivé par l'Empire – une passion proche parfois de l'égarement –, ce moment assez rare de notre histoire où, dans le sillage de la Révolution, tout fut possible pour ces hommes issus du peuple tels que Lannes, à l'origine apprenti teinturier. Même si le cynisme de Napoléon est souvent déplaisant, je reste séduit par la chanson de geste. Néanmoins, les musées et les objets de culte relatifs à cette période renferment, pour moi, un côté truqué, mortifère, qui me met mal à l'aise. Peut-être parce que cette histoire a besoin plus que d'autres d'être arrangée. La muséographie de la guerre de 14-18, épisode bien plus sanglant encore, me gêne moins.

Nous sortons du village. Sur la rive droite, les coteaux descendent abruptement vers le canal et la rivière. La « grande » vallée de la Marne doit son qualificatif à son élargissement. La rivière ne compte plus qu'une seule rive du côté vignoble, l'autre s'étale et disparaît dans la plaine. Devant une corniche plantée de vignes qui dégringolent vers la départementale, Milan déclare solennellement :

— Voilà la bouteille.

— Je ne vois rien.

— C'est le clos des Goisses, une curiosité de la Champagne. On y produit un cru provenant exclusivement de cette colline. Tu sais que c'est contraire à l'esprit de notre vin, élaboré en principe à partir d'assemblages. Passons de l'autre côté du canal. Tu verras mieux. Regarde, le clos des Goisses se reflète dans l'eau : l'ensemble reproduit la silhouette d'une bouteille de champagne.

En se forçant un peu, on peut en effet discerner la forme d'une bouteille. Il faut surtout y croire, et je ne voudrais pas faire de peine à Milan. Lui-même ne semble d'ailleurs pas très convaincu.

— Tu parlais d'un reflet dans la Marne. En fait, cette bouteille se réfléchit dans le canal.

Voir partout des bouteilles, dans cette Champagne, et au besoin en inventer, est conforme à la logique. Bien plus qu'ailleurs c'est la bouteille qui fait le vin. Ce contenant très particulier sert non seulement de récipient, mais aussi d'outil de travail. Sans ce flacon, il n'y aurait jamais eu de vin effervescent. Les Anglais ont été les premiers à imaginer un verre épais pour l'enfermer afin qu'il continue à pétiller comme dans les barriques.

Cette bouteille, dite « la champenoise » – comme il y a la bordelaise et la bourguignonne –, est ingénieusement conçue. Le ventre est pansu en même temps que parfaitement cylindrique pour pouvoir ranger les bouteilles horizontalement, faute de quoi leur empilement se trouverait déséquilibré. Les épaules sont basses et fuyantes, permettant au dépôt de glisser sans encombre lorsque la bouteille est couchée. La champenoise reste de loin la plus lourde des bouteilles, le verre doit résister à la pression du gaz carbonique. La casse a longtemps été une source de tracas pour les maisons de champagne. Visiteurs et employés étaient équipés d'un casque pour se protéger de l'explosion qui pouvait atteindre 30 % des bouteilles avant 1914.

Lorsqu'on a creusé le canal latéral, la Marne a été chassée de son lit et détournée. Milan en parle comme d'une vraie mutilation. Ce n'est pas la première fois que j'entends de tels propos. N'est-ce pas une facilité de comparer la Marne à un être vivant qui se comporterait et souffrirait comme nous ?

— Qu'est-ce qu'on peut faire d'autre ? s'exclame Milan. Depuis le début, tu la considères comme une personne. Sinon, tu aurais abandonné depuis longtemps. J'ai remarqué ce que tu as dit, tout à l'heure. Pour toi, le canal ne compte pas. La bouteille s'y reflète, tu t'en moques. Tu n'as d'yeux que pour la Marne. Un vrai couple !

— N'exagère pas. Un couple… ? En tout cas, je te jure que, pour l'instant, c'est très platonique.

— C'est ce que je me disais. Ce qui manque, dans tout cela, c'est un bain dans la Marne. Rien ne remplace le contact physique !

— Il paraît qu'elle est dangereuse.

— Je m'y suis baigné pendant toute mon enfance : rien à craindre. Après Condé, je connais un endroit qui devrait faire l'affaire.

35

Nous quittons le vignoble qui, doucement, fait place à la plaine céréalière, la Champagne sèche et crayeuse : une large tache de forme circulaire qui constitue le revers de la *cuesta*. Les champs dessinent à l'infini une ligne tendue à l'horizon, soulignant le moindre obstacle : villages, silos, pylônes.

Cette immensité a souvent inquiété l'envahisseur venu de l'Est. L'espace français n'a rien à voir avec la plaine russe illimitée qui a anéanti Napoléon et Hitler. Cependant, Braudel a fait ressortir l'atout d'un pays comme le nôtre. Beaucoup moins vaste, il est parvenu lui aussi à rejeter l'ennemi grâce à l'impression de démesure qu'engendre la steppe champenoise. « En 451, les plaines de Champagne ont dévoré les Huns », a écrit Victor Hugo. En 1914, les longues marches d'une armée allemande harassée, évoluant dans « un espace difficile à maîtriser, parce que trop vaste », auront usé l'adversaire.

Le chemin de halage accentue cette platitude infinie, rompue de temps à autre par une passerelle ou un pont. Heureusement, il y a les ponts sous la voûte desquels nous nous amusons à faire retentir nos voix. Même les graffitis ne varient guère : « bite », « enculé », « ratons dehors », cœurs fléchés, prénoms entremêlés tracés à la bombe. L'inspiration reste assez pauvre. La seule originalité tient à l'emplacement. Ces inscriptions sont souvent situées à des endroits absolument inaccessibles au commun des mortels. Comment le graffeur a-t-il pu atteindre le sommet de cet encaissement sans la moindre aspérité permettant de se cramponner pour calligraphier « Jessica je t'aime » ?

En marchant, les pensées se transforment en idées fixes sans issue ; les images, les impressions changeantes nées de la vue d'un feuillage, du vol d'un héron, d'un talus, n'aboutissent pas. Cette dissipation me conforte dans l'idée du « peu de réalité » du monde, cher à André Breton, et du caractère provisoire des choses. Le poète conseille d'ailleurs de « ne pas alourdir ses pensées du poids de ses souliers ».

Les propos que Milan et moi échangeons seraient incompréhensibles à quiconque y prêterait l'oreille. Ils ne sont pas non plus toujours limpides pour nous : phrases inachevées, mots isolés (« L'oiseau… », « Oh, le pêcheur… »). Dans ce voyage à deux, les points de suspension, la discontinuité, l'espacement sont indispensables, sous peine d'être condamné à tout commenter. La répétition exige de temps à autre du nouveau. Nous découvrons, sur la rive gauche, une rivière qui se déverse dans la Marne. Pour Matrona, la prise est modeste : c'est un enveloppement plutôt qu'un avalement. L'affluent se nomme la Somme-Soude. Les sommes sont des sources provenant du sous-sol de craie ; on les appelle ici « les yeux de la Champagne ».

Une belle grève apparaît dans cette lumière indéfinissable, vive et éteinte à la fois, diffusée par la rivière. Sables et galets : un endroit idéal pour la baignade. L'étiage est assez bas. Des troncs d'arbres échoués, nettoyés par les mouvements de l'eau, sèchent au soleil. L'écorce a depuis longtemps disparu. L'un de ces fûts ressemble à une sculpture de vieil ivoire. La trace des anciennes ramures, polies par les courants, a laissé une série de loupes un peu plus sombres et des cavités anguleuses qui font penser à une sculpture cubiste. Le lit de la rivière a dessiné un chenal. Sans être impétueux, le courant y est rapide. Effet térébrant de l'eau vive sur la peau. Le cours s'accélère vers la partie où le chenal s'évase. Il reprend alors ses aises et devient boueux. Un bain dans la Marne : me voici un peu plus engagé avec Matrona. À en croire Milan, je considère cette rivière comme une personne. Je dois être le seul. Je n'ai jamais entendu quelqu'un l'appeler « Marne » à l'exemple des Gascons qui nomment leur fleuve « Garonne » comme s'il s'agissait d'un être vivant.

Derrière les arbres de la berge, nous n'avons pas vu s'approcher un homme assez jeune vêtu d'une combinaison bleue toute crottée à hauteur des jambes.

— Vous savez que la baignade est interdite ?

Alors que nous remontons sur la rive pour récupérer nos vêtements, il dit que le lit de la rivière se creuse de plus en plus. Un enfoncement de un à deux mètres. Conséquence : la pente de la Marne diminue. Selon lui, le lâcher des eaux du lac du Der-Chantecoq provoque un phénomène d'érosion. Créé en 1974, ce barrage-réservoir situé en amont est destiné à réguler le cours. C'est la première fois qu'on l'évoque devant moi. J'en entendrai parler abondamment pendant le reste du voyage. C'est le plan d'eau le plus vaste d'Europe. L'homme estime que le délestage est responsable de la formation du goulet où nous nous sommes baignés.

— C'était parfait pour la baignade, fais-je sans réfléchir.

— Ah ça, c'est bien une réflexion de Parisien. C'est connu : vous autres, vous ne voyez que votre agrément.

Je sens le paysan contrarié par notre baignade, un sentiment ambigu où se mêlent la pulsion du propriétaire, une sourde animosité à l'égard de Paris et une jalousie envers ces oisifs qui musardent sur ses terres. Braudel affirme que « l'habitude de se plaindre des paysans a été prise plus qu'au sérieux par les historiens ». Veut-il signifier par là qu'on a accordé une importance démesurée à leurs récriminations ?

Après Aulnay, la Marne décrit des arabesques de plus en plus prononcées et se rapproche d'anciennes gravières qui excitent sa convoitise. Une rivière comme celle-ci est toujours tentée par de nouvelles captures, attendant son heure pendant la période des crues, moment dangereux où le fleuve incontrôlable sort de son lit et essaie désespérément de modifier son aspect pour donner un autre cours à son existence.

Bordé par des noyers, le chemin de halage est jonché de centaines de coques dont l'enveloppe extérieure, tendre et fendillée, dévoile une carapace ridée, gainée d'un léger duvet. Nous passons l'écluse de Juvigny où fut tourné *Le Baron de l'écluse* : Jean Gabin, qui vit d'expédients, s'est arrêté dans le bistrot au bord de l'eau tenu par Maria. Il y joue à la belote et reprend goût à la vie.

Bientôt Châlons-en-Champagne. Le pays s'appelait autrefois la Chalonges, mais ce nom-là a sombré dans l'oubli. Cette contrée est parfois désignée comme la Champagne châlonnaise, partie éminente de la Champagne crayeuse. Ainsi faut-il désormais la qualifier : elle n'est plus « pouilleuse ». À la rigueur, on peut dire Champagne sèche. Il n'y a pas si longtemps, la ville elle-même se nommait Châlons-sur-Marne.

Je me gave de noix et m'arrête sans cesse pour casser une coquille avec le talon. Les cerneaux sont tendres, d'un blanc crème, au goût suave et encore un peu amer.

Nous venons de passer sous l'autoroute A26. Un grondement scandé par la percussion des véhicules sur les plaques de béton. Au haut d'un pilier, ce graffiti foudroyant : « L'argent ne fait pas le bonheur, le malheur fait l'argent. »

36

Châlons, l'ancienne Catalaunum, créée au croisement d'une voie romaine, la via Agrippa, et d'une
rivière, la Marne. Étape sur la grande route d'Allemagne. À de nombreuses reprises, Napoléon fait
halte à Châlons et dort à la Préfecture : en 1806, au
retour d'Austerlitz ; en 1808, sur le chemin d'Erfurt ;
en 1812, au départ de la campagne de Russie ; en
1814, pendant la campagne de France. Cette dernière
fois, il arrive seul, sans une armée neuve, annonçant
à ses généraux atterrés qu'il va rosser l'adversaire :
« Cinquante mille et moi, cela fait cent cinquante
mille hommes ! » Ce n'est pas une vantardise. Par sa
seule présence, il va deux mois durant semer la
panique parmi les Alliés.

Ne pas oublier l'accent circonflexe sur le *a* de Châlons, le *s* aussi, qui distinguent cette ville de son
homonyme, Chalon-sur-Saône. Au Moyen Âge, elle
se nommait Chaalons. Le chapeau est supposé donner à la voyelle une tonalité plus intense et plus
sonore, mais Châlons et Chalon se prononcent de
même façon. Depuis 1990, la réforme de l'ortho-
graphe autorise les lettres *i* et *u* à rester nu-tête. De
même que le couvre-chef longtemps délaissé est
revenu à la mode et donne un style personnel et plaisant à des physionomies insignifiantes, l'accent cir-

conflexe rehausse avec panache des mots courants de la langue française. Corrigeant ses épreuves, Flaubert se plaindra auprès de son éditeur : « L'accent circonflexe de Salammbô n'a aucun galbe. Rien n'est moins punique. » Que serait la forêt sans son couronnement circonflexe ? Et le goût ? Il y perdrait toute saveur. Sans parler de la fête qui, avec un simple accent grave, ne serait qu'une foire. Il ne faudrait pas que, par souci de simplification, Châlons escamote le gracieux bicorne de son *a* comme elle s'est débarrassée de sa rivière.

Un peuple gaulois, les Catalaunes, est à l'origine de cette ville. Les champs catalauniques : le nom de la bataille qui, en 451, opposa les Huns aux Francs alliés aux Romains, m'envoûtait, enfant, par sa substance bizarre. Je m'imaginais une série d'immenses enceintes où deux armées s'affrontaient dans un combat sans merci à l'une des heures les plus sombres de l'Empire romain. La présence d'Attila, *le Fléau de Dieu*, conférait à cette bataille qui bouleversa l'Europe un aspect sauvage et funèbre. On ne sait même pas où eut lieu ce choc au cours duquel le chef des Huns parvint à s'échapper, épisode qui sert de décor à l'*Attila* de Pierre Corneille, dont la thèse est d'opposer la France naissante au déclin de l'Empire romain. Corneille ne croyait ni à la fatalité ni à la décadence : « Un grand destin commence, un grand destin s'achève. L'empire est prêt à choir, et la France s'élève. » À quelques kilomètres au nord de Châlons, un lieu-dit se nomme le Camp d'Attila.

Pierre Dac et Cabu sont originaires de Châlons. Une ville qui a vu naître (rue de la Marne, en plus) le créateur de *L'Os à moelle* et celui du *beauf* mérite qu'on s'y attarde. « À quoi servirait l'intelligence si l'imbécillité n'existait pas ? » a écrit Pierre Dac qui a sa rue à Châlons – un « espace culturel » porte aussi son nom. Une réflexion qu'on pourrait appliquer au beauf dont le modèle fut le patron du bistrot *L'Alsacienne*, situé près des Halles. Le beauf, un vrai type de caractère, passé dans le langage courant. Un des seuls spécimens nationaux, avec Marie-Chantal, à avoir été inventés depuis la guerre.

Milan est né à Châlons, il y a passé les quinze premières années de sa vie. Il connaît parfaitement la ville, mais doit me quitter pour la journée.

Alors que je m'attable à une terrasse, place de la République, un homme m'interpelle :

— Ça, c'est une surprise ! Qu'est-ce que tu fais là ?

Le visage ne me dit rien. On doit se connaître, puisqu'il me tutoie. À moins que...

— On a suivi tes mésaventures. Tu sais, je me suis battu. À mon niveau, bien sûr. Quelle histoire !

Il fait allusion à des déboires personnels survenus il y a plus de vingt ans. Enlevé à Beyrouth, j'ai été détenu pendant trois années par le Hezbollah. Les visages des otages apparaissaient quotidiennement à la télé et il arrive encore souvent qu'on me reconnaisse dans la rue. Au début, je supportais sans difficulté d'être abordé par des inconnus. Ils me manifestaient leur solidarité, leur joie de me voir revenir vivant de cette épreuve. À mon tour, je leur exprimais ma gratitude. À la longue, pensais-je, on finirait bien par oublier mon visage. Aujourd'hui, le souvenir s'estompe sans pour autant disparaître complètement de la mémoire. C'est ma hantise. À la manière dont on me dévisage, je sais exactement ce qui va se passer. Je me flatte d'avoir acquis dans ce domaine une expérience et une intuition hors pair. De deux choses l'une : ou on m'a reconnu et je risque à 50 % d'être accosté, ou on a identifié un visage, mais lequel ? « Je suis sûr de le connaître, c'est agaçant, on s'est déjà vus… »

Je vois parfois des gens, au restaurant, dans un train ou lors d'un entracte, fouiller leur mémoire, s'appliquant désespérément à mettre un nom sur cette physionomie vaguement familière. Que de fois suis-je abordé par une personne qui m'assure que nous habitons la même ville, que je travaille à la télé ou que nous avons fait connaissance aux sports d'hiver, à Chamonix, station où je n'ai jamais mis les pieds.

Depuis que je suis parti de Charenton, j'ai été sur le point d'être démasqué. Mes impedimenta, ma tenue ont jusqu'à présent brouillé les pistes. Cette fois, je suis rasé, mon sac est resté à l'hôtel. Comme je m'en doutais, l'homme qui m'a interpellé a été naguère journaliste, ce qui, de son point de vue, l'autorise à me tutoyer.

Sans façon, il s'assoit à ma table et raconte sa vie. Il a créé une boîte de communication : « Je suis publiciste. Ici, je connais tout le monde. Si tu as besoin… »

Publiciste, c'est un mot qu'on n'emploie plus guère. Une manière élégante de signifier qu'il est publicitaire ? En tout cas, il semble grenouiller avec aisance dans cet estran qu'est devenu l'espace plus ou moins flou des relations publiques, du journalisme et de la pub, marque d'une époque qui se plaît à entretenir la confusion des genres pour faire du business.

Le type de l'ex-soixante-huitard sur le point d'accéder à l'état de vieux beau : les cheveux longs très soignés, la barbe méticuleusement taillée ; visiblement opportuniste, la pugnacité d'un fox-terrier, le sourire cannibale. L'exemple même du personnage que j'abhorre. Il m'agace et pourtant, malgré son sans-gêne, je le trouve sympathique. De cet homme émane une générosité, une de ces formes de séduction désintéressée qui me toucheront toujours. J'ai un faible pour les bonimenteurs. Dans leur souci de convaincre entrent du dévouement, un don de soi.

Avec munificence, il distribue des *salute* à l'italienne. On lui répond avec un mélange d'affection et d'ironie. Pour lui, la Région Champagne-Ardenne ressemble à une chaussette avec un trou.

— Le trou dans la chaussette, c'est Châlons. La chaussette se détricote de plus en plus. La Champagne-Ardenne est la seule région de France à décroître en nombre d'habitants. Mais Châlons sera toujours l'oasis au milieu du désert céréalier, la tache verte dans la Champagne sèche. Tous ces canaux, ces détournements, ces bras morts : c'est la maîtrise de l'eau qui fait les oasis. Et, dans ce domaine, nous ne sommes pas les plus mauvais.

Il appelle la Marne « la rivière martyre ». Il se lève soudain : « Je vais te montrer. » Depuis le pont, nous contemplons l'eau.

— Tu la vois, c'est la Vieille Carne. On l'a brimée, rectifiée. Maintenant, on la laisse tranquille.

Sous le pont, elle fait sa discrète : « Je suis bien là, mais je ne veux surtout pas gêner. » Les berges sont sauvages. Des langues de terre sableuse, de minuscules îlots hérissés de jeunes saules, d'innombrables chenaux lui donnent un air ancien de fantaisie poétique, un caractère doux et bucolique comme on en voit dans les gravures du XVIIIe. Ne manquent plus que des bœufs folâtrant au milieu du courant et quelques bouviers virgiliens assoupis sur la rive.

Le flux lumineux que la rivière répand alentour est plus que jamais étrange. Depuis ce matin, le ciel s'est chargé de nuages et émet sur la terre un reflet qui, sans être terne, est légèrement plombé, bleuâtre. « La rambleur ! » s'exclame le Publiciste. Je n'ai jamais entendu ce mot. C'est, explique-t-il, un terme typiquement châlonnais pour nommer une lueur blanche, passagère, qui vient perturber un ciel uniformément gris. Il a raison d'être fier de cette rambleur absolument *inéquivalente*, marquant la délicatesse et les imperceptibles nuances dont est capable la Marne châlonnaise. Mais cette singularité n'est pas propre à Châlons. Tout au long de son cours, la rivière diffuse cette lumière livide descendue du ciel. Mais c'est à Châlons qu'elle se manifeste le plus étrangement.

Ce mot ne cessera plus de me hanter. J'apprendrai plus tard qu'il a été utilisé par Claudel (« La ville resplendit d'une lumière fabriquée. On voit la *rambleur* de la ville »). Dans *Le Feu*, Barbusse évoque « une *rambleur* rouge sombre ». Ces deux écrivains semblent lui donner un sens quelque peu différent : celui d'une lueur réfléchie à l'horizon, suscitée par un incendie ou l'éclairage d'une ville, loin dans la nuit. D'origine inconnue, le mot est le seul à exister pour qualifier ce miroitement nocturne qui atteste la présence d'une ville.

— Rien ne remplace la navigation, dit le Publiciste.

Je ne l'ai pas attendu pour envisager la descente en bateau. Un de mes amis, Bernard Ollivier, a utilisé le canoë-kayak sur la Loire. Après avoir lu ses exploits[1] et constaté la galère qu'il a connue en pagayant sur le fleuve, j'ai renoncé à ce projet. Je n'ai ni son endurance ni ses capacités athlétiques – il est aussi allé en Chine, sur la route de la soie, à pied.

— Je peux t'arranger le coup.

Le Publiciste connaît le big boss responsable de l'entretien de la Marne moyenne. Ce service est composé de techniciens qui, toute l'année, sillonnent le cours d'eau en bateau de Saint-Dizier à Épernay. Avant la guerre de 14, cette partie de la rivière était navigable. Elle permettait l'acheminement du bois de chauffage et des produits de la métallurgie haut-marnaise vers la capitale. L'équipe de maintenance a pour tâche de veiller à l'écoulement des eaux. Régulièrement, elle inspecte la végétation des rives de façon à stabiliser les berges en en empêchant l'érosion.

— Une inspection doit partir de Saint-Dizier dans une semaine. J'imagine que tu atteindras cette ville dans trois ou quatre jours. Il te suffira de les attendre. Qu'en penses-tu ?

Descendre la Marne, je n'ose y croire. Encore faut-il que ces techniciens l'acceptent. Mon nouvel ami m'assure qu'il en fait son affaire.

Nous revenons vers le centre par la rue de la Marne qui suit le tracé de l'ancienne voie Agrippa. Le 22 juin 1791, autour de 16 heures, la berline de

---

1. *Aventures en Loire*, Phébus, 2009.

Louis XVI, franchissant le pont sur la rivière, aura emprunté le même itinéraire pour s'arrêter quelques instants dans la ville et relayer. C'est dans la soirée, à 23 heures, que la famille royale est arrêtée à Varennes-en-Argonne. Au retour, les fugitifs entrent de nouveau à Châlons, cette fois sous bonne garde. Couverts de poussière, hébétés par la chaleur et l'angoisse, les membres de la famille royale, à leur grande surprise, sont accueillis par une foule respectueuse. Durant ce retour vers Paris où ils ne cesseront d'être insultés et menacés, Châlons est la seule étape où ils connaîtront un répit et même une consolation. Un souper solennel y est offert au roi. Des partisans proposent au monarque de le faire évader. Mais il repousse l'offre, comme il le fera plus tard à Dormans. Désormais, le cortège, étroitement surveillé, suivra le chemin de la rivière jusqu'à Meaux.

37

Un groupe de soldats artilleurs jaillissant des ruines se rend à son poste de combat. Le premier, le lieutenant, tenant une canne à la main, a l'air décidé. Il n'a pas peur, il a compris qu'il allait mourir. Le second, lui, pense s'en tirer. Le troisième n'a pas le temps de songer à sa fin. Il ploie douloureusement, encombré d'équipements et de munitions : figure éternelle du brave pioupiou, toujours corvéable, qui n'a aucune chance d'échapper à la grande Faucheuse.

Le Publiciste a tenu à me montrer la sculpture en bronze qui orne le monument aux morts de Châlons. L'œuvre n'a rien de révolutionnaire. Le sculpteur n'a certainement pas « cassé le compotier », pour reprendre le mot de Cézanne. Mais, pour une fois, le style détonne en regard des productions patriotardes de l'entre-deux-guerres.

Pendant combien de temps les pouvoirs publics préserveront-ils les monuments de la Première Guerre mondiale ? Aucune controverse à l'horizon, même si commence à se poser la question des sommes exorbitantes que la conservation du patrimoine impose à l'État et aux collectivités locales. Ma génération a connu les survivants de la tragédie. Quand elle disparaîtra, le chaînon retenant deviendra manquant. Récemment, la bataille de la Marne a disparu des programmes scolaires comme, d'ailleurs, Joffre et Foch.

Foch était à Châlons le 13 septembre 1914, au lendemain de la victoire de la Marne. Jules Blain a assisté lui aussi au défilé des troupes victorieuses célébrant le retournement miraculeux. Il l'attribue surtout à l'épuisement des Allemands, trop éloignés de leurs lignes. Mais les fantassins français qui battaient en retraite depuis douze jours étaient tout aussi assommés de fatigue. Blain vante la clairvoyance de Foch, son mordant dans les marais de Saint-Gond, fatal à l'adversaire pendant la bataille, la limpidité de sa pensée. Il apprécie le fameux « De quoi s'agit-il ? », ce début de phrase dont Foch usait chaque fois qu'il faisait face à une difficulté. Chez Joffre il admire le sang-froid, le côté taiseux, « gros père ». Il note sa lenteur à choisir, mais s'émerveille de sa détermination sans faille, une fois la décision prise.

En 1914, la France est passée tout près de la catastrophe. Une fois de plus, la Marne est porteuse de mauvaises nouvelles. Le gouvernement a dû quitter Paris pour Bordeaux. Le 3 septembre, le pays retient son souffle et s'attend d'une heure à l'autre à un assaut sur la capitale. Des uhlans ont été aperçus à Gonesse, envoyés en éclaireurs par von Kluck. Tout est en place pour l'affrontement final.

Au soir du 3 septembre, l'état-major français constate avec surprise que l'attaque n'a pas eu lieu. La mort dans l'âme, von Kluck a reçu l'ordre de poursuivre la manœuvre d'encerclement, le plan Schlieffen, ce mouvement de faux qui doit envelopper Paris et aboutir à la destruction de l'adversaire. L'étirement du front va causer l'échec de la progression allemande. Un vide s'est produit dans le dispositif. Joffre aussitôt l'exploite, utilisant la 6e armée de Maunoury, composée des troupes de Lorraine rapatriées en toute hâte. Pris au dépourvu, les Allemands les voient surgir sur leurs flancs. Bien plus décisif que les taxis de la Marne, le rôle de cette 6e armée est la trouvaille de Joffre. L'« homme du train » était un as de la logistique. Après la bataille des frontières, il a su acheminer rapidement près de Paris les troupes défaites dont faisait partie mon aïeul, Georges Kauffmann. L'affrontement de la Marne, qui s'est déroulé sur un front de plus de deux cents kilomètres, a consisté en une multitude d'opérations parfaitement emboîtées les unes dans les autres.

Bien au-delà de la Grande Guerre, le passé m'envoûte et m'épuise à la fois. Il ne me donne aucun répit et crée chez moi une dépendance telle que, lorsque j'arrive dans une ville, il me faut à tout prix trouver un château, une église, une stèle, un musée. Châlons en possède trois. Je me limiterai à un seul, le musée Garinet. À cause de Jules Blain.

Une tête de mort. Elle sourit avec cette façon sadique qu'ont les macchabées de vous narguer et de vous dire : « À bientôt, mon frère ! » Sur le crâne est posé un épi de blé, symbole de la fragilité des choses. La peinture est là, devant moi : la *Vanité* de Simon Renard de Saint-André, peintre français du XVIIe siècle dont j'ignorais l'existence jusqu'à cette mention dans le livre de Blain. Les jansénistes, qui éprouvaient une grande méfiance vis-à-vis de l'art, goûtaient ce genre pictural invitant à la réflexion sur la vanité de l'existence terrestre et conforme à leur vision tragique :

l'irrémédiable corruption de l'homme ne pouvant être rachetée que par la grâce.

Cette visite m'a lavé le cerveau. Je mets le nez dehors, hagard. D'un musée je sors souvent l'esprit dévoré. Une sensation d'engloutissement. J'ai besoin de temps pour refaire surface et me détacher de la vision de cette *Vanité*.

38

Je retrouve Milan à l'hôtel pour le dîner et raconte ma journée. Lui a navigué sur le Mau dans un tunnel situé au centre de Châlons, sous le marché couvert. Il dépeint les voûtes sombres de pierre nue, les murs verts d'humidité, la barque avançant dans le silence. J'ai du mal à saisir, au début, ce qu'il cherchait dans cette galerie souterraine plongée, j'imagine, dans les ténèbres. « Les ténèbres, pas tant que cela », dit-il. Je comprends alors qu'il a tenté de capturer cette lumière du noir qui l'obsède. On pourrait qualifier de sombre et même de pessimiste sa vision du monde – certains la trouvent funèbre. Elle est simplement grave, dénuée de pathos. L'agencement des contrastes, surtout dans les paysages, l'apparente à un aquafortiste. La nuance infinie des gris, la pâleur blême, lactée ou couleur ivoire, qu'il parvient à tirer du blanc, ce brun très foncé, proche du sépia, irradient au contact des gammes du noir. Ses tirages sont proches de la peinture abstraite. Il a réussi à trouver les passages secrets de l'ombre à la lumière. La chute et la grâce. Milan est un photographe janséniste.

— Toi qui recherches toujours dans l'opaque la source lumineuse, tu dois aimer la rambleur.

Il me regarde, stupéfait :

— Qui t'a appris cela ? C'est typiquement champenois.

Pour lui, la rambleur est indéfinissable. Ce n'est ni une clarté ni quelque rayon crevant un ciel couvert. Il la voit comme une réverbération ôtant tout relief au ciel et au paysage. L'annonce d'un désordre, d'un accident, l'imminence d'une onde lumineuse qui entr'apparaît sans s'accomplir absolument. Un moment presque impossible à intercepter.

— Nous sommes tous à la poursuite de la rambleur. C'est une chasse qu'on sait infructueuse, mais il faut la tenter. Toi, depuis le début, tu es à la recherche de la rambleur de la Marne, ce je ne sais quoi d'insaisissable…

J'ai choisi au menu une matelote de la Marne – je ne pouvais faire autrement. Je m'attends à une préparation savoureuse de goujons, d'ablettes et de perches accommodés au vin rouge et aux oignons. Le serveur arrive en faisant d'abord des manières : « Attention, c'est très chaud, monsieur » – ils disent tous cela, à présent, même quand c'est tiède. Dans l'assiette, d'informes tronçons de poisson flottent dans une sauce noire et aqueuse. Je goûte, c'est fade et trop cuit. Je suis sûr, en plus, qu'il y a du cabillaud. Un exploit ! Ce poisson d'eau de mer est donc capable de remonter la Seine, puis la Marne ?

Je savais, en arrivant, que j'allais être déçu. Certains signes ne trompent pas : l'*Adagio* d'Albinoni en fond sonore, chaudron et bassinoires en cuivre sur les murs, les zakouskis patapharesques annoncés sentencieusement par un maître d'hôtel à la componction ahurie, le vin rempli à ras bord dans les verres et réapprovisionné avec zèle à seule fin de facturer une seconde bouteille, le parodique « Qu'est-ce qui vous ferait plaisir ? » au moment de la commande, la serveuse-stagiaire terrorisée par la patronne. J'aurais pu ajouter les tableaux exposés, mais cela ne prouve rien. Je me suis souvent régalé devant des croûtes à couper l'appétit.

Plus que les signes de déliquescence dont on nous rebat les oreilles – Braudel, en 1981, s'élevait déjà contre le concept de décadence –, c'est l'état de vacance, un abandon mal camouflé, un renoncement qui se manifestent ce soir dans ce restaurant.

La gastronomie n'en est qu'un signe parmi d'autres, il en est certainement de plus tragiques. Braudel, chez qui on perçoit un goût pour la bonne chère et nos vins, ne s'y trompe pas : « La France, il faut la manger, la boire à l'auberge authentique[1]. » Ce qui caractérise ces tables, hostelleries et autres mangeoires fréquentées le temps d'une soirée, c'est l'absence d'authenticité, la médiocrité maniérée : singer ce qu'on n'a pas, croire que la forme ou l'apparence fera illusion et l'emportera sur le fond.

Manger, écrire, n'est-ce pas, en France, la même manducation ? Une manière incomparable de saisir, broyer, métaboliser. S'observer manger, écrire, savourer les mots sont des actes empreints de gravité. Ce rapprochement avait frappé Cioran en arrivant en France : « J'étais à Paris, et il y a deux choses que j'ai découvertes. Ce que signifie manger. Et ce que signifie écrire[2]. » Pas seulement la bouche, mais le corps tout entier.

---

1. Fernand Braudel, *L'Identité de la France*, Flammarion, coll. « Mille Et Une Pages », 2011.
2. *Entretiens*, Gallimard, coll. « Arcades », 1986.

39

Des méduses dans des flaques d'eau ? Des coques de noix cassent sous mes pas, laissant la trace laiteuse des cerneaux. L'enveloppe aplatie en forme d'étoile, d'apparence gélatineuse, ressemble aux mollusques marins.

Une pluie fine, serrée et froide, comme dans *Le Charretier de La Providence*. On ne se lasse pas de ces pluies simenoniennes. Elles ne se contentent pas de s'abattre insidieusement sur les humains, elles possèdent une existence à part. Cette bruine est un personnage, un acteur discret. Elle plombe l'ambiance, aggravant la malédiction qui pèse sur le héros. J'ai rencontré deux fois Georges Simenon à la fin de sa vie. Il avait évoqué l'importance de la météorologie dans son œuvre et s'était défendu qu'il y plût toujours : « Il y a aussi des moments d'illumination. Ce jaillissement est une promesse de bonheur, de rachat. Un retournement est possible. »

Sur le chemin de graviers que nous empruntons, Maigret a pédalé énergiquement pour essayer de rattraper la péniche *La Providence* où il pense retrouver l'assassin. Une course de vitesse : « Les pneus envoyaient de petits cailloux des deux côtés des roues. »

La Marne toute proche n'a pas intéressé l'auteur de *La Veuve Couderc* et du *Baron de l'Écluse*. Comme la pluie, le canal appartient à l'univers simenonien. L'eau immobile, les biefs qui tirent une ligne droite dans la campagne, la mélancolie d'un paysage exempt de relief, un certain confinement lui conviennent mieux que la rivière vive et imprévisible menant une vie loin des humains.

Depuis Juvigny, trois bateaux de plaisance nous accompagnent. Ils nous ont dépassés, puis nous en retrouvons deux à l'écluse de Saint-Germain-la-Ville. L'un, *Champ's Marine*, appartient à Josita, la marinière de Mareuil, l'autre, une petite péniche aménagée pour la navigation, porte un nom flamand, *Zwarte-Zwaan*, basé à Delfzijl, grand port fluvial de la province de Groningue qui a vu naître Maigret alors que Simenon naviguait sur l'*Ostrogoth*. Si l'on en croit l'écrivain, il venait de boire quelques petits verres de genièvre lorsqu'il a vu se dessiner la masse puissante du commissaire auquel il a ajouté une pipe et un épais pardessus à col de velours. Pour marquer cette naissance, la ville de Delfzijl a érigé une statue en l'honneur du commissaire.

À l'écluse de Saint-Germain-la-Ville, le ciel a commencé à se délester de ses nuages, une lumière incertaine est apparue. Et la pluie a cessé. Une rambleur ?

— La rambleur, c'est beaucoup plus compliqué. Le ciel s'est réveillé, un point c'est tout, dit Milan.

J'avais fini par croire que cette histoire de lumière n'était qu'une façon de mystifier le non-initié. En fait, la rambleur ne se voit pas. C'est un rayonnement intérieur. L'attente d'un renversement. Une sorte de tremblé révélant l'ambiguïté des choses et des êtres.

Sur le pont du *Zwarte-Zwaan*, deux femmes dépouillées de leur ciré jaune sont apparues, comme sortant de leur chrysalide. L'une pilote tandis que l'autre accroche prestement le cordage au bollard qui sert à tenir le bateau pendant l'éclusée. Le bouillonnement de l'eau dans le sas déséquilibre soudain la péniche. Penché sur le bajoyer, Milan s'entremet pour aider à la manœuvre en tirant le cordage. La femme lui fait comprendre qu'elle n'a pas besoin d'aide et qu'elle maîtrise la situation. Les deux portes de l'écluse s'ouvrent. Le bateau est montant, ce qui signifie qu'il se dirige vers l'amont, en direction de Vitry-le-François. Nous le voyons rapidement disparaître, laissant après lui une vague puissante qui entame les berges du canal.

De Châlons à Mairy-sur-Marne, la rivière est méconnaissable. Le barrage de Châlons a créé un effet de seuil et l'a assagie en amont. Son cours est moins sinueux. C'est à présent un beau chemin d'eau bordé de saules et d'aulnes.

La pluie a ressuscité des parfums enfermés par la sécheresse, cette fameuse odeur d'escargot que répand l'humidité après l'orage. Des effluves de prairie mouillée montent du sol lorsqu'on enjambe les herbes hautes. Les fils tissés par les araignées étincellent et égouttent de minuscules billes d'argent.

Le cours de la rivière se rétracte étrangement, comme un reptile qui a senti le danger. La marche devient délicate. Vésigneul possède un tumulus dit tombeau d'Attila. Le chef des Huns est mort en Hongrie, mais le nom témoigne du souvenir terrifiant qu'a laissé en Champagne le passage du *Fléau de Dieu*, personnage beaucoup plus civilisé que ne le laisse supposer ce surnom. Corneille l'a bien compris, qui décrit un monarque raffiné, hésitant, en proie aux scrupules de l'amour et de la politique.

Près du pont de Vésigneul, la rivière, large d'une trentaine de mètres, se rapproche soudain du canal. Intrigués, nous parcourons une centaine de pas pour découvrir un paysage éblouissant. La boucle dévoile, sur la rive droite, une plage de sable et de galets et une prairie qui semblent appartenir à l'aube de l'humanité. On imagine les premiers hommes préhistoriques choisir un tel site pour leur permettre de se protéger et de surveiller à la fois. La courbe est sans défaut, tout ouverte comme un regard panoramique. Un vieux chêne aux branches parfaitement étagées trône au milieu d'un pré majestueux, tel l'oracle de la rivière. Son port est souverain. Il est placé harmonieusement près de la grève et domine le paysage adamique.

Une paix quasi surnaturelle règne en ce lieu. L'ultime fragment du fleuve antique, Matrona, la mère puissante et nourricière, est là devant nous, fertile, ruisselante de la vie infinie mais menacée par sa propre force. La vitesse du courant, les frottements, les tourbillons témoignent de sa vigueur, mais aussi d'une usure qui entraîne une dégradation inéluctable. L'énergie qu'elle doit consommer sape la cohésion de cet ordre presque parfait.

« Vésigneul, Vésigneul. » Le marcheur japonais, qui m'avait offert une flûte de champagne du côté de Château-Thierry, avait eu lui aussi la révélation d'une Marne primordiale, irréelle.

Milan apparaît sur l'autre rive. Au pied du chêne, il me fait signe. Je lui crie : « Tu ne photographies pas ? » Il fait non de la tête. Nous ne sommes affectés ni par les mêmes spectacles ni par les mêmes moments. Tout à l'heure, alors qu'il pleuvait, il n'a cessé d'opérer. Photographier, ne pas photographier, cela ne veut rien dire pour lui. Il peut être frappé par la vérité d'un moment sans pour autant intervenir, alors qu'il fixera une scène qui ne le touche pas. Son souci, c'est l'apparence périssable d'un visage, d'un paysage. La métamorphose que personne ne remarque. Tout, chez lui, est affaire de climat, de rayonnement éphémère. Milan est un photographe atmosphérique.

Dans cette boucle, l'atmosphère ne lui plaît pas : la lumière est immobile et crue. Trop violente. Je pense qu'il reviendra plus tard, sans doute en hiver, la saison-vérité, la seule qui ne triche pas. Qui sait affronter cette dureté s'assure de la générosité du ciel et de la grâce.

Pareille au Nil, la Marne s'insinue au milieu du désert céréalier. Ruban végétal humide, elle serpente et déborde, comme en atteste la plaine alluviale large de trois ou quatre kilomètres, mais ne parvient pas à animer la platitude du paysage.

Champagne pouilleuse, Champagne crayeuse, Champagne sèche : c'est le même ensemble géographique. Les trois désignations sont souvent facteurs de confusion, surtout Champagne pouilleuse. Cette dénomination n'est plus guère utilisée. Elle prête à malentendu et tire en fait son origine de la menthe pouliot, plante vivace très répandue sur les crêtes crayeuses connues sous le nom de savarts. Avant le XVIIIe siècle, cette Champagne était moins misérable qu'on l'a prétendu. C'était une région agricole où la terre, facile à cultiver, procurait aux paysans une relative opulence[1]. À partir de 1760, la plaine va en revanche changer d'aspect.

C'est ce pays remodelé, « d'un prosaïsme désolant », qu'a connu Louis XVI sur le chemin de Varennes. À l'aller, dans sa fuite, il a suivi soigneusement le parcours sur des cartes étalées sur ses genoux, indiquant au dauphin le tracé des départements nouvellement créés. Avec la serrurerie, on ne lui connaissait qu'une autre passion : la géographie. Portière ouverte, il découvrait cette plaine dont on venait d'entreprendre le défrichement, steppe d'aspect désolé, animée par des plantations de pin laricio de Corse. Plus tard, Michelet évoquera une plaine basse où de « maussades rivières traînent leur eau blanchâtre entre deux rangs de jeunes peupliers ». Peuplés de quelques arbrisseaux, ces savarts où erraient de maigres troupeaux survivent encore aujourd'hui dans les camps militaires de Suippes et de Mourmelon.

---

1. Roger Dion, « Les Champagnes méridionales », in *Essai sur la formation du paysage rural français*, Flammarion, 1991.

Le 12 juin 1940 est dans notre histoire une journée dramatique. On connaît ces images : les civils fuyant sur les routes encombrées, nos soldats exhibant leurs ridicules bandes molletières et un harnachement datant d'une autre guerre, les guerriers germains chevauchant des motocyclettes à tombeau ouvert, comme s'ils participaient à un rallye triomphal à travers notre pays. Ce jour-là, Paul Reynaud, sonné, apprend du généralissime Weygand que l'armée est au bout du rouleau. Les jeux sont faits. Il faut demander un armistice immédiat. Cependant, beaucoup d'unités se battent encore, comme en témoigne le monument que je découvre sur le pont de Pogny.

J'imagine la scène qui a eu lieu vers 21 heures. La fin d'une journée magnifique comme il y en a parfois en juin – ce mois fut, d'après les témoins, l'un des plus somptueux du siècle. Ordre est donné aux hommes de tenir le pont coûte que coûte. Deux chars français tiennent la position pour retarder l'avance des blindés allemands et de l'artillerie postés sur la rive droite. Depuis un mois, nos troupes n'ont cessé de reculer. En face, les Allemands sont supérieurs en nombre et puissamment armés. Les soldats français savent qu'ils sont voués à la mort. En fermant l'écoutille, leur dernier regard a dû être pour la Marne et ses eaux encore brillantes à ce moment particulier d'avant le crépuscule qu'on appelle la brune. Un duel d'artillerie s'engage. Après avoir mis quatre tanks ennemis hors de combat, les chars français sont touchés de plein fouet par des obus d'artillerie qui tuent tous leurs occupants, sauf un radio.

Vingt-deux noms sont gravés sur la stèle du petit mémorial, dont un *Inconnu Haute-Volta*, probablement un tirailleur sénégalais combattant aux côtés de l'unité blindée. Aujourd'hui, on serait tenté de dire vingt-deux morts pour rien, parce qu'on connaît la suite. Si la situation était désespérée, la défaite n'était pas inéluctable, comme on l'a souvent prétendu. L'image d'un pays décadent et démoralisé doit beaucoup à la propagande de Vichy. La thèse d'une France résignée, longtemps accréditée par l'historiographie de l'après-guerre, est sinon remise en cause, du moins redéfinie par les travaux d'historiens anglo-saxons et allemands : « 100 000 soldats seront tués au cours des six semaines que dura la bataille de France [...]. Cela ne traduit pas l'image d'une armée refusant de se battre[1]. »

Pogny : le sursaut comme il y en a eu tant d'autres pendant ces journées sans miséricorde. L'esprit de la Résistance voit le jour sur la Marne. Quelques jours plus tard, à Londres, le général de Gaulle saura trouver à ce refus de la fatalité « les mots irrévocables ».

Mourir pour la patrie. La nation, l'identité. Une affaire d'ordre intime, un compte personnel que tout citoyen doit régler entre sa propre vie et l'histoire de

---

1. Julian Jackson, « Étrange défaite française », in *Mai-Juin 1940 sous l'œil des historiens étrangers*, Autrement, 2000.

son pays. Il faut être privé de sa patrie pour éprouver dans une existence le douloureux état de *dépaysement* qui arrache et dépossède soudainement l'être de ce lien charnel que certains tiennent pour négligeable. L'exil n'est pas un sentiment, c'est une mutilation. Non seulement on vous ampute de votre moi profond, mais aussi de vos habitudes, de votre langue.

Sur le parapet du pont de Pogny, je regarde couler la Marne. Après la pluie de ce matin, elle a pris une couleur havane. L'eau tourbillonne en une multitude de mouvements hélicoïdaux, les remous creusent des poches. Des embâcles constitués de branches et de troncs se sont accrochés à une pile du pont. L'odeur de sable mouillé et de gravier ressemble à celle du mortier, un mélange frais et acide de chaux éteinte qui s'ajoute aux relents des fonds vaseux. Ces bouffées d'eaux stagnantes et de particules organiques qui évoquent la lenteur et le rebut ne sont pour moi jamais désagréables. Jusqu'à présent, je n'ai jamais pris la Marne en flagrant délit de puanteur. Parfois elle sent fort, une odeur *sui generis*, à l'image d'un corps qui s'est dépensé et transpire abondamment. Quelque chose d'actif et de remuant qui, sur son passage, aspire aussi bien le cru et le fermenté, le putride et le végétal.

Le pont traverse le canal et la rivière d'un seul tenant. Des baigneurs sont étendus sur une plage de sable. La seule baignade aménagée sur la Marne que je vois depuis Meaux.

La largeur du lit mineur, à Pogny, n'excède pas quarante-cinq mètres. La rivière-symbole des grandes invasions manque d'épaisseur et de solidité.

Lorsque, en juin 1940, l'armée française reflue vers le sud, la Marne doit tenir. À la différence de la Loire, sa valeur stratégique n'est pas de première importance, mais c'est un signe capital : une broderie, le délicat liseré qui borde l'habit français avant l'arrivée sur Paris. Que ce fil casse – il lui suffit d'un rien pour être sectionné – et c'est la catastrophe. Depuis Charles Quint, la Marne est la frontière intérieure que le pays s'est choisie. Une ligne de démarcation doctrinale, abstraite, à la limite de l'absurde. Une fois cette ligne franchie, la patrie est proclamée en danger. Le cordon déclenche la sonnette d'alarme nationale. Les Français auraient pu choisir une protection moins vulnérable et surtout plus éloignée du cerveau. Mais il n'y en avait pas d'autre. Ce petit fleuve dessiné en demi-cercle donne à la capitale l'illusion de se couvrir à l'est. Pas d'autres barrières, à l'exception de la forêt d'Argonne, plus au nord. Un vrai massif forestier, celui-là, « les Thermopyles français », obstacle difficilement franchissable, mais aisément contournable.

41

Un tunnel de verdure au milieu de l'aridité crayeuse. Douceur du linéament dessiné par une Marne étrangère au monde de l'agriculture intensive. Le déroulé soyeux sauve de la monotonie ce paysage de plaine. La Champagne, la vraie, la seule qui mérite son nom, ignore le corridor boisé de la rivière. La poussière et l'humide : deux mondes opposés.

Les champs de luzerne et de betteraves couvrant à perte de vue l'ancienne « mer de plâtre » donnent le vertige : stries laissées par le passage des machines, bandes, entailles, sillons. Ces hachures, ces arêtes contrastent avec la flexibilité de la rivière. La craie est l'agent clandestin qui travaille dans les profondeurs. Elle surexcite, enflamme l'étendue céréalière. Sans le blanc qui rumine, aucune couleur en surface. Le trait vert de la Marne souligne la réverbération de la lumière qui crève les yeux. Les ombres que les nuages font courir sur les champs en atténuent la dureté. On est loin de la rambleur.

Parfois, l'eau et la poussière cohabitent. À partir d'Omey, le bord de la rivière change. Nous avançons dans un paysage de crayères et d'anciens fours à chaux. Les parapets effondrés, les murs et les fourneaux en pierres appareillées ressemblent à des fortifications abandonnées. La Marne est devenue une immense douve. Nous circulons au pied de remparts flanqués de bastions et de tours recouverts d'une mince pellicule farineuse, la lumière s'est éteinte. Des donjons, au loin, ferment le dernier retranchement de ces garnisons de pierre. Image d'un siège, l'imminence d'un assaut, mais aussi d'une désertion, comme si l'assaillant avait soudain levé le camp pour une raison inconnue. Rien n'est vraiment détruit.

Une forteresse vide. L'image devient plus nette. Ce n'est pourtant pas un pays en ruine que je vois défiler depuis mon départ, plutôt un monde secrètement délabré, travaillé par le doute et la peur. Fêlure plus que cassure. La détérioration n'est pas irrévocable, elle s'accompagne presque toujours d'un renversement imprévu qui réajuste et reprend l'ensemble. J'ai vu des villages que la vie avait apparemment désertés : maisons barricadées, devantures abandonnées, trottoirs défoncés. Des affiches annonçant une réunion, un voyage, un collectif de lecture, une manifestation indiquaient que la communauté n'était pas morte. Derrière l'apparence défensive se terre un monde invisible. Une autre vie agit à l'intérieur par le seul mérite du don, du bénévolat, de la solidarité.

Une telle plongée ne va pas sans une part d'aveuglement. Je ne refuse pas de voir les disgrâces de la France marnaise, ni même de les raconter, mais à quoi bon s'attarder sur cette partie si voyante et trop souvent décrite ? Une certaine dose d'insensibilité et même d'indifférence est nécessaire. Marcel Duchamp, à qui l'on demandait : « Pourquoi êtes-vous pour l'indifférence ? », avait répondu : « Parce que je hais la haine. » La haine anime ceux qui se plaisent à décrire la France comme une entreprise en liquidation. Ils se délectent de cette veillée funèbre, de l'attente de la catastrophe. Dans cet élan destructeur se mélangent la rancœur, le reniement de soi, le plaisir trouble qu'engendre le refus de connaître et de comprendre. Dommage que l'équanimité, qualité d'une âme détachée, à l'humeur égale, ait pratiquement disparu du vocabulaire.

42

Halte à une dizaine de kilomètres de Vitry-le-François. Depuis ce matin, pris par le mouvement paresseux de cette torpeur de fin d'été, nous traînons le pas. Rien n'annonce encore le déclin automnal, excepté le jour qui tombe plus vite. Il fait très chaud et nous avons besoin de nous désaltérer. C'est là que Milan intervient. Il adore interpeller les jardiniers, frapper à la porte des maisons pour demander de l'eau. Il faut le voir s'engouffrer dans cette zone inconnue et grillagée qu'est, en France, une propriété privée, territoire considéré comme sacré, interdit, pour se rendre compte de sa jubilation. Il raffole de ce test, la réaction lui permet d'évaluer le comportement de ses contemporains et d'exercer son pouvoir de séduction par le regard ou l'inflexion de la voix, qu'il sait moduler avec un mélange de sincérité, de rouerie et de vraie gentillesse. Le franchissement de la grille, le passage de la ligne à laquelle l'inconnu n'a pas accès, est le moment le plus critique. Il suscite presque toujours une émotion violente, l'ahurissement de l'outragé comme devant une violation de domicile à découvert. Mais l'étranger s'annonce de loin. Il nourrit des intentions pacifiques. Il est désarmé. Il brandit dans chaque main une bouteille vide en plastique.

Je n'ai jamais vu quelqu'un refuser. On ne chasse pas un passant qui a soif. Mais il y a tant de façons de déférer à la demande du randonneur : celui qui maugrée pour la forme, cet autre qui intime l'ordre à l'inconnu de rester exactement là où il est, le temps d'aller remplir la bouteille, le quidam qui ne daigne pas répondre et indique d'un signe le robinet dans le jardin (« Remplissez vous-même »), le partageur qui tient à aller chercher l'eau fraîche entreposée pour son propre usage dans le réfrigérateur. Mieux encore, celui qui propose un jus de fruits ou une bière bien fraîche. Cette dernière proposition émane le plus souvent de personnes qui semblent modestes, ce qui n'a rien d'étonnant : les démunis savent mieux ce qu'est la générosité.

Nous avons aussi rencontré des gens plus aisés. À plusieurs détails, il était facile de les reconnaître : la voix, la maison, le chien agressif, cette façon de montrer qu'on se suffit, qu'on n'a besoin de personne. Chacun chez soi, chacun pour soi. L'idée que tout se paie, qu'il faut constamment rendre des comptes. Pour ces gens sans grâce et sans bienveillance tout intrus ne peut être qu'un contrevenant.

Riche, pauvre ou moyenne, cette France-là n'affiche pas son for intérieur. Néanmoins, la plupart sont intrigués par notre voyage : « Pourquoi la Marne ? » « À quoi ça sert ? », « Avez-vous été attaqués ? », « Où dormez-vous ? », « Combien de kilomètres ? » Curieusement, aucune interrogation au sujet de la rivière. La source, la confluence, le courant, les villes et villages traversés, rien. Apparemment, la vie de cette rivière qui coule sous leurs yeux ne les regarde pas. Mais peut-être la connaissent-ils si intimement qu'ils n'éprouvent plus le besoin de s'informer, à plus forte raison auprès de voyageurs qui n'en possèdent qu'une vue superficielle ? La Marne n'est pas un sujet de conversation, excepté en hiver, quand elle déborde. Elle coule. Elle ne change pas, comme le temps, ce n'est pas un sujet météorologique. Sur l'immuable il n'y a rien à dire.

Un homme s'affaire dans son jardin auprès d'un imposant barbecue avec foyer et cheminée. Le vent apporte des odeurs de brochettes et d'herbes provençales. Il nous a vus, mais les charbons de bois réclament toute son attention. C'est un type costaud, la quarantaine ventrue, grosse moustache et rouflaquettes, chaîne en or et tatouages. Le genre carré, pas commode.

Lorsque Milan a poussé précautionneusement la porte du jardin, une clochette accrochée au linteau a sonné aigrement. L'homme s'est arrêté, le soufflet à la main, l'œil violemment inquisiteur : « Ouais, c'est pour quoi ? » Milan tient en l'air les deux bouteilles en les pressant ; le bruit sec et vide montre ses intentions pacifiques. « Jennifer ! » s'égosille l'homme en se servant de ses deux mains en porte-voix.

Une Lolita aux yeux charbonneux, moulée dans un jean très serré, chaussée d'espadrilles à plateforme, accourt en soupirant : « Remplis cela pour ces messieurs. Fais bien couler l'eau avant, pour qu'elle soit fraîche. » Il continue à tisonner en tournant ses brochettes. « J'attends des amis. Les brochettes, c'est ma spécialité. Marinade au gingembre. »

Il tire sa moustache d'un air réfléchi et ménage de longs moments de silence. Le jardin est bien entretenu ; des sacs de ciment et des parpaings indiquent des travaux en cours. « Alors, la Marne, c'est *bath* ? » Bath, un mot des années 60 qu'on n'emploie plus. Peut-être l'a-t-il entendu prononcer par son père. Milan répond : « Oui, c'est très bath. » L'homme hume l'air : « Le vent est à l'est, il ne ramène pas le carbonate de calcium. La craie, si vous préférez. Remarquez, la craie, on ne s'en plaint pas. C'est notre gagne-pain. »

La Lolita réapparaît : « Y a une bouteille qui fuit. » Rien d'étonnant, à force de les remplir et de les vider, elles finissent par se percer. Le père se tourne vers nous : « Vous allez goûter mes brochettes. »

À ce moment, les amis se présentent. Deux couples : les femmes opulentes et enjouées, les conjoints un peu renfrognés, désappointés peut-être par notre présence ; ils vont devoir se surveiller. L'un, accoutré d'un treillis, un cigarillo au bec ; l'autre, vêtu d'un gilet en jean, portant un bouc très finement taillé.

Notre hôte s'éclipse et revient avec deux bouteilles de champagne. « C'est pas trop tôt », dit l'homme en treillis. Les trois hommes font des blagues en utilisant des mots que je ne saisis pas. Ils emploient à deux ou trois reprises l'expression « ça pétarde », formule qu'utilisait Cézanne pour caractériser des couleurs qui explosent. Pétarder signifie faire sauter à la mine. Ce ne sont pourtant pas des mineurs, il n'y a pas de mines dans le coin, mais des carrières d'où l'on extrait la craie, et des cimenteries.

Le jeu consiste à ne pas poser de questions, à laisser venir. Le champagne est excellent, servi dans des flûtes en cristal dépareillées. Nous sommes un dimanche. Ce jour-là est pour eux un rituel. Ils se réunissent à tour de rôle chez l'un ou chez l'autre. Ils chassent chez l'homme au bouc, originaire de Haute-Marne. L'hiver, c'est cèpes et gibier.

Je crois comprendre qu'ils travaillent tous trois dans une usine ou une carrière située en aval. « Productivité, ils n'ont que ça à la bouche. Toujours en faire plus », maugrée l'homme au bouc. « Ils vont finir par nous embaucher à la journée en fonction de leur carnet de commande et des profits des actionnaires », renchérit le type en treillis. Eux ne sont pas plus outrés que cela. On dirait qu'ils récriminent pour la forme, comme si le rapport de force était en leur faveur. Notre hôte les écoute, puis se décide à faire son numéro.

— Le pétrole a peut-être succédé au charbon, mais on oublie la craie. Oui, je sais, ça ne fait pas sérieux : la craie, un produit stratégique ! Notre nappe de craie champenoise vaut de l'or. Vous connaissez le carbonate de calcium ? C'est le composant principal de la craie. Sans le carbonate, tu peux rien faire. La technologie moderne, le high-tech en réclame toujours plus. Indispensable pour le verre optique, le béton, l'asphalte, le caoutchouc, les détergents, les lubrifiants, les cosmétiques, la peinture, le mastic… et j'en passe !

Comme nous nous étonnons, il nous regarde froidement :

— Vous, vous en êtes restés au tableau noir et au bâton de craie. Vous retardez : les cours se font maintenant à l'aide de vidéoprojecteurs. Mais la craie est vitale pour l'économie. Tenez, j'oubliais l'alimentation : c'est un des colorants les plus utilisés.

Au début, il était plus distant, mais, le champagne aidant, la conversation se fait de plus en plus animée. « Le papier... Pour obtenir la blancheur et la brillance, il faut du carbonate. » Guère familiers à notre endroit, les trois hommes tiennent à marquer la différence dictée par ce que je crois être une conscience de classe. Ils méprisent les patrons – « des trouillards » –, mais je les sens fiers d'appartenir à l'économie réelle, d'agir concrètement, avec leur carbonate, sur la vie des gens. « T'as oublié le chewing-gum, oui, le chewing-gum ! Et le dentifrice. On est partout. Sauf dans le pinard », rigole le type en treillis. « Même dans le pinard, le coupe notre hôte. Pour le filtrage du vin, il faut du carbonate. »

Nous leur inspirons une certaine sympathie, mais il me semble qu'ils nous prennent pour des types excentriques, éloignés de la vraie vie. J'admire leur science du concret, leur sens critique, cette façon inimitable d'arriver du fait à la pensée. Les relations qui les lient à la nature, aux plantes et aux animaux, la ritualisation de leurs rencontres témoignent d'une vraie culture.

Ce qui me plaît surtout chez eux, c'est qu'ils paraissent avoir extirpé tout sentiment de peur. Rien ne les intimide. Ils assurent leur propre liberté, l'autonomie de leur petit groupe. La peur, « la pétouille », « les pétochards » sont d'ailleurs des mots qui reviennent souvent dans leurs propos. À leur manière, j'imagine, ils tournent le dos à l'angoisse générale. Ils semblent ignorer cette insécurité qu'impose la mondialisation. Ce sont des indociles, des non-apparentés. Ils ne roulent pas sur l'or, c'est sûr, mais ils ne sont pas sans rien.

La maison de notre hôte date des années 50, c'est une bâtisse robuste avec de belles ferronneries. Au fond du jardin qui descend vers la Marne, s'élève un kiosque qui fait angle avec un mur de maçonnerie lézardé, ocre, très beau, dans le goût italien. Notre hôte, qui a capté mon regard, confie : « C'est mon père qui a construit le kiosque. Son observatoire pour contempler la Marne... Il était très doué de ses mains. Moi aussi, j'adore la maçonnerie. Ici je fais tout : la plomberie, l'électricité, la cuisine. Et même le ménage ! »

Il m'invite à descendre vers la rivière. La hauteur des berges et la dessiccation provoquent des éboulements qui empêchent la végétation de prospérer. Des herbes hautes du chemin de marchepied grillées par l'été émane une sèche odeur de causse. « Je déteste le canal, ça chie mou, tandis que la rivière, regardez comme elle a du punch. » Je ne la trouve pas très impétueuse et lui en fais la remarque. « Vous avez raison, répond-il. Elle n'est pas très vaillante en cette saison. Heureusement, le lac-réservoir du Der est là pour la ravigoter. Il faut que vous voyiez ce barrage. De toute façon, il a été fait pour vous autres, les Parisiens, afin que vous ne soyez pas noyés. Pour vous, trois villages ont disparu, recouverts par l'eau. Et on n'a pas demandé leur avis aux gens. » Toujours ce sourd ressentiment à l'égard de la capitale, responsable de tous les maux. Mais, chez lui, cette animosité relève plus d'un jeu que d'une accusation.

Au loin, la steppe jaune champenoise exhale des nuages de poussière gris-fauve. Les bouffées d'air ramènent des ronronnements de moteurs, des rumeurs de machines agricoles, interrompus par les sautes de vent : ce sont des bruits soufflants pareils à ceux de turboréacteurs. Parfois, on se croirait à proximité d'un aéroport. L'horizon se dilue dans une pulvérisation couleur sable qui fait ressembler la limite circulaire de la vue à une ligne de dunes sahariennes, et les silos aux tours et murailles d'une oasis.

— Du temps de mon père, on chassait dans les savarts. Maintenant, regardez : c'est l'agriculture intensive à coups d'engrais chimiques, de traitements herbicides, de fongicides, d'intrants. Certains jours, ça pique les yeux. Le carbonate, c'est plus naturel.

Nous revenons vers le coin du jardin où Jennifer et les deux femmes discutent entre elles.

— Jennifer, t'as trouvé quelque chose pour remplacer la bouteille percée ?

— Si j'ai bien compris, vous nous mettez dehors ?

Il se récrie avec véhémence. Le genre de vanne à éviter. Il est déçu par ma boutade, comme si je remettais en cause son hospitalité. La forme d'esprit prétendant tirer ses effets comiques d'un faux cynisme est l'invisible frontière qui nous sépare. La vraie fracture culturelle est là, dans cette fausse provocation que je pratique dans mon milieu, avec ma famille et mes amis. Un asticotage qu'il ne peut ou ne veut comprendre. Je voulais lui laisser entendre que je me sentais bien, que son accueil généreux m'autorisait à m'abandonner à une blague aussi triviale qu'infondée, comme si nous étions devenus de vrais amis. Mais l'amitié réclame du temps et bien des détours pour s'installer. Je sens qu'il fait la tête.

Nous devons reprendre la route. Milan est en train d'expliquer la photo aux deux autres. Il sait y faire : propos limpide, pédagogue sans cuistrerie, enjôleur, avec cette modestie dans l'appréciation de soi et de son art que savent déployer les êtres qui ont le sens aigu de leur dignité. Les deux hommes sont captivés. Je sens qu'ils brûlent d'envie d'être photographiés par lui. Mais la lumière est trop brutale et la photo de groupe n'est vraiment pas le genre de Milan. Il a néanmoins compris la situation. Il bat le rappel. Jennifer et les deux femmes accourent. Notre hôte pose finalement sa main sur mon épaule. Nous sommes réconciliés. Les adieux sont sobres, mais je perçois une sorte de chavirement dans l'air.

Quelques signes, alors que nous nous éloignons... C'est fini.

43

Nous entrons à Vitry-le-François en fin d'après-midi par le quartier des Indes. C'est dimanche, la ville est déserte.

Vitry, quatorze mille âmes. Où sont-elles passées ? Le mot *âme* a disparu et ne sert plus pour désigner les habitants des villes et des villages, comme si cet élément immatériel et insaisissable avait cessé d'entrer dans la composition d'un ensemble ou d'une communauté humaine. Avec cette disparition, les lieux ont perdu aussi un peu la leur. Et l'âme de la France ? Elle est en peine.

Pour accéder à la gare, nous longeons le boulevard François-Ier et traversons la place du Maréchal-Joffre, deux personnages qui comptent dans l'histoire de cette sous-préfecture de la Marne, capitale du Perthois.

Nous nous perdons du côté du cimetière et arrivons in extremis à la gare alors que le train débouche sur la voie principale. Milan, qui doit rentrer chez lui, n'a pas le temps de prendre son billet. Un coup de sifflet, la portière est sur le point de se refermer. « Comment vas-tu faire, maintenant ? » ironise-t-il. « Monsieur, il n'y a plus d'autres trains. Il ne faut pas rester », dit avec ménagement le préposé de la SNCF. Je dois avoir l'air bien démuni, avec mon sac à mes pieds.

Ce soir, je prendrai mon repas seul. Je pense à nos dîners avec « une petite coupe » pour se mettre en train et, à la fin, le cigare dégusté le plus souvent devant la Marne. Le champagne me vient à l'esprit dès que je pense à Milan. Sa procédure d'approche auprès du patron pour connaître la marque, s'assurer que la bouteille est à bonne température, vérifier qu'elle n'a pas été ouverte de la veille, était devenue un rituel. Presque toujours, les règles étaient respectées alors qu'elles étaient ensuite bafouées au cours du repas (plats sous vide ou décongelés, vins exécrables, fromages synthétiques achetés à la grande surface d'à côté). Cette région a ceci de positif que, dans la pire des mangeoires, on trouve toujours à boire du champagne, boisson emblématique et même identitaire. Tous, même les plus modestes, s'y reconnaissent. Ailleurs, il représente le luxe et la fête. En Champagne, c'est une croyance. Tous ont la foi. Plus qu'un signe de reconnaissance, il notifie une appartenance, un pacte, un trait culturel collectif qui affermit la cohésion du groupe.

Bien au-delà de l'aire de production, le champagne métamorphose les habitants. Dans un premier mouvement, ils prennent garde à ce qu'ils disent et font. Après, ils baissent la garde. Les Champenois deviennent non pas pétillants comme leur vin, mais pétulants, le stade supérieur. « On boit du vin pour augmenter son être », note Bachelard.

L'hôtellerie et la gastronomie furent, pour nous, des sujets de conversation inépuisables auxquels s'ajoutait l'étude du comportement de nos contemporains dans leur milieu naturel. Nous pratiquions cette éthologie marnaise chaque soir, pimentée d'observations sur le patron, la serveuse, le directeur qui invite son staff, le commercial solitaire assis à la table d'à côté, l'habitué-notable du coin traité avec obséquiosité : le « salaud sartrien », comme nous le nommions. Le type odieux de prétention, persuadé que les hommes ne peuvent se passer de son existence. Celui-là, on ne le ratait pas : ce spécimen convaincu de son importance était à ranger dans la catégorie des Considérables.

Des Considérables, nous en voyions aussi beaucoup à la télé. « Se croire un personnage est fort commun en France », notait déjà La Fontaine[1]. Souvent, quand la chère est mauvaise, le patron branche en effet la télévision. L'initiative est loin d'être idiote, elle permet de faire oublier la tristesse de la pitance. Ce que ces apparitions ont pu exciter notre verve, en particulier les consciences morales traitées avec vénération par l'opinion et les médias ! Des témoins à coup sûr estimables, intervenant avec hauteur de vues dans leur champ de compétences, s'autorisant même l'autodérision. Venait infailliblement le moment que nous attendions, l'instant où la belle âme ne se contrôlait plus, convaincue de son caractère nécessaire, inestimable, sûre d'être à part, d'appartenir à quelque essence supérieure, d'incarner le Souverain Bien.

Absorbé dans mes pensées, je traverse les rues à l'oblique, persuadé d'être seul. Juché sur des rollers, croyant comme moi avoir toute la ville pour lui, un type a failli me renverser. La lumière de fin d'été

---

1. In *Le Rat et l'Éléphant*.

embrase avenues et boulevards, les statues sont prises dans un bouillonnement de reflets et de chatoiements qui les font frémir. Je suis moi-même happé par ce scintillement aveuglant qu'accentue le jour finissant. Impression paradoxale d'inanité et de splendeur, d'être, en ce dimanche, au milieu des âmes mortes, survivant dans la ville géométrique imaginée au XVIe siècle par un architecte de Bologne, Girolamo Marini.

J'ai éprouvé la même extase, il y a une trentaine d'années, à Richelieu, autre ville nouvelle édifiée exactement un siècle plus tard par le ministre-cardinal. Je l'avais découverte à la tombée du jour, déshabitée comme Vitry aujourd'hui. Mon éblouissement et mon incrédulité avaient fait place à l'inquiétude. Aucun bruit, l'ombre des hôtels particuliers et des pavillons Louis XIII découpaient des géométries noires sur les chaussées rectilignes. Le lendemain, Richelieu avait recouvré son animation habituelle. Je m'étais demandé si cette scène était bien arrivée. J'avais emporté un livre d'André Breton, lequel m'avait rassuré fort à propos en dénonçant « ce désir de vérification perpétuelle[1] » qui nous empoisonne la vie.

Des ombres longues et parfaitement nettes sont peintes sur les trottoirs. Que s'est-il passé dans la tête de ce Girolamo Marini, homme de la Renaissance, lorsqu'il s'est avisé de dessiner en rase campagne ce quadrilatère disposé en damiers ? Tout de suite il a cherché la présence de l'eau, alors indispensable à la construction d'une ville fortifiée. L'artillerie por-

---

1. *Introduction au discours sur le peu de réalité*, Gallimard, 1934.

tait à trois cents mètres – c'était l'époque où les canons aussi avaient une *âme*, l'intérieur de la bouche à feu. Pour l'armée assiégée, le danger venait des travaux de sape pouvant être entrepris hors de portée des boulets. Seul moyen d'empêcher tout creusement, une terre meuble ou inondable. Marini pensa aussitôt à la Marne et au petit village de Maucourt, en bordure de la rivière. De cette dernière il se servit comme d'un fossé.

44

Je suis venu à Vitry alors que j'étais enfant. Mon premier vrai voyage en dehors de l'Ouest, contrée où je suis né et où ma jeunesse s'est écoulée. Mon trouble, ce soir, dans cette ville déserte, s'explique peut-être par cette visite dont je n'ai retenu que quelques vagues images.

Vitry-le-François : ce nom, je l'ai longtemps gardé pour moi seul. C'est la première fois que j'y reviens depuis les années 50. Cette histoire ne m'a pas obsédé. Je me suis souvent déplacé dans le coin, jamais je n'ai éprouvé le besoin de faire pèlerinage à Vitry. Pour rendre hommage à un lieu attaché à un souvenir d'enfance, il faut se remémorer. Or je n'ai à ma disposition que le témoignage de ma mère. Elle ne s'intéresse guère à l'apparence des villes et des pays qu'elle a connus, seulement aux sentiments et sensations qu'elle y a éprouvés. « J'étais très heureuse. C'était le voyage de noces qu'on n'avait jamais pu faire », m'a-t-elle révélé. « Mais où logiez-vous ? » Elle ne s'en souvient plus : « L'ami de ton père nous avait trouvé, je crois, un petit hôtel dans une rue calme. On reconstruisait la ville et il y avait partout des bruits de marteau. Ça ne nous dérangeait pas. J'aime toujours le choc d'un marteau sur le bois. Ça me rappelle les années 50, on rebâtissait. Nous sentions une espérance. »

Quand elle m'a parlé de ces bruits de marteau, quelques impressions se sont fait jour dans ma conscience, mais je me demande s'il n'y a pas confusion avec Saint-Malo, le bord de mer le plus proche de mon village. J'ai fréquenté la cité-corsaire dans les années 50 alors qu'elle était en reconstruction, la ville-close ayant été détruite à 85 % par les bombardements américains de 1944.

Assis sur mon banc, accablé par ce travail impossible de la mémoire, je devine que je vais avoir fort à faire pour ressusciter ce qui a disparu. Peut-être n'est-ce qu'effacé ? Je m'en veux de n'avoir pas interrogé davantage mon père, décédé en 1999. Il avait une mémoire d'éléphant, un sens bluffant du moindre détail.

Né en 1919, mon père, apprenti boulanger, avait fait la drôle de guerre au cours de laquelle il était devenu ami avec un certain Alphonse, mitron comme lui à Vitry-le-François. Tous deux avaient été faits prisonniers à Saintes. Mon père s'était échappé au bout de trois jours en s'écartant simplement de la longue file humaine et en disparaissant derrière une haie. Un traînard qui ne parvenait pas à rattraper le troupeau était le plus souvent laissé à son propre sort et pouvait s'esquiver, s'il le désirait. Comme beaucoup de soldats capturés, Alphonse avait refusé de s'échapper, les Allemands ayant fait croire que tout le monde serait libéré d'ici un mois. À quoi bon compliquer les choses ? Je me demande encore aujourd'hui ce qui avait incité mon père à se faire la belle. Peut-être une défiance à l'égard des boches

– il ne les appelait pas autrement – qui avaient obligé son grand-père à quitter l'Alsace en 1871 ? À moins que ce ne soit ma mère qu'il se languissait de revoir ?

Les deux amis ne reprirent contact qu'en 1945. Alphonse avait passé toute la guerre dans un stalag. Il était revenu à la boulangerie paternelle, une des plus importantes de Vitry, d'après mon père. Alphonse ne cessait de relancer son ami pour qu'il vienne le voir. Dans l'immédiat après-guerre, l'heure n'était pas aux loisirs, encore moins aux vacances. De son côté, l'ancien mitron avait racheté une boulangerie dans un village au sud de Rennes et travaillait dur pour faire vivre sa petite famille. Finalement, un beau jour, il annonça à Alphonse qu'il allait venir avec sa femme et son fils aîné – c'était moi.

J'ignore la date de ce voyage. Sans doute au début des années 50. Le souvenir des préparatifs est plus précis dans ma mémoire. Ce fut toute une aventure. Depuis la gare Montparnasse, il fallait gagner la gare de l'Est. La première fois que je voyais Paris. Je n'en garde aucun souvenir. Ce fut surtout, pour ma mère et moi, le premier grand déplacement de notre existence. En arrivant à Vitry, j'étais, paraît-il, tout noir. J'avais passé une bonne partie du voyage à la fenêtre du compartiment, le visage exposé aux nuages de fumée de la locomotive. « *È pericoloso sporgersi* », riait mon père qui ne connaissait pas l'italien – il refusait d'épeler la même mise en garde en allemand.

Les bruits de marteau, une ville en reconstruction : tout cela est bien maigre pour rassembler quelques souvenirs. La reconstruction est une spécialité vitryate. La capitale du Perthois a été détruite à cinq reprises. Pas une ou deux fois, comme il sied à une cité qui possède une légitimité historique, non, cinq fois : en 1142, 1420, 1544, 1940 et 1944.

J'erre dans la ville à la recherche d'un hôtel. Sur la place principale vide, face à l'église, une statue représente la Marne. Après Saint-Maur, Nogent, Château-Thierry, ma collection s'enrichit. Les Vitryats la nomment *la Déesse*. Rien d'une matrone, divinité nourricière. Plutôt une naïade qui plie la jambe pour se mettre en valeur. Détail d'importance : elle est debout. Elle fait face. Elle tient dans une main une rame qui rappelle la vocation batelière de ce port fluvial situé au confluent de trois canaux et d'une rivière ; de l'autre, elle porte une corne d'abondance. Les deux attributs pourraient l'encombrer, mais elle les exhibe avec élégance. C'est, jusqu'à présent, la représentation la plus gracieuse de la rivière que j'aie vue.

Elle fait penser à Mélusine, la femme mi-divine, mi-humaine, qui pourrait tout aussi bien se transformer en serpent. Dans sa façon de se glisser dans le paysage, de se faufiler dans l'épaulement de notre pays, invisible et secrète, d'enlacer villes et villages, de se métamorphoser, le serpent incarne le mieux la Marne. La Seine sinue, la Marne s'insinue. Plus qu'une autre rivière, elle procède par reptation, une manière insaisissable de progresser, de s'esquiver par de brusques écarts. On en revient toujours à cette féminité des fleuves qui énervait tant Francis Ponge.

Les trottoirs sont pavés de brique rose. Quelques sculptures ornent les frontons des portes. Un globe terrestre, une plume, un œil et une oreille : c'est le siège du quotidien *L'Union* qui symbolise le journaliste à l'écoute du village planétaire. Plus loin, un arbre et une scie circulaire, peut-être l'échoppe d'un menuisier. Une balance : un avocat, un huissier de justice ou un indic ?

Pour les habitants, il a fallu beaucoup de courage et de foi en l'avenir pour ressusciter ce qui était anéanti. Vitry ressemble à ces villes comme Lorient, Brest, Royan, reconstruites après-guerre : des bâtiments solides, rudes, sans affectation, désacralisés de tout discours architectural, immédiatement opérants. On a ajouté quelques symboles de métier sur les façades de la place principale pour rappeler la tradition et l'honorabilité d'une cité créée sous la Renaissance.

La nuit est maintenant tombée. En cette fin d'été, Vitry, vidée de ses habitants, accuse une incertitude très métaphysique. Irréelle comme elle a dû l'être souvent dans son histoire, dans cette pause où l'on attend avec angoisse les vainqueurs. Si discrète, en même temps. Une ville martyre, au bord de la désagrégation. À chaque fois, elle reprend son destin en main et ressuscite. Peu de villes ont autant souffert, elle n'en fait cependant pas une histoire. Toujours aux avant-postes, dévouée à la cause nationale, rarement dédommagée.

En 1544, Charles Quint, venu du Luxembourg, plonge sur Vitry et s'en empare. Il lui suffit alors de suivre la Marne, le chemin des nations, pour prendre Paris. Inexplicablement, il rebrousse chemin aux portes de la capitale.

Napoléon ne s'y est pas trompé en s'établissant ici pendant la campagne de France. Après un raid sur les arrières ennemis, il fut à deux doigts de capturer, à Vitry, le tsar Alexandre, le roi de Prusse et le généralissime autrichien Schwarzenberg.

Lorsque, le 1ᵉʳ août 1914, l'ordre de mobilisation est placardé dans toutes les mairies, Joffre choisit aussitôt d'installer son état-major à Vitry. Il sait que cette place fortifiée est le meilleur endroit pour sentir la situation et décider. Si le danger vient de la Marne, c'est invariablement à Vitry-le-François que l'ennemi surgira pour tenter de crocheter la porte qui lui ouvrira cette « maison France » chère à Braudel.

45

J'ai trouvé un hôtel. Il est 21 h 15, j'arrive trop tard pour le dîner. La serveuse est désolée. Je commande une coupe de champagne, histoire de ne pas perdre les bonnes habitudes. Elle extrait du bar une petite carte et me la tend. Pas mal ! Une vingtaine de références. Le champagne est ici une affaire sérieuse.

Sans être élégante, la jeune femme est vêtue avec une certaine fringance : chemisier col Claudine, collier avec une main de fatma, chaussures plates décolletées comme des ballerines.

— Vous voulez peut-être un champagne d'ici ?

J'avais oublié que Vitry possède aussi un vignoble. Il y a, dans le coin, une trentaine de récoltants-manipulants. C'est cela, l'appellation champagne : une très forte présence de la vigne autour de Reims et d'Épernay, mais surtout des îlots disséminés un peu partout, à l'est du département, dans l'Aisne, l'Aube et même la Haute-Marne. Les implantations sont généralement étroites, allongées. Des stries, des traces rayées sur l'épiderme champenois, finalement plus tigre que léopard. Honneur au Perthois ! Je choisis un champagne en provenance de Bassuet, village situé à quelques kilomètres au nord-est de Vitry.

— Vous devez avoir faim, je vais voir en cuisine.

Ce n'est pas du goût de la patronne. Elle fait irruption dans le bar, lève les yeux au ciel et déclare devant moi, d'une voix haut perchée, à son employée :

— Les cuisines, voyons, ma petite, ils sont en train de fermer !

— Laissez tomber, dis-je.

Elle se récrie en minaudant :

— Mais non, monsieur, pas de souci. Bien sûr, nous allons arranger cela.

C'est classique : affirmer ses prérogatives auprès de l'inférieur et, une fois qu'on a bien fait sentir sa domination, se raviser sans vergogne du tout au tout. Surenchérir, même.

Pendant l'absence de la serveuse, elle fait la conversation, mais je la sens perplexe. Elle doit ranger ses clients dans des cases. Elle s'interroge. Mes gros godillots, ma mise négligée et le champagne que j'ai commandé ne collent pas. Le choix aussi de son établissement qui, sans être luxueux, passe pour être l'un des meilleurs de la ville. « J'imagine que Monsieur a pu facilement se garer. Un dimanche... » Non, monsieur n'a pas de voiture. Cette nouvelle information a pour effet de la perturber un peu plus, d'autant que, oubliant le presque camouflet de tout à l'heure, je lui réponds avec une affabilité outrancière, histoire d'affoler la boussole. Un type ayant eu des malheurs, qui a rompu avec la société... ? Un asocial, ils sont souvent bien éduqués, obséquieux, même... ? Tu brûles. Non, elle renonce à cataloguer, elle s'est aperçue depuis quelque temps que son système de classification devenait inopérant. Trop d'alvéoles, d'embranchements, de subdivisions, de variétés, de sous-espèces. Recouper tout cela ? Trop compliqué.

La serveuse réapparaît avec deux assiettes, l'une contenant des tranches de saumon, l'autre des toasts dans une serviette. Elle les rapporte comme s'il s'agissait d'un butin. Ce pouvoir infime qu'elle détient et qu'elle a employé contre sa patronne pour intercéder en ma faveur en cuisine, cette bienveillance naturelle et désintéressée représentent pour moi la distinction souveraine.

La patronne disparaît, mécontente. Je m'attable près du bar et commande une deuxième coupe. D'après la serveuse, l'établissement date des années 70. Il n'est donc pas celui où je suis descendu avec mes parents. J'essaie une fois de plus de stimuler le souvenir par des images, des réminiscences. Rien : cette ville m'est inconnue.

Dans le hall, dépliants, flyers, brochures sont mis à la disposition des clients. J'ai trouvé une carte de la ville où Vitry s'intitule « ville pétillante ». Un autre imprimé sur le pays de Vitry-le-François le qualifie de « porte du champagne » et non de porte *de la* Champagne. Le champagne, nom-sésame, synonyme de succès, habite et tourmente l'identité de toutes ces villes. La Région Champagne-Ardenne est peu revendiquée. Vaguement féminin mais plutôt neutre, l'efficacité de ce mot se trouve annulée par cet Ardenne qu'on lui a accolé. Un autre monde.

Dans ma chambre, je relis Jules Blain. Apparemment, il ne se trouvait pas dans la ville, en septembre 1914. Lors de son pèlerinage, il visite le collège de garçons de Vitry où, dès le début de la guerre, Joffre avait établi le grand quartier général.

Il note que c'est ici que le généralissime a reçu toutes les mauvaises nouvelles : l'échec de la bataille des frontières, le reflux des armées françaises et la progression des armées du Kaiser vers la capitale. En toute hâte, le grand quartier général doit déménager le 1er septembre. Le 5, les Allemands font leur entrée dans une ville presque déserte. Le 6, les troupes françaises passent à l'offensive : la bataille de la Marne a commencé. Vitry connaîtra d'âpres combats, principalement sur le mont Moret, au sud-ouest de la ville, colline stratégique haute de 160 mètres qui surplombe la plaine champenoise.

Vitry est liée pour lui aussi à un souvenir personnel : une jeune femme que Blain a rencontrée dans les jardins de l'hôtel de ville. Mais ce n'est pas la première fois qu'il mentionne des rendez-vous dans son récit. Blain procède le plus souvent par allusions. Il a édité ce livre à compte d'auteur pour être lu, je présume, par des proches qui savaient de quoi il retournait. J'ignore qui était cette femme qu'il désigne par la lettre S. Il précise qu'elle a perdu son fiancé au Chemin des Dames. « Des veuves, des femmes seules... La longue procession en noir, les âmes à jamais exclues. Certaines se rebellent. » Il n'ajoute pas « J'en profite », mais c'est tout comme. L'intérêt de ce témoignage parfois fumeux réside dans un art du sous-entendu, pour moi involontaire. Pressentiment d'un autre livre qui s'écrit derrière celui que je lis.

Toutes ces femmes sans hommes, qu'il séduit, sont mentionnées elliptiquement. Il semble que la jouissance, chez lui, l'emporte sur le désir. Apparemment, elle va au-delà du plaisir sexuel – il n'y a qu'à puiser.

Un franchissement de limite qu'il justifie par le traumatisme invoqué *ad nauseam*. Ce n'est même pas un prédateur. Il passe, il ramasse. Le rapport amoureux n'a pour lui aucune importance. Il le répète lugubrement comme s'il était enchaîné à ce plaisir. Blain parle des « âmes à jamais exclues » mais, à l'évidence, il pense plutôt aux corps. Les âmes, c'est plus moral, plus noble. Mais il ne croit pas que l'âme existe – aujourd'hui, elle est ramenée à des phénomènes psychiques : on l'appelle la psyché.

46

Ce matin, je me décide à ouvrir exceptionnellement mon téléphone portable pour parler à ma mère.

— Je suis à Vitry-le-François.

Je tente une fois de plus de lui arracher une brisure de souvenir, un fragment.

— Au fait, ce séjour, combien de temps a-t-il duré ?

— Environ une semaine.

— Telle que je te connais, tu n'as pas voulu rater la messe du dimanche. Où était-ce ?

— Dans une grande église. Immense. Plus grande encore que la cathédrale de Rennes. Très lumineuse. Tu étais avec nous, tu t'ennuyais. Tu ne tenais pas en place.

Elle a toujours dit que je ne tenais pas en place. Je l'interroge pour la énième fois sur la boulangerie d'Alphonse. Et la Marne ? Tiens, curieusement, je ne l'ai jamais interrogée là-dessus.

— La Marne ? Tu sais que je n'aime pas l'eau. Ton père l'a peut-être vue. Pas moi. Toi, tu ne l'as pas vue non plus.

Je connais son aversion pour l'eau. Pendant mon enfance, elle avait peur que je m'approche des étangs, des mares, des ruisseaux.

L'église en question est probablement l'ancienne collégiale située sur la place principale.

Dans les rues, Vitry a recouvré son animation. Celle d'un lundi : un régime raisonnable, sans précipitation. Comme un démarrage en côte. Cette cité neuve m'émeut, elle ne se raconte pas d'histoires. Elle ne débite pas de balivernes, comme tant d'autres villes qui, dans l'*entertainment* planétaire, finissent par croire aux fables qu'elles se sont inventées. Son passé paraît absent, perdu. En fait, il est inséré dans le béton des immeubles, coulé dans la matrice conçue par Marini et qui reproduit scrupuleusement le plan ancien.

Ce passé ne s'échappera pas de sitôt. Les villes relevées ne sont pas toujours d'un tempérament aimable. Cette robustesse sans douceur des années 50 possède un côté bourru – « Désolé, on n'a pas eu le temps de faire joli ! » Malgré tout, l'ensemble tient. Le miracle, dans ce pays, est souvent attaché à une mauvaise humeur des êtres et des choses, un laisser-aller, une difformité, même, qui n'empêchent pas, en définitive, l'aisance, le retournement total. Elle surgit de façon inattendue dans un détail, un changement brusque, une manière désinvolte et providentielle d'éveiller l'attention et de renverser le cours des choses. Ce que les Italiens appellent la *sprezzatura*, un je ne sais quoi de négligé, de nonchalant.

Sur la façade d'un immeuble, un étrange cadran solaire représente les tours de la collégiale en proie aux flammes, avec la légende *Furore hominum perii*, *MCMXL* (« La fureur des hommes m'a détruite en 1940 »). Sous les tours embrasées figurent un soleil resplendissant et une colombe portant un rameau d'olivier avec cette inscription : *Horas quietas utinam indicem* (« Puissé-je désormais n'indiquer que des heures tranquilles »). Ces signes, semble-t-il, ne sont pas dépourvus d'ironie. Vitry a choisi pour emblème la salamandre qui passe pour traverser les flammes sans être brûlée. Le symbole ne l'a pas empêchée d'être ravagée. Une façon de se dédoubler, de jouer de manière impertinente avec sa propre détresse, de se lancer un défi à soi-même, avec une totale absence d'affectation. Cette cité a compris que la mémoire n'est pas la reprise continuelle du passé, c'est même tout le contraire : une déprise, une transmutation. Pour parvenir au grand œuvre, il faut brûler toutes les scories : aigreur, ressentiment, vengeance. Il n'est pas question d'oublier ce qui a meurtri, mais de le rendre vivant autrement. Une ville capable d'une telle distance bénéficie sans aucun doute de la faveur des dieux. On l'a ou on ne l'a pas. La grâce a ceci de particulier qu'elle ne saute pas aux yeux.

L'église, la façade avec ses deux tours ressemblent à Saint-Sulpice, à Paris. Je ne suis pas étonné que ma mère ait été impressionnée par l'immensité du sanctuaire. Avec Saint-Sulpice, c'est l'église la plus majestueuse que j'aie jamais vue. Saint-Pierre de Rome est plus grandiose que majestueuse. La majesté est affaire d'intériorité, d'éclat moral. De cette beauté limpide, harmonieuse, déliée, que possèdent souvent les architectures de la Contre-Réforme. Tout paraît simple, mais on s'aperçoit vite que l'évidence lumineuse et l'ampleur de l'édifice sont le fruit d'une audace architecturale exceptionnelle, comme cette nef où la suppression d'un pilier, de chaque côté, réunit deux travées en une seule.

Je suis attiré par un tableau enchâssé dans un retable en bois sculpté : *Crucifixion*, œuvre de Jean Restout, peintre du XVIIIᵉ siècle. Pas âme qui vive dans l'église. Des arbres morts, un paysage de ruine, le Grand Crucifié est représenté dans ce moment d'incertitude où il gémit : « Mon Dieu, mon Dieu, pourquoi m'as-Tu abandonné ? » Ce cri de solitude et de doute créait un profond embarras chez les prêtres de mon collège religieux. Ce n'est pas un murmure de désespoir, se défendaient-ils, seulement l'interrogation du Christ fait homme. Possible. Pourtant, cet appel me paraît dénué d'ambiguïté : c'est un reproche, une prise à partie, presque une accusation que le Supplicié adresse au Ciel. Dans cette église devenue aujourd'hui trop vaste, où la religion catholique est entrée dans une période de désarroi, l'imploration me paraît s'adresser aux hommes : « Pourquoi m'avez-vous abandonné ? » Le Grand Crucifié est bien en agonie jusqu'à la fin des temps.

Je suis hanté par ces crucifixions toujours identiques, avec la couronne d'épines, l'étoffe soigneusement drapée qui cache la nudité. Le même sans être le même. Toute œuvre regardée se métamorphose en fonction de notre vie passée. Des points de vue différents qui balisent l'existence et mesurent le chemin parcouru. Ce changement nous vérifie.

Cette église m'en a ouvert une autre, Saint-Sulpice. Elles sont presque jumelles. J'ai consacré quatre années à l'étudier, à l'explorer en tous sens. Sans m'apercevoir que cette attirance venait peut-être de mon enfance.

47

Le Publiciste m'a laissé un message m'indiquant que la descente de la rivière à partir de Saint-Dizier était « calée ». Seule la date reste encore incertaine. Il me conseille de me tenir prêt à partir de mercredi. Deux jours pour atteindre Saint-Dizier, c'est plus qu'il n'en faut. Cependant, j'ai projeté de faire un détour par le lac du Der-Chantecoq qui, depuis 1974, a changé le destin de la Marne. Je n'ai pas trop de temps à perdre. Je tiens aussi à visiter, avant de partir, le port de Vitry, haut lieu de la batellerie où le commissaire Maigret, épuisé par sa course à vélo, finit par trouver la solution de l'énigme.

C'est aujourd'hui un chantier de réparations. Odeur de garage humide et d'huile de graissage. Des péniches établies à l'année sur le canal, d'autres en attente, quelques bateaux de plaisance... Jusqu'en 1970, la navigation marchande a connu en France une croissance continue – Vitry possédait même une Bourse d'affrètement –, puis le trafic a brusquement chuté. Le canal de la Marne à la Saône, qui emprunte la vallée de la Marne jusqu'au plateau de Langres pour confluer avec la Saône à Heuilley, permet d'atteindre le Rhône. Il aurait pu jouer un rôle décisif dans la connexion Flandres-Italie, laquelle a permis l'apparition de la première économie-monde au

Moyen Âge, chère à Braudel et qui demeure, au XXIe siècle, le trait d'union indispensable entre l'Europe du Nord et la Méditerranée. Malheureusement, ce canal n'est plus aujourd'hui qu'une simple voie de transit handicapée par son petit gabarit. D'année en année, le trafic de marchandises ne cesse de diminuer. Heureusement, la plaisance lui redonne vie.

Amarré dans le port, le *Zwarte-Zwaan* aperçu à l'écluse de Saint-Germain-la-Ville est en grand nettoyage. La femme en ciré jaune me fait signe :

— Vous avez perdu votre ami ?

Malgré une certaine rudesse, son accent a quelque chose d'à la fois laborieux et plaisant. Elle brosse énergiquement le pont, pieds nus, les mollets à l'air. Elle a l'air plus avenante qu'à Saint-Germain-la-Ville où elle avait refusé sans aménité notre aide. Elle est blonde, un peu potelée, âgée d'une quarantaine d'années. Ses yeux clairs à l'expression ouverte, ses mimiques démonstratives dénotent une nature extravertie. L'autre femme, peu loquace, fait la vaisselle à l'intérieur de l'habitacle, tandis que quatre enfants jouent sur la berge. Apparemment, notre « sérieux » a beaucoup amusé en même temps qu'intrigué les deux étrangères. Elles ont emprunté le canal de la Marne à l'Aisne. Depuis Condé-sur-Marne, nous sommes pratiquement les seuls marcheurs qu'elles aient rencontrés.

Je leur fais part de l'objectif que je me suis fixé, ainsi que de la difficulté à suivre le cours de la rivière. Elles veulent savoir quelle est la « partie la plus belle ». « Tout est si inattendu », dis-je, mais ma réponse convenue les déçoit. Je n'avais jamais imaginé rien de tel : une France qu'on ne connaît pas et qui ne nous connaît pas. L'une nullement étrangère ou hostile à l'autre. Une France, plutôt une multitude de France, une abondance de microsociétés. Parmi ces hommes et ces femmes entrevus, beaucoup ont tourné le dos au monde qui leur était assigné. Non pas dans une attitude de refus, ni même de rupture, mais de *non-fréquentation*. Je mesure que ce paradoxe est difficile à expliquer à des inconnus. Il me prend moi-même souvent au dépourvu.

C'est à mon tour de leur poser la question : que pensent-elles de la France ? « La France dort », répond la femme réservée. Sur le moment, je ne comprends pas. Elle précise : « Comment dites-vous en français : elle sommeille ? C'est très beau, on n'a pas envie de la réveiller. Chez nous, en Hollande, on est les uns sur les autres, ça bouge trop. »

Elles voyagent sur un canal. Le côté coulissant, comme sur un rail, donne l'impression de lenteur, de léthargie. Non, protestent-elles, c'est le sommeil qu'elles aiment ; il signifie, pour elles, la France de toujours. Ce *genius loci* cher à Vidal de La Blache, qui transcende les différences régionales. Comme beaucoup d'étrangers, elles ne veulent voir que cela. Elles viennent chez nous pour vérifier si le décor est toujours bien là.

La conscience française est à l'évidence le cadet de leur souci. Nul doute que leur petit pays, célèbre jadis pour ses imprimeurs – « la librairie générale de l'Europe » –, a joué un rôle essentiel dans l'avènement des Lumières. Mais, plus que d'autres peuples, nous sommes convaincus que nous avons une vocation à l'universel. Beaucoup, dans le monde, nous en reconnaissent bien volontiers le mérite et le portent à notre actif. Et « cette exception française » qu'on invoque à l'envi ? Depuis l'enfance, on m'a inculqué que nous étions un peuple à part. Michelet, Vidal de La Blache et, plus près de nous, Braudel se sont évertués à le démontrer. Mais nous en doutons de plus en plus. Et si rien ne justifiait la singularité française ? Des pays comme l'Angleterre ou l'Espagne pourraient tout aussi bien s'en prévaloir. Et que serions-nous, sans l'Italie ? La force de l'illusion donne le moral aux peuples. Ils ont besoin de *vision*, mot qui a deux sens opposés : une intuition juste de l'avenir ou un mirage.

48

J'ai quitté Paris il y a plus d'un mois. Moyenne : dix kilomètres par jour. On ne peut pas dire que je me sois défoncé, mais je ne recherche pas la performance. Je me suis souvent arrêté plusieurs jours dès qu'un lieu ou une personne piquait ma curiosité. Surtout les « conjurateurs ». Cette remontée leur doit beaucoup. Ces hommes souvent insaisissables se sont construit une autre existence. Ils naviguent entre chômage et petits boulots, dans une attitude de retrait, un refus de se fondre dans la masse. Cette face cachée de la France marnaise s'est dévoilée pas à pas. Une frange active, qui ne se montre pas, *inapparente*. Dedans et dehors. Le meilleur moyen d'occuper l'espace. « Nous appartenons au quart-monde heureux », m'a déclaré l'un d'eux. Défavorisé et satisfait. La contradiction n'a pas à être résolue. Le duel des contraires est un ferment actif qui travaille sourdement ce pays. Des rencontres souvent intenses, mais la plupart sans lendemain. Je crois à une certaine *justesse* du coup d'œil rapide, de la première impression et même de l'apparence. Michel Leiris conseille de « s'attacher délibérément à la peau des choses, car c'est par pur préjugé moral que nous accordons plus de valeur à la vérité qu'à l'apparence ».

Frignicourt, Brignicourt, Larzicourt, Sapignicourt : le finale sent le vieux pays romain, le *court* étant à l'origine la cour de ferme, le domaine dans l'Italie antique, puis en Gaule mérovingienne et carolingienne. Depuis Vitry, je me trouve dans le Perthois, pays de la Champagne humide, verdoyant, traversé par un chevelu de rivières et de ruisseaux.

Le lit de la Marne devient plus étroit, l'incision plus nette. Cette fois, le cours d'eau s'éloigne résolument du canal. Le paysage est troué d'étangs et de gravières. La rivière est attirée naturellement par les carrières abandonnées. Elle a envie de se couler dans ce lit profond. L'appel exerce sur elle un envoûtement, comme le chant des sirènes. Un piège. Le ravisseur peut être pris. Le cours d'eau ne doit pas succomber à cet appel qui risque de l'endommager gravement. Dans ce type de capture, tel est pris qui croyait prendre.

Éternel dilemme : faut-il laisser la rivière divaguer ou la fixer ? Auprès de pêcheurs et d'éclusiers, j'ai appris, pendant ce voyage, l'importance des particules et des matières en suspension dans son régime d'écoulement. Un cours d'eau a besoin de ce transit sédimentaire, constitué d'apports solides, galets, graviers, cailloux, qui le refrène. Il faut modérer cet élan qui le pousse à entailler les berges et à se frayer latéralement un passage. La *rugosité* d'une rivière assure sa stabilité.

C'est ici, à Frignicourt, que Napoléon franchit le fleuve à gué, le 22 mars 1814, après avoir battu en retraite à Arcis-sur-Aube. La Marne ne va pas le sauver. Il pense écraser l'adversaire à Saint-Dizier. Il est fini, mais il ne le sait pas encore. Dans deux semaines, il abdiquera à Fontainebleau.

En cette fin de septembre, je sens dans l'air poindre les signes avant-coureurs de l'automne. Parfois encore, la rambleur survient, diffusant cette lumière immatérielle qui éclaire anormalement arbres et haies. L'herbe grillée est parvenue à un tel stade de dessèchement qu'elle commence à diffuser des parfums recuits et compotés, effluves provenant aussi des prunelles et des baies de sureau écrasées, petites taches noires sur le sol aride, aussi dur que du béton. À mesure que le soleil décline, ces exhalaisons deviennent plus lourdes, chargées d'humidité. Le soir, elles sont inséparables du bruit des machines agricoles qui rentrent, des voix des humains, des jappements des chiens que le vent ramène avec netteté. Ce temps radieux est celui qu'ont connu les soldats juste avant l'offensive du 6 septembre 1914. Dans ses « Souvenirs de guerre[1] », l'historien Marc Bloch, sergent au 272e régiment d'infanterie, raconte le soleil, les bains dans la rivière, les siestes dans l'herbe au milieu d'un « pays inconnu, sans gaîté et sans éclat mais non sans charme ». Il éprouve le plaisir de dormir au bivouac à la belle étoile, « ces libres sommeils où la poitrine respire avec aisance et dont on ne sort jamais la tête lourde ». À Orconte, dans le parc du château du Plessis où Napoléon avait établi ses quartiers, Bloch voit arriver, le 6 septembre 1914, les premiers blessés de la grande bataille.

---

1. In *L'Histoire, la Guerre, la Résistance*, Gallimard, coll. « Quarto », 2006.

Le lendemain, il s'établit avec sa compagnie à Larzicourt. Non sans anxiété, le jeune sous-officier guette dans l'air l'écho de la bataille du côté de Vitry-le-François. C'est à Larzicourt qu'il apprend la proclamation de Joffre prescrivant « de se faire tuer sur place plutôt que de reculer ». Notre fantassin croit tout perdu, car son régiment, en contradiction avec les ordres de Joffre, repasse la Marne pour retraiter vers le sud. En fait, il s'agit d'un mouvement tournant vers un point du front.

Le 10 septembre a lieu le premier vrai combat de Marc Bloch. Son récit est remarquable par son aspect disparate, mal coordonné. C'est une série d'images, de détails aigus qui s'enchaînent mal, avec des blancs et de grandes déchirures. On dirait du Claude Simon, celui de *La Route des Flandres*. L'incrédulité, une vache tuée, le premier cadavre couché sur des pommes de terre qu'il transportait, la première bombe. Et ce moment extraordinaire où le colonel impuissant, constatant les pertes énormes, supplie ses soldats « d'y aller ». Marc Bloch est à l'abri derrière un talus. Il n'a pas trop envie de bouger. Instant mortel en même temps qu'abstrait. Il se dit : « Puisque le colonel le veut, il faut se lever et aller de l'avant. Mais c'est fini ; ce n'est plus la peine d'espérer ; je serai tué. » Et il se lève en criant : « En avant, la 18e ! » Il avance… et n'est pas tué.

Le lendemain 11 septembre, après un court sommeil, ils se réveillent contents. « Je crois que mes camarades étaient pareils à moi. Contents de quoi ? Eh bien ! D'abord, contents de vivre. » Il avoue n'avoir pas compris grand-chose à ce qui se passait.

« Que m'importait ? C'était la victoire. » La victoire de la Marne...

Ces hommes vont tenir quatre années. Beaucoup seront tués. Marc Bloch évoque le sentiment de la peur chez le combattant : « J'ai toujours remarqué que, par un heureux réflexe, la mort cesse de sembler très redoutable du moment qu'elle semble proche : c'est au fond ce qui explique le courage. La plupart des hommes craignent d'aller au feu, et surtout d'y retourner ; une fois qu'ils y sont, ils ne tremblent plus. »

Froidement, Bloch analyse la question du patriotisme : que peut signifier mourir pour la France ? « Je crois que peu de soldats, sauf parmi les plus intelligents et ceux qui ont le cœur le plus noble, lorsqu'ils se conduisent bravement pensent à la patrie. » Le patriotisme serait-il une affaire d'intelligence ? Le plus motivant, chez le combattant, selon lui, serait le « point d'honneur individuel ». Le point d'honneur, c'est-à-dire la fidélité aux camarades.

49

Depuis plusieurs jours, j'ai la sensation de m'éloigner d'une France centrale, de l'axe actif, de m'enfoncer dans un autre territoire, la France *de l'intérieur*. Je la sens non pas déprimée, mais hors service. Un pays en difficulté que l'on a mis peu à peu à l'écart au nom de la dépense inutile. En état de non-fonctionnement. Dans les villages disparaissent peu à peu les bureaux de poste, les médecins, les petits commerces. Les stations-service abandonnées sont les plus spectaculaires. Dans leur délaissement irréparable – aucun commerce ne les remplacera –, elles soulignent le démeublement insidieux de cette France en crise, à l'opposé de la France des villages fleuris. La lutte pour survivre se révèle dans une parcimonie de plus en plus visible : façades mal entretenues, voitures usées jusqu'à la corde. La population qui habite ces communes démeublées vieillit et décline, mais ne s'avoue pas vaincue. Le combat se livre ailleurs, dans la sphère privée, au sein d'associations. Moins visible que la lutte pour l'existence, j'y vois l'*accord* pour l'existence. La continuité de la vie, un plaisir de vivre qui n'est pas éteint, la solidarité. C'est la France des doublettes (concours de belote), des soirées méchoui à la mairie, des compétitions de scrabble, des bénévoles. L'immobilité dissimule une vraie générosité agissante.

À Larzicourt, je quitte la Marne pour me diriger vers le lac du Der-Chantecoq, comme me l'avait conseillé l'homme au barbecue. Mis en service en 1974, l'immense réservoir de 4 800 hectares est destiné à atténuer l'ampleur des crues et à renforcer le débit de la Marne en période sèche.

À Vitry-le-François, j'ai trouvé un livre qui raconte la tragédie d'un paysan, *Augustave Moyse, champenois*[1], maire de Chantecoq. Outre son nom biblique, le héros de cette aventure porte un prénom inhabituel. Son père avait choisi Auguste, sa mère en tenait pour Gustave ; ils décidèrent donc d'appeler leur rejeton Augustave. La mort dans l'âme, il a assisté à la fin de son village submergé par les eaux. L'ouvrage décrit la vie d'un homme jusqu'alors sans histoire. C'est un rude campagnard issu d'une lignée d'hommes de la terre implantée depuis la nuit des temps dans ce coin de la Champagne humide connu sous le nom de pays du Der. Ce mot à la consonance étrange, d'origine gauloise, signifie « chêne ».

Le Der est l'une des contrées les plus mystérieuses et les plus impénétrables de France : paysage de bocage à la lumière mouillée, enclave sombre et verdoyante composée de prairies, d'étangs, de bois, de vergers et de maisons à colombages que l'envahisseur venu de l'est a presque toujours renoncé à occuper. Une vieille société paysanne jalouse de son indépendance et assez florissante prospérait lorsqu'on décida

---

1. Serge Grafteaux, Éditions Dominique Guéniot, 2010.

un jour d'inonder le bocage afin de protéger Paris des grandes crues destructrices comme celle de 1910.

Le pays des chênes fut choisi pour son sous-sol argileux imperméable, peut-être aussi pour son obscurité géographique. Les technocrates parisiens étaient assurés de jouir d'une quasi-impunité. Qui se soucierait des protestations de ces manants ? L'histoire est exemplaire, presque caricaturale : d'un côté, des hauts fonctionnaires, convaincus de l'intérêt supérieur et de la nécessité d'une telle entreprise, de l'autre des hommes de la campagne âprement attachés à leur terre et à leurs traditions, refusant le diktat de Paris. Ils furent aussi héroïques que les paysans du Larzac. Aurait-on agi autrement aujourd'hui ? Non, mais on y aurait mis les formes. À grand renfort d'enquêtes, de rapports, de consultations, de commissions, les grands principes auraient été invoqués pour aboutir exactement au même résultat.

Il faut s'y faire, les experts sont d'accord, Paris aura de toute façon sa crue centennale. Le lac du Der en atténuera les dommages, estimés en 2008 à 17 milliards d'euros.

Par des chemins humides et herbeux, je m'engage dans un pays silencieux. Nature solide, pleine, presque luxuriante, très éloignée de la sévérité de la Champagne sèche. Le royaume liquide a disparu pour faire place à l'humide, au vaporeux. En ce milieu d'après-midi, une légère brume commence à s'élever au-dessus des prés et stagne dans les fonds marécageux. Une odeur d'herbe décomposée, d'humus détrempé embaume l'air, parfum préautomnal, avivé sans doute par la colossale masse d'eau que je m'apprête à découvrir.

L'effet de contraste est saisissant entre la beauté de cette nature introublée et la soudaine apparition du lac – plus réservoir que lac, d'ailleurs – dont les digues et les rives bétonnées soulignent l'aspect artificiel. Les drames qu'ont suscités l'engloutissement de trois villages et le déplacement de plus de quatre cents personnes arrachées à leurs champs et à leurs maisons appartiennent au passé. Paradis de la voile et de la baignade, bulle touristique avec toutes ses activités récréatives modernes, parmi lesquelles une piste cyclable de vingt kilomètres aménagée autour du lac, Der-Chantecoq n'est pas seulement devenu un espace de loisirs qui attire un public français et étranger, il s'est transformé aussi en une réserve ornithologique, havre des grues cendrées, des canards siffleurs, des cygnes chanteurs. Augustave Moyse est mort depuis longtemps. Qui se souvient de lui aujourd'hui ? Après ce malheur, il eut la satisfaction de voir accoler à « lac du Der » le nom de sa commune, Chantecoq. Augustave peut reposer en paix. À sa façon, l'insoumis a gagné. Ce *Chantecoq* est une victoire. Bien sûr, le lac existe, probablement utile au bien commun, mais la mention du village disparu est un remords. Le trait d'union, œuvre d'un résistant, d'un conjurateur, rappelle que la balafre ne s'effacera jamais.

C'est à Hauteville que je rejoins la Marne, ses traînées sableuses, ses chenaux, son cours paresseux, ses berges très hautes qui, sous l'effet de l'érosion, s'affaissent par plaques dans la rivière. Attaqué par l'eau, le pont sur la Marne paraît déchaussé, des palplanches sont disposées autour des piles pour les stabiliser, témoignant de l'enfoncement du lit mineur qui affecte la rivière depuis Vitry-le-François.

Des bouquets de fleurs accrochés sur le garde-corps du pont, une jardinière sur la chaussée attestent d'un événement tragique, comme ces reposoirs que l'on aperçoit au bord des routes, commémorant la mort accidentelle d'un être cher. Un jeune homme s'est suicidé en enjambant le parapet. Depuis le drame, la famille, inconsolable, fleurit la place.

50

Je sens une présence qui rôde derrière moi, des pas, des piétinements dans les buissons, un souffle, une respiration. J'ai beau me retourner, m'immobiliser et garder silence, je ne vois rien. Mal à l'aise, je presse le pas, m'éloignant de la rivière, car j'espère faire étape pour la nuit du côté de Sapignicourt ou Perthes, localités situées à la limite des départements de la Marne et de la Haute-Marne.

Sur la route départementale déserte, je n'entends plus que le bruit de mes pas martelant l'asphalte, et des froissements légers d'herbes sèches et de branches. Soudain, je vois surgir du fossé un chien, pauvre corniaud, l'air abandonné. Il est maigre, son pelage sale porte des traces de morsures.

Nous avons tous croisé dans la campagne un chien sans maître, l'air malheureux. Il trottine avec angoisse, à la recherche de l'odeur de son propriétaire qui l'a perdu ou rejeté. Son affolement et sa détresse sont pathétiques. L'image d'un animal en proie au désespoir nous touche directement. C'est un être sensible. Nous nous identifions à lui. Avec quel soin on voit des automobilistes, d'ordinaire indifférents, tenter d'éviter l'animal errant. Tout à l'heure, un conducteur moins attentif ne parviendra pas à l'esquiver, à moins que l'animal harassé ne se soit de lui-même laissé écraser.

Ce chien a flairé en moi un être compatissant. Il a certainement fait le bon choix en décidant de me suivre, mais cet attachement me met dans l'embarras. Il me renifle et me regarde affectueusement, heureux de m'avoir élu. Que vais-je faire ce soir ? Pas question qu'il m'accompagne à l'hôtel. Il est tout crotté, un véritable sac à puces et à tiques, et répand une odeur pisseuse. Le bord de ses paupières s'enroule vers l'intérieur. Les yeux sont frappés de conjonctivite.

Je force l'allure, rien n'y fait. J'agite ridiculement les bras, les jambes pour le repousser, il s'arrête et repart aussitôt avec moi. Je comprends que je vais avoir du mal à m'en débarrasser. Il a une bonne tête arrondie. La race est incertaine : un peu d'épagneul breton, peut-être.

J'ai déniché une chambre d'hôte pour la nuit. Je me trouve désormais dans le département de la Haute-Marne. Alors que je m'installe, le propriétaire frappe à la porte pour demander si le chien au-dehors m'appartient. Je réponds que non et descends un peu plus tard pour lui expliquer la situation. C'est un homme arrangeant. Dans la nuit, rentrant du restaurant – une gargote de plus à ma liste –, j'aperçois le chien qui se repose près d'une écuelle que lui a apportée mon hôte. Au chapitre du gîte et du couvert, je commence à saturer. Je me suis promis de n'en plus faire état, mais c'est plus fort que moi. Dommage que la Marne ne coule pas en Alsace, on y mange bien partout, jusque dans les villages les plus reculés. Un vrai pays de cocagne, et il y en a pour tous les goûts. Un bon dîner rachète la fatigue du voyageur. Mais, comme disait Héraclite, « si la félicité résidait dans les plaisirs du corps, nous dirions que les bœufs ont la félicité quand ils trouvent du foin à brouter ».

Le lendemain matin, le chien m'attend, ragaillardi. Je longe avec lui la prise d'eau qui alimente le canal pour me diriger vers Ambrières (deux cent vingt-cinq âmes), village natal de l'abbé Loisy. Dans un livre de souvenirs[1], l'auteur de *L'Évangile et l'Église*[2] raconte le cours paresseux de la Marne et son enfance paysanne. Lorsqu'il écrivit ce livre, l'église d'Ambrières, construite au bord de la falaise, menaçait de glisser et tomber dans la rivière. La partie nord commençait d'ailleurs à s'effondrer. Loisy décrit « son portail mutilé comme si la hache avait passé ». Un sanctuaire chrétien qui s'écroule, j'imagine à l'époque la charge symbolique qu'a dû représenter cet événement. Les gens du pays et les catholiques détestaient l'abbé Loisy : exégète, il défendait une approche scientifique et critique des textes sacrés au même titre que d'autres écrits profanes.

On a peine à se figurer aujourd'hui la figure scandaleuse qu'incarna ce prêtre excommunié par Rome en 1908. Une sentence terrible pour l'époque, Loisy était excommunié *vitandi* (à éviter) : interdiction à tout catholique de lui adresser la parole. « Jésus annonçait le Royaume, et c'est l'Église qui est venue » : cette phrase résume sa pensée. Il ne croyait pas à la nature divine du Christ. Selon lui, le Nazaréen mourut « pour un règne de Dieu qui n'est jamais venu et jamais ne viendra ; et c'est de son tombeau qu'a pu naître l'Église chrétienne ».

---

1. Alfred Loisy, *Choses passées*, Émile Nourry, 1912.
2. Éditions Alphonse Picard, 1902.

Je traverse la grand-rue vide, suivi du chien. Ambrières est situé sur une paroi qui surplombe la vallée d'au moins une trentaine de mètres. L'église a été sauvée in extremis en 1926. Le bâtiment a été démonté pierre par pierre, chaque pièce numérotée puis transportée par un petit chemin de fer pour être replacée à une centaine de mètres dans la même position. Encore tout un symbole, pour les adversaires de Loisy, convaincus de la pérennité et du caractère indestructible de l'Église catholique.

Tout près d'ici, à Ceffonds, l'abbé Loisy a fini ses jours, hanté par l'éternelle interrogation de Job : pourquoi les justes souffrent-ils ? Méfiant, il ne recevait plus personne. Caractère intransigeant, d'une grande bonté selon ceux qui l'ont connu, il avait fini par perdre la foi chrétienne, persuadé de la nécessité d'une « religion à venir », sans métaphysique, capable de rassembler tous les hommes dans un idéal commun de justice et d'amour. Sur les photos, le prêtre excommunié ressemble à un distingué pasteur anglican, la barbe fine et soigneusement taillée, un visage délicat, le regard pénétrant. Cette élégance tranche avec le fond terrien champenois. Professeur au Collège de France, Loisy conservera toute sa vie un fort accent du pays. Il prononçait les *o* « ouverts » comme des *a*.

Dans le cimetière, sa tombe se remarque d'emblée à cause de son architecture néogothique et de cette mention : « Abbé Loisy, 1857-1940, retiré du ministère et de l'enseignement ». Un bouquet de fleurs à peine fanées est posé sur la dalle. Le chien se met pour la première fois à aboyer. Qu'est-ce qui lui prend ? « Tais-toi ! » Pourtant, je n'ai pas à me plaindre de lui, il est doux, vif, sociable, plutôt obéissant. Il grogne en me regardant de ses yeux doux et tristes. Le cimetière ne lui plaît pas, il frétille, m'invite à sortir.

Depuis Vitry-le-François, il est presque impossible de suivre fidèlement le cours de la rivière. Elle s'éloigne de plus en plus du canal – l'espacement dépasse parfois les cinq kilomètres, comme à Larzicourt. Ma progression ressemble à un va-et-vient entre le chemin de halage et le sentier incertain qui borde la Marne. Souvent, celui-ci s'arrête brusquement devant une clôture pour reprendre une centaine de mètres plus loin. Ce mouvement alternatif entre les deux voies d'eau double évidemment les distances.

Nous cheminons tous deux, confiants, sans souci du temps. La rambleur est moins apparente. La lumière se fait plus nette, d'une nuance plus mouillée. Aucun être humain à l'horizon, aucun bruit, si ce n'est le reniflement du chien qui me flaire puis se porte vers un fossé ou une haie pour revenir me frôler. La France est au travail, nous traversons un continent vide. Élastique, le feutrage végétal étouffe mes pas. Un livre retentissant, *Paris et le désert français*, fit longtemps polémique, la capitale étant accusée de « dévorer la substance nationale » et de vider la province – *pro victis*, pays vaincu, c'est l'origine de ce nom. À part le vignoble, les villes et les pourtours de quelques villages dotés de lotissements pavillonnaires, la Marne, depuis Meaux, traverse des contrées dépeuplées, ce rural profond qui vit et parfois prospère, mais ne se laisse pas voir. Dans cette anabase – expédition à l'intérieur des terres –, un autre pays se découvre peu à peu, un délaissement, non une abdication, une relation qui se délie tranquillement à mesure que je m'éloigne du centre. Le monde de l'insu. Les humains qui l'habitent veulent être ignorés. Une sorte de séparatisme, une province buissonnière, comme on le dit de l'école : manière de ne pas suivre le mouvement, d'être ailleurs. En même temps, une présence. Derrière ce déliement, on sent un territoire, une autre assise qui s'est mise en place.

Un chemin menant vers la Marne, il me vient une idée. Depuis quelque temps, je m'amuse à cueillir des morceaux de bois ou des cailloux que je lance et que mon corniaud rapporte avec un empressement attendrissant. Il adore ce jeu et exige que je continue. Et si j'envoyais un bout de bois dans la rivière ? Il irait le chercher et l'eau le décrasserait enfin. Je le vois hésiter quelques instants lorsque le projectile tombe à l'eau, mais, bravement, il y plonge en jappant. Il n'y a guère de courant, il pratique une nage ventrale en agitant ses pattes de devant et en impulsant puissamment celles de derrière. Un moment, il s'arrête et semble sombrer, mais c'est pour mieux repartir et saisir entre ses dents la branche morte qu'il rapporte avec un contentement qui fait plaisir. En s'ébrouant, il projette une pluie qui sent le poil mouillé.

Sur la carte, je constate que je ne suis plus très éloigné du site des Côtes Noires, curiosité géologique de la Marne qui passionne les géographes[1] – sur le plateau fut livrée la dernière bataille de la campagne

---

1. Cf. *Dynamiques d'érosion des bas plateaux de l'Est de la France, l'exemple du bassin-versant amont de la Marne*, thèse de géographie physique d'Olivier Lejeune, Université de Reims Champagne-Ardenne, 2005.

de France. La rivière qui méandre fortement quitte le calcaire pour entrer dans les sables marneux sur lesquels se sont développés des *badlands*, terrains argileux ravinés par l'érosion. Sur quelques kilomètres, le cours d'eau est dominé par une paroi d'une trentaine de mètres, comparable à une muraille traversée de couches boueuses. Le paysage est grandiose, la Marne très encaissée montre un visage inhabituel : un immense fossé où l'on sent l'énergie de la rivière saper puissamment le pied de la falaise.

51

Il passe pour avoir ressuscité des morts. Nous nous arrêtons quelques instants à la chapelle dédiée à saint Aubin que mentionne avec une pointe de sarcasme l'abbé Loisy : « Un saint à pèlerinages et qui fait encore quelquefois des miracles. » Saint Aubin est le patron des boulangers. Le lieu est très beau. La grâce, qui sauve la face de sites banalisés ou massacrés, naît souvent de ces édifices solitaires posés hors du temps. Leur présence agit comme un flash dans le paysage, un renversement instantané, un verdict inattendu, qui rachète le désordre ou le prosaïsme de l'environnement.

À une centaine de mètres de la base aérienne de Saint-Dizier bordée par la Marne, la stridulation de Rafale à l'entraînement qui décollent et atterrissent. Sur la rive droite, un mur solidement grillagé protège pistes et installations, dissimulées à la vue par des remblais de terre. Le camp d'aviation où sont entreposés vecteurs et têtes nucléaires (missiles ASMP/A) est très surveillé.

Attiré par le titre, j'ai parcouru avant mon départ un livre, *Sous l'égide de la Marne*, d'un certain Edmond Pilon[1]. L'auteur a tenu à placer en épi-

---

1. Éditions Bossard, 1919.

graphe, sur la couverture, à même le titre, la définition du dictionnaire de Rivarol. *Égide* : bouclier ; défense ; appui ; ce qui met à couvert. Aucune autre formule ne saurait mieux résumer la vocation de ce cours d'eau. Mince bouclier, fragile défense, appui instable, couverture précaire, tout ce qu'on voudra, mais ligne à ne pas franchir. Deux Rafale sont chargés vingt-quatre heures sur vingt-quatre de la protection de l'espace aérien français. La Marne reste le symbole d'une limite à ne pas dépasser.

Dans les faubourgs de Saint-Dizier, alors que je remonte le canal d'amenée qui puise l'eau de la rivière pour alimenter le lac du Der-Chantecoq, le chien se précipite vers un vieil homme mal vêtu, l'expression combative et sourcilleuse. L'inconnu présente à l'animal sa main ouverte pour qu'il puisse la flairer. Le visage couleur terre cuite ne sourit pas. L'homme porte comme moi un sac à dos au sommet duquel est enroulé un tapis de mousse.

— Comment s'appelle-t-il ?

— Il n'a pas de nom. On peut l'appeler Corniaud.

— C'est pas un nom de chien. Il est tout maigre.

Corniaud n'arrête pas de le renifler, il se couche sur le dos, pattes en l'air, comme pour lui signifier sa soumission. L'homme vient de faire les vendanges dans la région de Sézanne. Pour ce travail qui exige d'être perpétuellement courbé, on recherche pourtant d'ordinaire des jeunes. Aux premiers froids, il descend vers le sud, comme chaque année. La nuit dernière, il a dormi dans la resserre d'une maison-éclusière. « Le sommeil, c'est important. Plus important que manger. Bien dormir : sinon, après, tu zigzagues. » Il s'arrête à peine pour me parler. De cet homme se dégage une extrême solitude. C'est l'ermite voyageur, l'éternel chemineau qui s'est exclu de toute affection humaine. Le désaffilié. Il n'a besoin de personne. On dirait qu'il a choisi d'errer sans repos jusqu'au Jugement dernier. Il propose que nous fassions un bout de chemin jusqu'à Chaumont. Sans doute une habitude chez lui, il adresse cette offre à tous ceux qu'il rencontre pour s'entendre dire non. De temps à autre, sa voix savonne, il est alors agité par un tremblement qui lui fait remonter l'épaule droite. Je lui parle de la descente de la Marne en bateau. « Officiellement, cette portion n'est plus navigable. Je ne peux pas rater ça. Je dois attendre ici à Saint-Dizier. » Descendre, monter, cela lui est indifférent. Il est l'indestructible trimardeur.

Avant de nous séparer, il me tape d'un billet de 10 euros qu'il glisse prestement dans sa ceinture en me faisant un clin d'œil. Il me distance rapidement. Je remarque qu'un dossard noir est collé sur son sac. Debout contre le vent d'octobre, il n'est même pas voûté. Il est l'homme qui fait front. Aux éléments, au monde hostile. Alors que nous nous éloignons, je vois que le chien s'est mis dans son sillage ; l'errant lui caresse machinalement le museau et la nuque ; la queue de l'animal frétille. Corniaud n'a même pas un regard pour moi.

Sur le moment, je me sens mortifié et éprouve même de la jalousie. Mais je comprends que l'homme solitaire dispose de bien plus d'atouts que moi : l'expérience de la route, le sens du danger, l'ignorance de la peur, l'autorité. Une forme de grâce qui plaît aux éclopés de la vie. Corniaud a flairé tout cela chez l'autre. Mais il n'a pas deviné que ce nouveau maître devra un jour l'abandonner. Qu'aurais-je fait, moi, de l'animal à Saint-Dizier ? Je vais attendre trois ou quatre jours, peut-être davantage. Notre histoire était sans lendemain. Pourtant, je commençais à m'attacher à ce chien sans nom avec lequel je partageais une forme de vagabondage. Voir avec le regard d'autrui, fût-ce celui d'un épagneul bâtard, était une façon de sentir et d'observer autrement. Sans sa présence, ma halte, tout à l'heure, à la chapelle Saint-Aubin, aurait été différente. À sa façon de humer, de courir, de s'immobiliser, d'être à l'écoute des bruits, bref, d'être mon complice, il a contribué à ce moment de grâce.

Pour la première fois depuis Charenton, je me sens triste.

52

Saint-Dizier. Les abords de la mairie sont animés : on y prépare la visite d'un ministre de la République. Sans être à l'écart, la rivière est tenue à certaine distance. Elle traverse un parc magnifique bordé d'ormes et de tilleuls. Elle a beaucoup rétréci, j'ai du mal à la reconnaître. Elle est agitée, presque sauvageonne.

La Haute-Marne n'a pas de chance. Le handicap de certains départements est d'avoir été nommés à partir d'une rivière ou d'un fleuve auxquels a été accolé un qualificatif (Haut-Rhin, Bas-Rhin) ou un autre cours d'eau (Saône-et-Loire, Meurthe-et-Moselle, Eure-et-Loir). Le nom composé crée la confusion, ne parvient pas à exister distinctement. Certains militent pour rebaptiser la Haute-Marne en « Champagne méridionale », proposition ingénieuse et juste, mais les habitants n'aiment pas qu'on change leurs habitudes. Le député des Landes, Henri Emmanuelli, n'est jamais parvenu à transformer son département en Landes de Gascogne, pourtant plus précis et coloré.

De tous nos départements, la Haute-Marne est celui qui se vide le plus chaque année. Vieillissement de la population, chômage, désertification de la campagne, enclavement. Ce fut jadis une contrée opulente et industrieuse – voilà un mot qu'on n'emploie plus guère. Industrieuse parce qu'il y avait beaucoup d'industries, mais aussi du savoir-faire et du punch.

Rares sont ceux qui savent situer ce pays sur une carte. Colombey-les-Deux-Églises, où a vécu le général de Gaulle et où il est enterré, est un lieu évocateur, mais peu de personnes localisent ce village en Haute-Marne. Venant de Paris en hélicoptère, le fondateur de la Ve République se posait sur la base de Saint-Dizier et gagnait ensuite Colombey en voiture. C'est sur cette même base qu'il s'arrêta secrètement, en mai 1968, pour rejoindre Baden-Baden où l'attendait Massu.

Près du pont, je découvre l'hôpital psychiatrique où André Breton fut affecté en juillet 1916 dans le service du docteur Raoul Leroy, ancien assistant de Charcot, médecin-chef de l'hôpital de Ville-Évrard. Certains assurent que le surréalisme est né à Saint-Dizier, sur les bords mêmes de la Marne.

Dans cette ville, Breton, âgé de vingt ans, aura eu la révélation de l'œuvre de Freud. Au moment où se déroule le carnage de Verdun, l'hôpital accueille les soldats traumatisés par l'horreur des combats. Beaucoup sont atteints de troubles mentaux. Cette confrontation avec la folie l'a marqué à jamais. Breton confie : « Ce séjour eut sans doute une influence décisive sur le déroulement de ma pensée[1]. » À travers la technique des associations libres pratiquées auprès des soldats, il prit connaissance de l'interpré-

1. *Entretiens*, Gallimard, 1952.

tation des rêves et de l'écriture automatique qui laisse poindre l'inconscient.

Le plus incroyable est le nom de l'hôpital : André-Breton. Pourtant, quoi de plus normal que de glorifier la mémoire du fondateur du surréalisme ? Oui, mais c'est André Breton, l'homme qui se refusait à pactiser avec la bourgeoisie et ses valeurs, haïssant la comédie officielle des médailles et des honneurs. Sans doute ne lui a-t-on pas demandé son avis, il aurait certainement refusé. Il détestait les dévotions, pas les égards. C'est peut-être un hommage à l'auteur de *Anthologie de l'humour noir*. On peut d'ailleurs en discuter : chez le métropolite de l'Église surréaliste, l'esprit de sérieux et parfois la vanité l'emportaient sur le sens de l'humour.

L'Association des écrivains de Haute-Marne est à l'origine de la plaque à l'entrée : « André Breton, 1896-1966, travailla ici avant de créer le mouvement surréaliste ». L'accès est protégé par une barrière mobile et contrôlé par un poste de surveillance. Mais le piéton peut s'introduire sans difficulté. C'est l'établissement pavillonnaire classique du XIXe siècle, avec ses petites rues, ses allées, ses parterres de fleurs. La Marne coule au pied des bâtiments, à quelques mètres.

La fenêtre d'un pavillon est ouverte au rez-de-chaussée : un homme initie ses patients à l'art de la mosaïque. Il est art-thérapeute. Breton, qui avait le sens des objets et de la trouvaille, aurait probablement aimé certaines de ces compositions étranges et inspirées signalant le « rêveur actif ».

— La plus belle mosaïque est dehors, vous ne l'avez pas vue ?

L'homme désigne une muraille sur laquelle ont travaillé les malades entre 2001 et 2008. La fresque, assemblée en émaux de Briare, s'intitule *La Nef des fous*. Elle représente un drakkar. Des racines partent de la coque et s'enfoncent dans l'eau qui n'est autre que celle de la Marne. La signification paraît claire : le bateau a choisi de s'amarrer définitivement dans cette rivière. L'embarcation possède deux proues.

— Ça tirait à hue et à dia. Personne ne s'entendait sur la direction à prendre. Alors ils ont collé deux avants au drakkar : manière de l'immobiliser un peu plus, de le river à la berge.

L'œuvre est foisonnante. Elle comporte maintes allusions que je ne comprends pas. L'art-thérapeute me conseille de contacter le docteur Dell'Vallin, aujourd'hui à la retraite.

53

Je tombe nez à nez, au petit déjeuner, avec une vieille connaissance descendue dans le même hôtel. Nous sommes devenus amis lors des troubles de Nouvelle-Calédonie où mon journal m'avait envoyé. Déjà ambitieuse et très douée, elle a, depuis, fait son chemin et s'est taillé une réputation dans la profession pour ses interviews percutantes d'hommes politiques.

— Ça, par exemple, que fais-tu dans ce trou ?

J'explique pour la énième fois ma remontée. Elle se trouve à Saint-Dizier pour la venue du ministre.

— J'écris sa bio. J'ai pensé que l'observer au cours d'une visite en province pourrait être intéressant. Je me souviens, quand on s'est connus, tu ne t'intéressais pas à l'actualité ; tu préférais les sujets intemporels, comme on disait.

En fait, l'actualité m'importait, mais pas la manière dont on voulait la reproduire : des événements seulement spectaculaires dont le journaliste devait assurer la « mise en scène ». Tous ces coups de fièvre aussi vite retombés m'ennuyaient. J'aimais mieux enquêter sur des faits divers banals.

— C'est dingue, ton histoire de Marne. Qu'est-ce qu'on peut bien écrire là-dessus ? Tous ces bleds glauques... Cette France profonde déprimante... T'es vraiment maso !

Pour ne pas être désagréable, j'explique que je fais la même chose qu'elle, sauf que c'est le portrait d'une rivière.

— La Marne est un être vivant, complexe. Elle essaie de tromper l'adversaire. Comme tes hommes politiques.

Elle éclate de rire. Malgré les années, elle n'a pas perdu ce chic et cette vivacité qui la rendent toujours séduisante. Une séduction typiquement parisienne, l'élégance des beaux quartiers.

— Un être vivant, complexe… ? s'exclame-t-elle. Alors, si j'ai bien compris, ta Marne, elle peut aussi pratiquer la langue de bois !

Elle tient à m'inviter à déjeuner, tout à l'heure :

— Pas plus d'une heure. Après, je file à la base aérienne, c'est là que le ministre termine sa visite. Ensuite, direction Paris. Vingt-quatre heures à Saint-Dizier, merci bien !

Je finis par accepter, à condition de lui montrer la Marne avant le déjeuner.

J'ai retrouvé la trace du docteur Dell'Vallin, ancien médecin-chef de service à l'hôpital psychiatrique. Il m'a donné rendez-vous dans quelques jours devant la mosaïque dont il a été l'initiateur. Dans une librairie de la ville – je devrais dire *la* librairie de la ville –, je déniche un livre, *Lire André Breton à Saint-Dizier*[1] : « Une rareté. C'est le dernier. Vous avez de la chance », déclare le libraire.

Le magasin est plaisant et favorise la flânerie entre les rayons. L'esprit est mis en appétit par la façon

---

1. Association l'Entre-tenir, 2001.

dont sont disposés les livres. Une forme de délectation, presque de sensualité. Une composition subtile qui allèche l'esprit et la curiosité, incite à toucher les volumes, palper la couverture, en caresser l'épaisseur, feuilleter les pages.

— Ce lieu, je l'ai hérité de mes parents. Mon père tenait ici même une affaire de peinture et de décoration, plutôt prospère. Une quarantaine d'employés… Je n'avais pas la vocation pour lui succéder. J'ai pensé aussitôt aux livres en me disant : « Si c'est pour échouer quelque part, mieux vaut encore échouer chez soi. » On dit beaucoup de bêtises sur la Haute-Marne. C'est un département de marche ; au-delà, c'est la Lorraine, le Saint Empire… Nous sommes un pays de lisière, hors du monde, cultivant une certaine vacuité. Rien à voir avec le vide. Entre le pôle parisien et l'axe rhénan, nous sommes devenus un angle mort. La Haute-Marne se trouve dans une situation singulière. Un temps qui n'est plus occupé, alors qu'il fut jadis très rempli. Ça n'est plus vrai. Sous l'Ancien Régime, on disait des emplois ou d'un bénéfice qu'ils étaient vacants. C'est notre cas : nous ne sommes plus desservis. Mais nous ne nous résignons pas. Ici, la résistance s'organise.

Le livre que je viens d'acheter est passionnant. C'est le catalogue d'une exposition qui a eu lieu en 2001 à Saint-Dizier. Le point de départ est le séjour de Breton à l'hôpital psychiatrique, que prolongent une histoire du surréalisme et le retentissement du nationalisme dans la guerre auxquels ont participé des lycéens, le personnel de l'hôpital et des travailleurs handicapés.

Le séjour de Breton à Saint-Dizier a été court – moins de six mois –, mais le contact brutal avec la folie lui a ouvert des voies inconnues, dont l'une des plus significatives est la révélation du « peu de réalité » du monde. Il sera surtout ébranlé par la rencontre d'un soldat pour qui la guerre est fictive. Tout ce que ce dernier a vu, morts, blessés, bombardements, lui apparaît comme un simulacre, un spectacle monté de toutes pièces à sa seule intention.

L'halluciné de Saint-Dizier qu'il interrogea à trois reprises l'aura affecté à ce point qu'il sera amené par lui à écrire son tout premier poème, *Sujet*. C'est un texte assez bref, il fait parler ce personnage qui développe son système délirant avec toutes les marques d'une expression logique.

Dans une lettre à son ami Fraenkel, il évoque son travail qui consiste à « démembrer la pensée des autres », ce qui ne l'empêche pas de sacrifier son sommeil à la poésie jusqu'à l'aube, « sous les pommiers ». Sa chambre donnait sur la Marne. Je pense que la proximité de la rivière n'a pas été étrangère à l'élaboration de sa pensée. Il faisait de longues déambulations dans la ville. Bien qu'elle soit en retrait, la Marne attire irrésistiblement le promeneur. Pendant cette remontée, j'ai pu constater que le voisinage de l'eau, le ressassement de la marche, le silence et la solitude font surgir mentalement des bouts de phrase, une sorte de dictée intérieure, point de départ possible pour l'écriture automatique.

Le travail de Breton m'intrigue dans la mesure où il croise l'histoire d'un autre homme. Jules Blain a séjourné lui aussi au centre neuropsychiatrique de Saint-Dizier qu'il prend soin de ne pas nommer. Il se contente de préciser qu'il se trouve dans un hôpital situé sur la rive gauche de la Marne. Impossible de savoir s'il y travaillait ou s'il y était soigné. Dans son livre, Blain donne rarement des dates, mais il mentionne qu'il a appris à Saint-Dizier la reprise du fort de Douaumont. Ce fait d'armes s'est déroulé du 21 au 24 octobre 1916, période qui correspond à celle où a séjourné Breton (juillet à novembre). Il évoque les médecins, « plus soucieux de classifier les maladies mentales que d'écouter la souffrance des malades ». Breton était-il l'un d'eux ? J'en ai la conviction. Blain n'a pas été si mal soigné, à en juger par la tonalité de son récit où s'exprime un personnage en fin de compte raisonnable, même si ses pages sont traversées par le cynisme et une profonde mélancolie.

Dans une autre lettre à Fraenkel, Breton fait allusion au questionnaire en usage auprès des malades. « Contre qui la France est-elle en guerre ? Avez-vous entendu parler de Jeanne d'Arc ? » Breton s'emploiera à recopier ces interrogations :

— *Quel âge a ta sœur ? — Quatre.*
— *Qu'est-ce qu'elle fait ? — Travaille.*
— *Tu as été blessé ? — Moi, ça m'est égal, oui.*
— *Étais-tu à Verdun ou dans l'Argonne ? — Si vous voulez.*
— *Tu connais la Marne ? — Oh oui, j'aime son oreille gauche.*
— *Tire la langue. — Non, je n'en ai pas pour le moment encore.*

54

L'amie que j'ai retrouvée soupire :

— Bon, c'est ça, ta Marne ? J'ai vu. Maintenant, on va déjeuner.

Je l'avais amenée sur le pont, près de l'hôpital, à l'endroit où la rivière arbore un air sauvage. De larges mottes herbeuses, des chevelures végétales émergent de l'eau vive. L'ample cours de la grande rivière a cessé d'être. Matrona s'est transformée en un cours d'eau de moyenne importance, jeune, fougueux, avec ce que le mot comporte de maladroit, courant en tous sens, tourbillonnant, s'amusant à effleurer les branches des arbres.

Elle se tient sur le pont, le visage dur et impatient, corrigeant les plis de son tailleur.

— Tu ne veux pas aller voir la mosaïque, c'est tout près ?

Je lui ai déjà parlé de l'hôpital André-Breton, situé à quelques mètres. Elle a lu *Nadja* dans sa jeunesse. Comme chez tant de ses contemporains, la littérature semble n'avoir été qu'une occupation juvénile, un amusant exercice de prestidigitation auquel on s'adonne à l'adolescence, par désœuvrement, avant de passer aux choses sérieuses. Elle est à présent une adulte responsable, décomplexée, et n'a plus le temps de lire, excepté bien sûr les journaux et magazines, ainsi que quelques livres politiques. Non seulement elle croit à ce qu'elle fait, à la nécessité de ses interviews, à sa mission, mais elle pense que le journalisme attendait ce regard, cette manière d'interroger. « La mosaïque ? » Elle fait la moue.

Sa voix est soudain couverte par un Rafale en phase de décollage. La poussée du moteur est à son maximum.

— Comment font-ils, avec tout ce bruit ? C'est insupportable !

Avec dix-huit cents personnes, la base aérienne est le premier employeur du département. La majorité des habitants accepte avec stoïcisme cette nuisance sonore, ils savent que la survie de leur ville est à ce prix.

À mon grand étonnement, la mosaïque que doit me commenter l'ancien médecin-psychiatre éveille la curiosité de mon amie journaliste. Elle connaît bien le thème de *La Nef des fous*, poème satirique du XVIe siècle. L'auteur fait embarquer les déments appartenant à toutes les classes sociales : clergé, noblesse, plèbe, paysans, cuisiniers, marchands. Dans le poème, chaque malade mental représente un travers : le fou de l'Avarice, le fou de la Mode.

— Au moins, ces gens sont tous sur le même bateau, dit-elle, ils sont azimutés, ils se bouffent le nez, mais ils sont ensemble et, finalement, solidaires. La solidarité, tout ce qui fait défaut aujourd'hui… Chacun emporte sa souffrance dans son petit canot de survie. Le résultat est le même : le naufrage.

Dans le bistrot où nous déjeunons, nous voyons le ministre apparaître sur FR3 : « Dans le contexte de crise, il faut réfléchir à de nouvelles pistes adaptées à la réalité du pays, mettre à plat l'ensemble des problèmes, se doter de nouveaux outils, et surtout ne pas se tromper de combat. » Elle le trouve « très bon » et me confie qu'elle va quand même l'assaisonner : c'est le jeu. Il a un visage un peu las, l'air de dire : « À la différence des autres, je ne vous raconte pas de craques. »

Elle m'interroge sur les gens que j'ai rencontrés.

— Qu'est-ce que c'est, cette histoire de conjurés ? Un complot ?

— Non, tu confonds. Pas des conjurés, mais des *conjurateurs*. J'en ai rencontré un certain nombre. Par hasard. Personne n'en parle. Ils essaient, dans leur coin, de conjurer tout ce que des gens comme toi racontent à longueur de journée dans leur canard.

— Quoi ! Qu'est-ce que je raconte qui ne leur plaît pas ?

Je la sens piquée au vif.

La voix continue : « Notre détermination est entière… Il faut changer la donne… »

— C'est sur de tels propos que tu vas écrire ton article ? Tu aurais pu aussi bien rester à Paris.

— Tes « conjurateurs », c'est trop facile. Vivre à l'écart dans un pays qui leur est devenu étranger… Les générations précédentes ont financé leur jeunesse, l'école. Ces gens ont profité du système, de la médecine gratuite, par exemple. Maintenant ils se retirent et s'inventent un pays imaginaire. On ne fera rien avancer, avec tes conjurateurs !

Je sens, dans sa façon de me scruter, une certaine commisération teintée de perplexité. Ce que j'ai entrepris depuis Charenton ne l'intéresse nullement. Pourtant, je ne regrette pas de l'avoir rencontrée. Son surgissement dans ma pérégrination a quelque chose de profondément dépaysant, et même d'exotique. Elle ne croit qu'à l'instant présent. Elle n'est pas superficielle, juste pressée. Tout à l'heure, je l'ai sentie touchée par la mosaïque et la souffrance qu'elle dégageait. L'œuvre collective qui sauve. Elle aurait aimé en savoir plus.

La conversation languit. Poliment, elle s'informe sur la descente de la rivière, que j'espère effectuer dans les prochains jours. Elle ne comprend pas que je recommence le même voyage.

— Ce n'est pas la même chose. Je le fais dans l'autre sens et *sur* la rivière, cette fois. Ça change tout. C'est un autre point de vue. Et puis, c'est une expérience exceptionnelle : la Marne a cessé d'être navigable depuis un siècle.

— J'ai hâte de te lire. Bon, tu m'excuses ? Il faut que je file.

55

Cela fait maintenant près d'une semaine que j'attends à Saint-Dizier le feu vert pour embarquer sur la Marne. Je m'y trouve bien. Non seulement je commence à m'habituer au vacarme des Rafale de la base 113, mais je suis presque parvenu à faire la différence entre le bruit d'un appareil au décollage et à l'approche. À part le mardi et le jeudi où les avions s'exercent avec allant et même véhémence, les autres jours sont plutôt calmes.

Je ne me lasse pas d'explorer les bords de Marne. J'ai découvert un quartier, le Clos Mortier, situé au bord de la rivière, où était établie, au début du XIXe siècle, la plus importante usine de Saint-Dizier, spécialisée dans la tréfilerie. Historiquement, la métallurgie française est née en Haute-Marne, laquelle bénéficiait de trois atouts : l'eau de la rivière, la proximité d'une forêt très étendue permettant la fabrication du charbon de bois et le minerai de fer.

Les ateliers et hauts-fourneaux ont disparu – à la fin du XIXe siècle, les maîtres de forges n'ont pas perçu la révolution de l'acier[1] –, mais la présence de

---

1. Cf. Philippe Delorme, *Jules Rozet (1800-1871) maître de forges*, préface de Denis Woronoff, cahier hors série de l'APIC, 2007.

la Marne est toujours aussi énergique, violente, même. La France est un pays où fleuves et rivières font la loi. Sur les cartes de géographie de mon école accrochées aux murs, ce sont eux qui avaient la part belle. L'Hexagone n'était composé que de bassins fluviaux. On ne voyait qu'eux. C'est l'eau, l'écorchée, qui a dessiné ses territoires et organisé son industrie. Le sol natal s'est inventé à partir des cours d'eau, comme l'a expliqué Vidal de La Blache. Il a fallu se conformer scrupuleusement à leurs caprices, comme si toutes ces sinuosités hasardeuses rendaient des oracles.

Braudel affirme que l'accord du temps présent avec le temps passé représente l'identité parfaite d'un pays comme la France, « laquelle identité n'existe pas », s'empresse-t-il d'ajouter. Cet ajustement impossible taraude de manière inconsciente ce voyage. Ma façon hypocrite de rechercher l'empreinte disparue, la trace introuvable. De la trouver parfois, de la fabuler souvent.

L'embarquement sur la Marne aura lieu après-demain. L'endroit n'a pas encore été précisé. Ce sera peut-être dans le quartier de la Noue, un faubourg de Saint-Dizier que j'ai repéré pendant mes longues promenades. Cette partie-là m'intrigue, avec ses curieuses ruelles appelées *voyottes* (voies à hotte) et ses constructions en bois ressemblant à des maisons de pêcheurs, repaire des mariniers de la Marne. Ils descendaient autrefois la rivière jusqu'à Paris sur des radeaux appelés *brelles* et des bateaux à fond plat, les *marnois*.

Saint-Dizier résume assez bien ce que j'ai entrevu depuis Épernay : l'empreinte de ce *démeublement* français qui frappe les territoires en difficulté. Irruption d'une France autrefois riche et productive qui s'est peu à peu dégarnie. Un appauvrissement qui ne signifie pas pour autant le malheur ou la mort. Plutôt une vacance qu'explique un exode de la population. Mais pas seulement. Une sorte de désertion où s'entremêlent défiance et insoumission. Un état de neutralité : les gens se sont désengagés comme s'ils avaient décidé de se maintenir en dehors des hostilités actuelles, alors que depuis des décennies ils sont agressés, victimes de crises en série.

Entre abandon et séparatisme, Saint-Dizier semble avoir atteint un équilibre. À travers les conversations et les gestes de la vie, on perçoit chez les autochtones un amour pour leur ville d'autant plus profond qu'ils savent qu'elle est discréditée. Les habitants de Saint-Dizier se nomment les Bragards. Aucun rapport entre le nom et l'adjectif. La tradition voudrait que François Ier se soit exclamé : « Ah, les braves gars ! » en apprenant la résistance de la ville assiégée, comme Vitry, plus tard, par Charles Quint. La résistance… Aujourd'hui, il ne s'agit pas seulement d'endurer le vacarme de la base, de supporter le chômage, de faire face à une météorologie qui passe pour peu accommodante, mais de conjurer les esprits maléfiques : la perte d'intérêt et d'estime de soi, la fatalité du déclin. « Nous faut-il être dans l'adversité pour que la grâce se multiplie[1] ? », s'interrogeait déjà l'apôtre Paul.

---

1. Épître de Paul aux Romains 6,1.

56

Front haut, acuité du regard, derrière des lunettes fines sans monture, qui soupèse en une seconde le poids de son interlocuteur, tempérée par une expression de douceur, le docteur Dell'Vallin m'attend devant la mosaïque de l'hôpital André-Breton.

— La Marne m'a fait psychiatre, déclare-t-il sans préliminaires.

Cependant, l'ancien responsable du service psychiatrique, à l'origine de la mosaïque, me fait vite comprendre qu'il n'a envie ni de soliloquer ni de se livrer à un numéro.

— Faisons un tour.

Il désigne le pont où se tenait mon amie journaliste. L'hôpital psychiatrique a été construit sur une île de la Marne nommée l'île des Dévotes, tout près d'un port prémonitoirement appelé port de la Folie.

— Enfant, l'été, je passais mes journées avec d'autres gamins à patauger sous le pont et le long des murs de l'asile. À cette saison, l'eau y était peu profonde. La vision de ces malheureux derrière des grilles, invectivant les passants, me bouleversait. Je me demandais ce qui leur était arrivé.

Sur l'île des Dévotes, en 1794, un représentant de la République décida la construction d'une forge qu'il nomma La Foudroyante – ces révolutionnaires avaient un sens saisissant de la formule. En pleine guerre aux frontières, cette installation était destinée au rebattage des boulets, opération qui consiste tout simplement à polir les projectiles. Désaffectée, la forge sera devenue en 1824 « hospice départemental pour aliénés et incurables ». Le docteur Dell'Vallin attire mon attention sur le fronton de l'établissement où figure cette inscription que j'avais négligée : *Mentis naufragae portus* (« Le port de la raison sombre »), avec une date : 1877. L'eau et la folie. Je me souviens en avoir parlé avec Félix, le factotum de mon amie Jeanne, qui a séjourné à Ville-Évrard. Il m'avait parlé de la terreur de l'eau, chez les fous, des jets d'eau froide qui coupent la respiration, de la camisole qui entrave tout mouvement.

— J'ai connu cela, moi aussi, au début. Il faut imaginer un hôpital psychiatrique avant l'arrivée des premiers psychotropes. C'était beaucoup d'agitation, on essayait de parer au plus pressé, de réduire les délires. On n'avait pas réellement les moyens d'écouter les malades. Il y en avait une telle concentration ! Je cite souvent cette phrase de Desmaison, un des grands acteurs de l'ouverture de l'hôpital psychiatrique : « Les hommes, c'est comme les pommes, quand on les entasse, ça pourrit. »

— Et André Breton, quel souvenir a-t-il laissé ici ?

— Quand je suis arrivé en 1972, j'ai constaté que ce souvenir s'était complètement perdu, tout autant que l'observation clinique, fondatrice du surréalisme.

— Il affirme que son passage à Saint-Dizier a suscité en lui un grand respect pour les « égarements de l'esprit ».

— Il a compris ici qu'il n'existait pas de frontière nette entre folie et non-folie. En hommage à Breton, j'ai donné son nom à l'une des consultations médico-psychologiques installées hors les murs de l'hôpital.

Après avoir flâné dans le périmètre de l'établissement, nous revenons près de la mosaïque. À chaque visite elle m'apparaît plus belle et plus énigmatique. Le docteur Dell'Vallin la regarde étrangement. En fait, il ne souhaite pas la voir, il la connaît par cœur. De son air aigu et méditatif, il m'observe la regardant, comme s'il voulait doucement ôter le masque que nous portons tous.

— Cette fresque fut un de mes derniers projets personnels... Je voulais résumer le travail du service à travers les ateliers d'art-thérapie, donner un sens à cette démarche. L'aspect culturel est important. Nous avons créé un petit musée regroupant des productions artistiques des patients.

— Le mur, ce sont les malades qui l'ont construit ?

— Non, il existait déjà. Une première difficulté. Regardez-le, l'ensemble apparaît aujourd'hui harmonieux. Au départ, c'était tout le contraire : quinze mètres de long, trois mètres de large. Des proportions impossibles... C'était un bon début : partir d'une réalité hostile. C'est l'administration qui avait choisi ce cadre plutôt astreignant. La difficulté oblige à être inventif. Aux patients de s'y déployer. Une façon pour eux de traduire l'essentiel du projet thérapeutique qui consiste, à partir d'une réalité sociale contraignante ou menaçante, à exprimer leur moi profond.

— Combien étaient-ils ?

— Une cinquantaine… Des psychotiques enfermés dans les profondeurs de leur égotisme foncier, ce qui ne pouvait aboutir qu'à une somme de productions très individuelles où s'exprimeraient les peurs et les fantasmes de chacun.

— Et le thème, *La Nef des fous*, qui en a eu l'idée ?

— Dans les couloirs, il y avait une affiche reproduisant le tableau de Jérôme Bosch. Un vaisseau menant d'une cité à l'autre sa cargaison d'insensés pour s'en débarrasser, avec, au milieu, un arbre cocagne en place de mât. Sous cette affiche, j'avais inscrit ce mot de Freud à Stefan Zweig : « Toujours le pulsionnel l'emportera sur le culturel. » J'avais assorti cette formule d'un commentaire de mon cru : « Nous essaierons de faire le contraire. Notre utopie consistera à tout tenter pour que, quelquefois, le culturel prenne le dessus. »

— Le thème est tout de même : comment se débarrasser des fous, comment les oublier ou les laisser périr en les noyant ?

— Ils l'ont très bien compris. Pour que le navire ne fasse pas naufrage, c'est tout simple, il suffisait de l'empêcher de naviguer. D'où leur idée très astucieuse de l'amarrer. Regardez, le bateau, ils l'ont enraciné. Littéralement. Ils l'ont fixé ici même, dans la Marne : la coque a pris racine dans la rivière.

Et si j'avais accompli tout ce voyage pour me trouver un jour en compagnie de ce médecin, face à cette *Nef des fous* qui s'enracine dans la Marne à l'endroit même où s'arrêta André Breton ? À sa manière, il est son disciple, puisqu'il considère que la parole peut sauver. Grâce à cette mosaïque qui a permis à une force de se libérer, chaque patient engagé dans l'aventure a pu restituer un trésor qu'il avait perdu.

— Ce fut un long travail, comme une cure analytique. Nous procédions par associations d'idées au cours de rencontres qui, par autorisation spéciale, se tenaient dans la salle du conseil d'administration de l'hôpital. Puisque nous étions sur le même bateau, ces assemblées s'appelaient « réunions d'équipage ».

— Seuls les patients y participaient ?

— Les patients, mais aussi les soignants. Et les passants. Chacun déposait une remarque, une image, un mot, une formule. J'oubliais : il y avait aussi le problème du matériau, des tessons en émail de Briare. Ces tesselles, nous les rapportions par camions. Un jour c'était une benne de rouge, un autre une benne de bleu. Les patients étaient équipés de pinces. Parfois, une pièce tombait et éclatait en morceaux. Ils étaient effrayés : « Ça explose », disaient-ils.

En fait, le drakkar ressemble plus à une arche de Noé qu'à une nef des fous. Abondance d'animaux tels que girafe, lion, éléphant, mais aussi d'êtres humains, souvent des autoportraits. Une tour Eiffel inachevée figure dans la fresque, imitant celle de Delaunay – l'auteur est mort pendant qu'il y travaillait. La mosaïque est encadrée par des cartouches où des mots comme *impatience*, *sauver*, *amour*, *chef*, *heureux* sont inscrits. Cent quatre-vingts panneaux composent cette création. Cent quatre-vingts œuvres isolées sans liens entre elles ? Le miracle est que cet assemblage *tient*. La grâce s'est répandue sans compter. Loin de chavirer artistiquement, la nef apparaît comme une arche du salut, décloisonnant chaque destin, enregistrant l'irrationnel de chaque histoire pour la métamorphoser en œuvre cohérente.

Dans cet ensemble, la rivière tient une place prédominante. Ce n'est pas l'« eau mélancolisante » chère à Bachelard, mais, au contraire, la part vivante, rassurante, purifiante, le flot consolant où le bateau a réussi à prendre racine. Chacun travaillait dans son coin, mais aucun ne pouvait exister sans l'autre. Serait-ce la leçon de cette *Nef* ?

— On peut en tout cas la qualifier de scénographie métaphorique de la psychiatrie. La psychiatrie est une discipline médicale visant à apaiser et éventuellement guérir l'être souffrant psychiquement… Cette œuvre collective a-t-elle permis aux patients d'exprimer et de faire entendre leur moi profond ?

Il laisse quelques secondes la question en suspens et poursuit :

— Notre but était de les conduire au plus près du « vivre ensemble », mais en demeurant ce qu'ils sont, en exploitant ce qu'ils peuvent donner.

Le docteur Dell'Vallin est réticent à livrer le mot de la fin. Parce qu'il n'y en a pas. Peut-être aussi parce que les malades lui ont enseigné une vertu, la modestie. Sa parole reste toujours mesurée, presque chuchotée, mais résolument concentrée.

Il est aujourd'hui à la retraite et l'on voit que cette mosaïque, sans être l'œuvre de sa vie, compte beaucoup pour lui. Mais elle se situe dans sa vie antérieure, il a décidé de tourner la page. Il vit à Saint-Dizier et retourne souvent en Italie d'où il est originaire. À mesure que je l'interroge sur la psychiatrie, il dérive habilement sur un autre domaine qui n'a absolument aucun rapport : l'œnologie.

— Maintenant, passons aux choses sérieuses : je vous invite chez moi à une dégustation de vins italiens.

Je lui propose de nous rendre chez lui à pied afin de continuer la conversation. Sur la place où se situe l'hôpital psychiatrique (devenu aujourd'hui Centre hospitalier départemental), il me montre le centre Louis-Aragon. Plus loin, il indique une clinique. C'est lui qui l'a baptisée *La Fabrique du pré*, en référence à Francis Ponge.

— Vous voyez, le quartier du bord de Marne est tout entier dédié au surréalisme. D'accord, Ponge s'en est un peu éloigné…

Il est amusé par le récit de ma rencontre avec l'auteur du *Parti pris des choses*. C'était il y a trente ans. Le petit appartement de la rue Lhomond à Paris où il m'avait reçu était à son image : désaffublé. Rien pour faire joli. Ce n'était pas triste non plus. Chaque objet remplissait sa fonction : le vase contenait des fleurs, le fauteuil était confortable. Des tableaux, mais de famille, lui qui avait été l'ami des plus grands peintres. Dans mon article, j'opposais avec une certaine complaisance la flexibilité quelque peu corruptrice d'Aragon à la dureté de Ponge – lequel détestait le poète du *Fou d'Elsa*.

Nous franchissons la passerelle sur la Marne où se trouvait jadis l'établissement de divertissement, *Le Deauville Bragard* : « C'est mon cousin qui l'a créé ! » Fréquenté assidûment par Antoine de Saint-Exupéry pendant la drôle de guerre, le lieu comportait un bassin de natation avec plongeoirs, terrasses, dancing, billards, qui attirait beaucoup de monde, aux beaux jours. Le docteur Dell'Vallin désigne l'eau et se met à réciter :

— *L'acqua che tocchi de' fiumi è l'ultima di quella che andò e la prima di quella che viene ; così il tempo presente...* C'est une formule de Léonard de Vinci : « L'eau des rivières que tu touches est la dernière de celle qui vint et la première de celle qui vient ; ainsi est le temps présent. » Une façon d'évoquer la vanité des choses et l'irrémédiable du temps qui passe. C'est peut-être cela qui vous a conduit à remonter la Marne.

La maison est à l'écart de la ville, sans être toutefois isolée. Dans sa cave, les crus de Toscane sont à l'honneur, mais pas uniquement. À sa façon, mon hôte est un homme de la Renaissance, un être raffiné, sans illusions, mais pétri d'humanité. Il possède la gentillesse des gens intelligents, une compréhension désintéressée qui s'ouvre au monde et tourne le dos à la séduction. Elle est attention, vigilance à l'égard d'autrui, et répugne à éblouir ou appâter. Il ne s'invente pas un pays imaginaire ; peut-être a-t-il choisi l'exil intérieur.

Pendant que nous dégustons, il m'interroge non pas sur ma remontée, mais sur ma descente. Je lui dis que c'est un privilège de naviguer, cela va me permettre de connaître intimement la Marne. Jusqu'à présent, je n'ai fait que la côtoyer.

— Oui, mais vous allez revenir sur vos pas. Cela va briser le rythme de votre voyage.

— C'est un risque, mais je ne pouvais laisser passer cette chance.

C'est demain le grand jour. Rendez-vous a été pris en aval de Saint-Dizier, non loin des Côtes Noires où s'est déroulée la dernière bataille de Napoléon.

— Que ferez-vous quand vous atteindrez Épernay ?

— Je reviendrai ici et continuerai mon voyage jusqu'aux sources, comme si de rien n'était.

— Comme si de rien n'était ? C'est à voir.

57

Rendez-vous a été pris à 9 heures du matin à quelques kilomètres en aval de Saint-Dizier. Les techniciens de la Compagnie des rivières et des surfaces fluviatiles (CRSF) m'attendent sur la berge. Deux bateaux à fond plat reposent sur l'herbe mouillée par la rosée. Embarcations Rigiflex fabriquées par Jeanneau, elles ressemblent à des Zodiac, mais possèdent une double coque en polyester rigide permettant de résister à tous les chocs.

La rivière est prise sous une épaisse nappe de brouillard que le soleil parvient à percer, promesse d'une belle journée. L'expédition est composée de six personnes : trois par bateau. On m'a placé avec le boss, appelé le Maître des Eaux. Il est coiffé d'un large chapeau de cuir qui le fait ressembler à un cowboy sévère et mélancolique. Il ne sourit pas et parle brièvement. Désignés aussi sous le nom d'agents d'entretien des rivières, les techniciens sont jeunes, ardents, et pratiquent entre eux la mise en boîte avec enjouement. Le Maître des Eaux ne rit pas à leurs plaisanteries. Nul reproche, il est ailleurs.

À Laneuville-au-Pont, la Marne est étroite, pas plus d'une trentaine de mètres de large, les berges sont très hautes. Très vite, nous franchissons le département de la Marne peu avant Ambrières. Je ne reconnais pas le paysage dans lequel je cheminais encore il y a quelques jours en compagnie de Corniaud mon chien. Cette Marne avalante est une autre rivière, un cours d'eau inconnu, absolument nouveau. Seul le pont, dont les piles fixent de nombreux embâcles, ne m'est pas tout à fait étranger. Juchée sur la falaise, l'église d'Ambrières est splendide : le soleil vient de dissiper les derniers lambeaux de brume et elle apparaît pure et aérienne dans l'air frais du matin.

La rivière multiplie les méandres. Le jeune pilote révèle qu'elle ne cesse pas de s'allonger. Depuis 1837, elle aurait augmenté de plus de cinq kilomètres, soit une moyenne de trente mètres par an. Beauté des berges très escarpées, constituées d'argile de l'Albien couleur grise. Cette argile forme au fond de la rivière une chaussée unie et dure, parfaitement visible, où dansent des galets bleuâtres.

Comment les bateaux et les trains de bois partant de Saint-Dizier s'y prenaient-ils pour manœuvrer ? Il est vrai que nous nous trouvons dans la période d'étiage où la Marne est peu profonde. Notre pilote, qui a étudié l'aventure de ces mariniers, affirme qu'avant la Révolution le lit n'était pas fixe comme aujourd'hui. La rivière divaguait alors au milieu de la plaine alluviale. L'élargissement du cours rendait la navigation impossible à cause du manque de profondeur. Il fallait au moins soixante centimètres d'eau pour que *marnois* et *brelles* puissent envisager de descendre. Les bateliers « achetaient un flot » à partir des retenues édifiées près des forges. Moyennant finance, les vannes étaient déchargées, provoquant une montée des eaux. Cette opération n'était possible que le dimanche, seul jour chômé pour les ouvriers[1]. La vie de ces mariniers était éprouvante.

Parfois le bateau touche les hauts fonds, il suffit d'un coup de gîte pour qu'il reparte. Le chenal de la rivière est resserré et, parmi les passages, souvent de minces filets d'eau, il faut choisir le bon.

Près du méandre de la Pissotte, brève vision de bâtiments en ruine envahis par la végétation. D'immenses arbres s'élèvent au-dessus des murs, les branches jaillissent des ouvertures. Impression non seulement d'abandon, mais de mise à sac. Ronciers où s'accroche la clématite des haies, liane vivace dont les aigrettes blanches et cotonneuses survivent à l'hiver. Je n'avais pas vu ces vestiges spectaculaires dans la remontée. C'est l'abbaye cistercienne de Haute-Fontaine, foyer du jansénisme. Brochures et affiches y étaient imprimées clandestinement. Les bâtiments étaient encore en bon état dans les années 50. Ils n'ont cessé ensuite de se détériorer et d'être saccagés. L'espoir d'une restauration semble définitivement perdu en raison du délabrement extrême de l'ensemble.

Je reconnais le pont de Hauteville avec les fleurs accrochées au garde-fou honorant la mémoire du jeune homme qui s'est pendu au-dessus de la rivière. Après le pont, nombreux atterrissements, longs sillons de sable qui attestent la direction rectiligne des anciens courants, traînées de graviers laissées par les crues. Formés par l'action de l'eau, ces bancs ne cessent de modifier la dynamique fluviale. « La

1. Cf. Hélène Fatoux, *Les Métiers d'eau au temps jadis dans nos régions*, Éditions Amatteis, 1995.

rivière a besoin de dépenser son énergie », commente laconiquement le Maître des Eaux. Toute sa réflexion est tendue vers l'eau et les deux rives qu'il ne cesse de scruter. Il a des yeux très clairs, à l'expression froide. Un homme taiseux. Présence singulière. Une tranquillité dense, inamovible, un peu inhibante. Tout à l'heure, il a marqué son mécontentement au spectacle de poteaux électriques en ciment déversés par un riverain sur la berge et destinés à la consolider. « Non seulement c'est inutile, mais, en plus, ça va aggraver le phénomène d'érosion. »

Féerie de la rivière, sauvage, nerveuse, absolument insensible au milieu qui l'entoure. Quelque chose de primitif, une force autonome lancée par l'impulsion d'un courant. Parfois, le mouvement de l'eau semble s'immobiliser ou se dissimuler, mais garde sa souplesse entraînante.

L'odeur de l'eau : une sensation vive, fraîche, inaltérée, comme tamisée par la vitesse du bateau, pourtant toute relative. Euphorie qui peut se comparer à l'impression de bien-être qu'éprouvent les skieurs en haute montagne, étourdis par l'oxygène lorsque l'air leur gifle le visage. Plaisir inouï de la *descente*, de dévaler. Ce mouvement dynamique induit l'idée de pente et de fluidité. Il est tout aussi grisant que l'air lui-même. Dans cette lancée, c'est le glissement que l'on retient, plus que la vitesse. Illusion trompeuse de progresser à la même allure que le courant alors que nous le devançons.

Les images défilent trop vite. Pas le temps de les capturer. Nombreuses traces de sabots sur une grève, la berge en est labourée. « Des sangliers... ceux-là », marmonne le laconique Maître des Eaux. Puis il

le friselis) = faible frémissement
(z)

ajoute : « À présent, il y a plus de sangliers que d'humains. » J'assiste en direct à la capture de la Blaise par la Marne. Avalement presque clandestin. Après cette ingestion, la rivière a grossi.

Déjeuner sur une grève. Petite brise qui ramène des odeurs d'automne un peu léthargiques, senteurs indolentes de fermentation, de terre humide. Vol d'insectes au-dessus des fosses d'eau. Depuis que nous nous sommes arrêtés, j'ai le visage en feu.

Le Maître des Eaux a apporté une bouteille de champagne. Il trempe à peine ses lèvres dans le verre, mais le rituel l'a rendu disert. Il a suffi d'entendre le claquement du bouchon, le friselis de la mousse provoqué par le déversement, pour que le charme opère.

Nous nous tenons debout tous les six et piétinons le sable très fin qui donne un air de vacances à la scène. L'avant-automne n'en finit pas de se prolonger dans cette lumière flottante si mystérieuse. Nous sommes au cœur de la rambleur. La navigation sur la Marne crée une complicité. Un plaisir partagé, aussi. Intact chez les techniciens, curieux de tout, comme chez le méditatif Maître des Eaux.

J'interroge les premiers sur leur activité. Ils sont chargés d'assurer l'entretien régulier du cours d'eau et de veiller à son bon écoulement. L'observation des arbres qui bordent les deux rives est leur souci constant. Malades ou morts, ils menacent la stabilité des berges. Lorsqu'un sujet menace de tomber et de se mettre en travers de la rivière, ils font procéder à un abattage préventif. Un cours d'eau comme la Marne ne peut se passer d'une végétation arborescente et buissonnante. Les racines soutiennent et consolident la terre. C'est le moyen le plus efficace de lutter contre l'érosion. Le système racinaire joue aussi le rôle de filtre, il retient nitrates et phosphates provenant des eaux de ruissellement. Il sert aussi d'abri pour les poissons. Le Maître des Eaux écoute et ne dit mot. Il incarne la puissance froide de l'eau.

Les deux bateaux courent à l'erre dans un lit fortement encaissé, la rivière s'enfonce. Une vache ou un cheval se désaltère sur une plage de graviers. L'animal s'éloigne à notre approche, sans précipitation : c'est un cerf. Nullement effarouché, il va se cacher derrière une roselière. Présence obsédante des peupleraies dans le lit majeur. Les peupliers ont perdu presque toutes leurs feuilles et ressemblent à des arbres fil de fer. Pris dans la rambleur, leur alignement, la netteté de leurs sombres silhouettes dégagent une beauté étrange.

Toujours cette poussée du courant qui projette le bateau en avant. Vol de héron – les hérons sont nombreux, mais toujours solitaires –, l'oiseau attend le dernier moment pour décoller, battant lourdement ses ailes, planant comme s'il ne parvenait pas à s'élever.

Au temps des brelles et des marnois, le voyage de Saint-Dizier à Paris durait une quinzaine de jours. Sur les embarcations, on chargeait du « bois à brûler » – les forêts de Haute-Marne alimentèrent les cheminées de Paris jusqu'à la fin du XIXe siècle – ainsi que des matières pondéreuses telles que le fer et la fonte. Notre pilote, qui donne ces détails, slalome sur le courant. Comment un radeau pouvait-il évoluer sur cette eau ? En fait, ce n'était pas un, mais une vingtaine de radeaux, formant un train d'environ deux cents mètres, qu'il fallait faire avancer en évitant les hauts fonds. Les hommes d'équipage prenaient appui sur des perches qu'ils enfonçaient dans le lit de la rivière afin d'exercer une poussée. Très peu de bateaux arrivés à Paris faisaient la remontée – la plupart étaient démolis.

Nous débarquons sur une plage de sable près du pont de Larzicourt où la rivière dessine un large méandre. L'épouse du Maître des Eaux nous attend. Elle viendra nous chercher et nous reconduire à chaque escale. Pour la première fois depuis des semaines, je monte dans une voiture. Sentiment de revenir à la civilisation, de pénétrer dans une autre géographie.

Dîner chez le Maître des Eaux où je vais passer ma première nuit. Il exploite une grosse ferme avec son frère et son fils. Sa femme est aussi expansive qu'il est réservé. Sa retenue ne me déplaît pas. C'est un homme calme. Il ne se livre pas indiscrètement ni ne s'engage quand il ne peut répondre à une question. Sur la Marne, il affirme qu'il y a « un blanc ». De la Première Guerre mondiale jusqu'à la fin des années 80, la rivière a été livrée à elle-même. Une jungle. Des arbres en travers, un fouillis indescriptible. On se servait du cours d'eau comme de décharge. Une mémoire a sombré, c'est le chaînon manquant. Il déclare : « Ce qui n'est pas écrit est à jamais perdu. » Générosité de ce couple qui pratique l'hospitalité avec bonne grâce, sans poser de questions. Ils sont gais, d'une gaîté intérieure et rayonnante. Ils bossent comme quatre et ne font aucune allusion aux malheurs des temps.

58

Nous repartons du pont de Larzicourt où nous avions débarqué. Brume épaisse et fraîcheur sur la rivière. Bruit ouaté du moteur. Sensation de moelleux. Avenues de sable bombées à perte de vue. Le bateau Rigiflex nous emporte dans un mouvement léger qui semble à peine effleurer la surface.

Nous atteignons le point où le canal de restitution se jette dans la Marne. Apparition d'un autre paysage. Impression de me trouver sur un praticable. Les images défilent à toute vitesse : muraille d'aulnes et d'érables, trouées de lumière, peuplier déchaussé sur le point de basculer dans la rivière, racines pendantes, cygnes sauvages. Déroulé à l'accéléré d'un autre paysage plus sombre, lianes, plantes grimpantes et vasculaires.

Depuis la jonction avec le canal, le débit a augmenté et creuse un peu plus le lit de la Marne. Transparence étonnante du cours d'eau. Des billes, des galettes d'argile albien parfaitement lisses frémissent et se retournent doucement au fil du courant. « Eaux claires mais érosives », commente le boss avec cette expression concentrée, prompte à saisir le réel.

Nombreuses noues, bras secondaires ou méandres abandonnés aux eaux stagnantes, ressemblant aux bayous de Louisiane. Racines aériennes ou aquatiques prospérant au milieu d'un entassement de branches, de feuilles en décomposition, de troncs déchiquetés. L'excroissance des racines évoque des arbres pneumatophores qui ne peuvent grandir et respirer que dans l'eau. L'air tiède est rempli de téguments et de chatons qui volettent comme des insectes. « Une noue doit être rincée de temps à autre par le mouvement de la rivière. Sinon, elle meurt », déclare le Maître des Eaux. Il ne se laisse séduire ni par l'apparence ni par l'impression momentanée.

Franchissement du seuil de Moncetz. La chute d'eau créée par la dénivellation nous oblige à quitter le bateau. Seul le pilote reste à bord et conduit l'embarcation sur l'eau torrentueuse. Ces fortes pentes étaient la hantise des mariniers d'autrefois. Il leur fallait extraire de l'eau brelles et marnois, les porter, puis les remettre à flot après la cascade. Des convois jouaient parfois le tout pour le tout, ils bravaient le courant pour tenter de retomber en amont sans se fracasser.

Avant Cloyes, arrêt près de l'entrée d'une noue, monde mystérieux aux eaux calmes contrastant avec le bras vif sur lequel nous descendons à toute allure. Fraîcheur, troncs tordus, végétation luxuriante, vol d'insectes. Royaume du silence, mais cette intimité grouille d'une vie qui rumine, nichée dans les souches et les arbres morts, enfouie dans la vase et l'eau dormante. Des plantes rares comme l'utriculaire, fleur carnivore, se sont acclimatées à ce milieu.

Percées du soleil dans la caverne végétale, jeux de lumière sur l'eau immobile et épaisse, projection crue, acérée comme une perforation. Les taches étincelantes au contour net deviennent blanches par opposition au noir de la galerie et de l'eau. Odeur intense de champignonnière, règne du spongieux et du croupi. La décomposition embaume violemment. Un parfum sombre de souterrain, d'humus trempé.

J'ignore si le Maître des Eaux est sensible à la beauté vénéneuse de ces bras morts. En tout cas, il refuse de la faire entrer dans son système. Pour lui, les herbiers, le chevelu des racines sont des zones de calme nécessaires aux brochets en période de reproduction. Le ras des frondaisons, les trouées dans les buissons immergés ne sont que des abris où les poissons trouvent leur nourriture en abondance.

La rivière est un couloir. Le vent s'y engouffre et crée un effet de tuyère. Succession de risées et de vagues, effet de frottement et de décélération sur l'esquif qui nous envoie des paquets d'eau. Le Maître des Eaux, toujours impavide. Neptune fluvial que rien n'intimide, roulant à la surface des eaux, gouvernant les flots, restaurant le calme après son passage.

Grosse encoche d'érosion à Cloyes, sur la rive gauche : la berge effondrée forme un large arrondi. Sur le tronçon Saint-Dizier/Vitry, on a calculé que la superficie totale érodée au XXᵉ siècle était de l'ordre de trois cents hectares. À l'aval du pont, le lit s'évase. La largeur moyenne de la Marne est de trente-sept mètres. Nombreux enrochements destinés à lutter contre les divagations de la rivière.

Arrêt pique-nique près de la passerelle pédestre de Brignicourt. À quelques mètres seulement de l'eau, nous nous trouvons en pleine forêt, emplie d'odeurs automnales. Discussion technique sur la confusion fréquente entre rive et berge : la berge est le talus incliné en contact direct avec la rivière ; la rive est la bande de terre qui commence au faîte de la berge.

Franchissement d'un nouveau seuil à cinq cents mètres en amont de la passerelle : ouvrage hydraulique réalisé en 1989 pour stabiliser la rivière perturbée par le lac du Der. La hauteur de chute est d'environ deux mètres.

Au fond d'une eau cristalline, brève vision d'un poisson au corps allongé et aux écailles jaunâtres. Un brochet ?

Entre le Moulin de l'Orconte et la Grâce de Dieu, le cours de la rivière a été rectifié, dans les années 70, pour évacuer plus facilement l'eau du lac.

En amont de Vitry, la plaine alluviale s'est agrandie sur une largeur de plus de deux kilomètres. La Marne décrit d'incroyables arabesques. Ces méandres en voie de recoupement vont modifier le cours de la rivière. Au lieu-dit La Haie des Loups, la jonction est sur le point de se produire.

Débarquement à Vitry dans le quartier de la Fauvarge. La femme du Maître des Eaux nous attend comme hier. Dîner à la ferme. Sujet : la Marne. « C'est le cœur du pays », dit-il. Quel pays ? Le sien, cette Champagne à laquelle la rivière a donné forme. Elle a façonné non seulement les paysages et les territoires, mais les hommes et leur caractère. Par exemple, le sens de la solidarité né de la lutte commune contre les risques d'inondation, peut-être aussi une dureté qu'explique la difficulté à travailler une terre plus lourde.

De toutes les personnes rencontrées jusqu'à présent, il est celui qui montre le plus d'attachement pour le cours d'eau. Rien de sentimental : lien pragmatique, exigeant, intéressé. Il ne recherche aucun avantage personnel. C'est un paysan qui se donne le temps de la réflexion, pas un rêveur. L'eau abreuve la terre ; sans elle, pas de vie possible. Un terrien comme lui sait d'expérience que l'eau est tour à tour fertile et nuisible, d'où son intimité avec la rivière. Il est habité par elle, sentiment excluant toute mystique, un lien d'égal à égal.

59

Embarquement prévu près de la chapelle des Bateliers, à Vitry. Le quartier du Bas-Village, aujourd'hui désert, était une halte importante pour les mariniers qui se reposaient du terrible effort imposé par la descente depuis Saint-Dizier. Le clocher de l'église construite au XVIIe siècle se termine par une ancre marine surmontée d'un coq. À côté, le cimetière des Bateliers. On y accède par un portail présentant cette inscription latine : *Umbrarum cineres revere viator* (« Passant, respecte les cendres des morts »). Péniches gravées sur de nombreuses pierres tombales.

La Marne encore plus dépaysante que les jours précédents : un boulevard sauvage et liquide, bordé de saules, d'aulnes, de faux robiniers. Dans les haies dépouillées de leurs feuilles ne subsistent plus que la clématite sauvage et ses fleurs floconneuses. Dans l'air vif du matin, sensation exaltante de découvrir un monde ignoré qui frappe par son caractère énergique, hors du commun. À pied, je n'ai cessé pourtant d'avoir l'œil sur cette rivière. Cette magnifique épure d'eau, devant moi, je l'ai déjà regardée, mais je ne l'ai pas vue. Fatalement, le marcheur est celui qui, marchant de côté, passe à côté.

Nombreuses péniches abandonnées au bord de la rivière. On les a remorquées jusqu'à ce coin inaccessible pour les laisser mourir. Plusieurs carcasses sont dans l'ultime phase de décomposition, le bois n'est plus qu'une mince feuille fuligineuse sur le point de se dissoudre dans l'eau.

En aval de Couvrot, vestiges de vannage, ouvrage hydraulique servant naguère à réguler le cours de la rivière. Barrage de Couvrot : une vraie cataracte. Le canal n'est plus qu'à quelques mètres. Nous devons extraire le bateau de l'eau et le transporter un peu plus loin après la chute.

À force de contempler l'eau transparente, je finis par me croire au-dessus d'un aquarium. Le canot file, jouant avec le courant, esquivant atterrissements et bancs de sable.

Un promeneur s'est arrêté sur la rive pour regarder les deux bateaux qui descendent à toute allure. Je reconnais l'homme qui nous avait si obligeamment invités à son barbecue. Je lui fais signe en criant. Il m'a vu, mais, à l'évidence, ne m'a pas identifié. Tout s'est passé si rapidement que, pendant quelques minutes, en état de sidération, je ne parviens pas à intégrer la vision. Plus loin, je distingue le jardin et le kiosque surplombant la rivière.

Le Maître des Eaux demande de ralentir : « L'Auna, c'est la plus intéressante des noues. » Il n'a pas dit la plus belle. Nous nous approchons en silence. Des canards colverts s'enfuient. L'eau noire est ensemencée de poussières. La surface est agitée de remous, des poissons frémissent à la surface. Dans le clapot, on aperçoit leur museau. L'eau sur laquelle tombent les branches des saules bouillonne de vie, les grenouilles sautent sur les nénuphars. « C'est un beau spectacle », concède-t-il. Il ajoute : « Le secteur est difficile. Les berges érodées menacent la route et le canal. » Il ne cesse de réfléchir à la tactique. Parlant de la Marne, il dit : « Elle est rusée. »

Soulanges. Nous traversons un cimetière de véhicules qui semble spécialisé dans les transports en commun. Apparition irréelle, au milieu de la campagne, de cars de CRS en déshérence. Vieil autobus de la commune de Longjumeau avec son panneau d'affichage à l'avant, qui n'a pas été décroché. L'extraction de graviers, aujourd'hui interdite, a élargi d'environ quatre-vingts mètres le lit de la Marne. La ligne de chemin de fer et le canal, qui font remblai, marquant la limite de la plaine d'inondation.

Franchissement du pont Pompadour. N'ayant pas les moyens de remplacer l'ancien pont dynamité en 1944, la municipalité d'Ablancourt a racheté un pont métallique d'occasion provenant de la gare de triage de Villeneuve-Saint-Georges. Passer sous ces ouvrages dont beaucoup furent détruits lors de la Seconde Guerre mondiale exige une attention particulière. À fleur d'eau, dalles et appareillages sont dangereux. « L'obstacle constitue aussi une force de ralentissement. Il peut aider à l'équilibre de la rivière », souligne le Maître des Eaux.

« La fille sauvage de Songy ! » s'exclame le pilote. Il raconte l'histoire suivante, qui passionna la France du XVIIIᵉ siècle. Une Amérindienne emmenée en France par une dame du Canada s'enfuit après la mort de cette dernière, victime de la peste, débarquant à Marseille. Prénommée Marie-Angélique, la jeune fille parcourut des milliers de kilomètres et vécut dix années dans les forêts de Champagne. Capturée au bord de la Marne, elle présentait des signes de régression, mais parvint peu à peu à recouvrer l'usage de la parole. Un des seuls cas d'enfant sauvage ayant pu renaître à la civilisation. Elle apprit à lire et à écrire, entra au couvent, fut pensionnée par la reine et mourut riche et respectée...

Pogny. À peine le temps d'identifier le pont qu'un char français a tenu seul, en juin 1940, face à l'artillerie allemande. Parfois, une corde accrochée à un arbre. Elle pend au-dessous de l'eau. Les baigneurs s'en servent pour s'élancer et plonger dans la rivière.

Je ne veux pas rater la boucle de Vésigneul, signalée par le Japonais. J'ai beau fixer mon attention, guetter le moment, je loupe le méandre. Je suis passé au milieu de ce site splendide sans le voir. Mystère du *point de vue*. La perspective change totalement la perception du paysage. On croit que celui-ci s'offre tout naturellement si l'on ouvre bien les yeux. C'est faux. Ce que nous voyons, nous le composons et l'inventons pour une large part.

Dans cette partie de la Marne moyenne, riche en méandres, des castors d'Europe ont été aperçus en 1996. Présence absolument incompréhensible, en tout cas inexplicable. Comment cet animal est-il parvenu jusqu'à cette rivière qu'il n'avait jamais fréquentée jusqu'à présent ?

Des dépôts émergent de l'eau et finissent par se fixer : ainsi se forme un atterrissement. Leur formation est à l'image de la soupe originelle qui, surgissant du chaos, lentement rumine et finit par s'imposer. Elle donne une consistance à ce qui n'était à l'origine qu'une pâte molle et informe. Par accrétion, la terre, le limon, le sable, les graviers finissent par s'agréger pour s'épaissir et se solidifier. L'accumulation naît à la faveur d'un ralentissement du courant, souvent à proximité d'un pont. Une île n'est rien d'autre qu'un atterrissement qui a réussi. Des graines se sont accrochées à la bande de terre sableuse. Un jour, de petits saules jaillissent à la surface, arrêtent les débris solides, les brindilles, les feuilles mortes. L'agrégation peu à peu s'épaissit, se solidifie, pour former un îlot herbeux, puis un jour une île, peut-être, si ce bout de terre parvient à résister à la submersion en période de crues.

Débarquement à l'amont du barrage de Châlons, à proximité des Grands Bains de la Marne dont subsistent quelques vestiges.

Troisième soirée chez le Maître des Eaux. Rituel du dîner et d'une conversation parfois ponctuée de silences. Mon hôte est un as de la pensée économe. Il est chaleureux à sa façon, avec sobriété, toujours un peu ailleurs, soucieux d'autrui et du bien public, mais résolument elliptique dans la forme. Mieux que quiconque il comprend la rivière, sait en interpréter tous les signes (les crues, l'étiage, l'érosion, surtout l'érosion). Il la ressent dans sa totalité. Il se souvient de la crue de 1955 : il avait sept ans et raconte non sans émotion l'angoisse de la Marne qui monte irrésistiblement. Les évacuations d'eaux pluviales, le moindre écoulement qu'on tente de colmater pour ralentir la progression de l'eau. Il est toujours positif, jamais dans l'imprécation et le ressentiment, acceptant certains événements avec fatalisme. Son expression favorite est : « Ça sera pire que mal », ce que la sagesse des nations traduirait sans doute par : le mieux est l'ennemi du bien.

Neptune fluvial : l'expression lui sied bien, impénétrable, calme, olympien, méditatif, presque indifférent. Une autorité naturelle, la parole bien pesée, brève, qui ne se discute pas.

60

Départ du quartier Madagascar à Châlons. Nos bateaux sont traînés dans l'herbe puis basculent dans l'eau, délestés, métamorphosés. Très rapidement, la Marne s'élargit. Beauté des arbres sur les deux rives, majestueux, monumentaux. L'ombre des souches sur l'eau donne l'illusion d'une insondable profondeur.

Le Maître des Eaux reconnaît un homme penché sur la berge. Il fait signe au pilote de ralentir. C'est un agriculteur inspectant ses champs. « On noie tous les hivers », se plaint-il. Certes, les inondations apportent des limons, mais surtout des mauvaises herbes. Impassible, le Maître des Eaux enregistre. Éternelle ambiguïté de la rivière. Elle est à la fois un embarras et un don.

Ce paradoxe insoluble, l'agriculteur le vit très bien. Il est né au bord de cette rivière. Matrona a beau être une marâtre, elle reste la mère. Il confie que lorsqu'il est contrarié ou irrité, une promenade au bord de la Marne le console aussitôt. Sans être un propriétaire jaloux, il déplore les mauvais comportements de pêcheurs ou de visiteurs. Pour accéder à l'eau, ils n'hésitent pas à traverser ses champs emblavés avec leur 4 × 4. Il vient d'installer de vieux poteaux télégraphiques en ciment pour faire obstacle à tout véhicule.

Ballet du héron attendant le dernier moment pour prendre son envol. La rivière comme une large avenue aquatique, *en gloire*, une voie sacrée bordée d'arbres. Sentiment de permanence, d'« un pur maintenant », accompagné par moments de cette rambleur insaisissable. Elle surgit de manière imprévue comme une apparition, présence invisible qui entre tout à coup en action.

La Marne dessine des courbes de plus en plus nombreuses. Les peupliers font l'unanimité contre eux. Il n'y a pas d'arbres plus méprisés que cette essence, un hybride, croisement d'une espèce autochtone et d'une variété américaine. Tout le mal vient d'un système racinaire ancré superficiellement au sol, qui sape les berges. Quand il se déchausse, on comprend tout : les racines arrachées ont la forme d'une mince galette.

L'érosion est le souci premier de la Compagnie des rivières. Les causes en sont multiples : le courant, la dessiccation, les tourbillons, sans oublier le batillage, oscillation de l'eau provoquée par le vent ou le passage de bateaux.

Une embarcation immobile au milieu de la rivière : la première depuis Saint-Dizier. Ce sont des hydrologues qui effectuent des sondages. J'apprends que, dans cette zone, la profondeur de la Marne est d'environ trois mètres.

Déjeuner sur une grève. Je marche sur un sable épais, granuleux. Des troncs d'arbres morts gisent sur le sol. Tour à tour séchés par le soleil, lavés par l'eau, abrasés par le vent et les grains de sable, ils ont pris le poli du marbre, et ressemblent de loin aux colonnes renversées d'un temple. Des culs de grève humides s'effondrent sous mes pas, des bancs de graviers gorgés d'eau se rompent et se désagrègent.

À l'image du Maître des Eaux, mes quatre compagnons parlent peu mais entretiennent avec la rivière un rapport à la fois utile et complice. Lui, intervient parfois comme un juge impartial, à distance des hommes, sortant de son royaume aquatique pour arbitrer. Esprit libre, fraternel mais à l'écart, il pourrait entrer dans ma collection de « conjurateurs ».

Les deux bateaux épousent le courant. Lancés par le mouvement de l'eau, ils semblent de plus en plus entraînés par cette force irrésistible qui grossit depuis Châlons. Le Maître des Eaux signale un gué et une date : le 29 août 1944. C'est le jour où la Jeep du général Patton franchit la Marne et tomba en panne au beau milieu de la rivière. « Un cultivateur du coin a attelé sa jument pour la tirer sur l'autre rive. »

Après Aulnay, nombreuses cabanes de pêcheurs. L'une d'elles se dénomme *À la Grande Bouffe*. Le barrage de Tours est tumultueux, encombré d'embâcles. L'écume vaporise une brume légère. Nous devons sortir de l'embarcation pour passer.

À Épernay, fin de la descente.

61

J'ai regagné Saint-Dizier par le train, reprenant la remontée là où je l'avais interrompue. Jusqu'à Vitry-le-François, la ligne de chemin de fer serre de près la rivière, mais, durant le trajet, je l'ai à peine regardée. Cette autre Marne qui s'offrait à moi depuis la fenêtre, une nouvelle histoire de *point de vue*, je n'avais pas envie de la connaître. J'étais plus que rassasié, secoué. La fulguration de cette descente m'avait à ce point ébloui que je ne parvenais pas à reprendre mes esprits. Pendant quelque temps, mon cerveau fut incapable de ranger cette suite d'images. Une Marne SNCF ? Non, merci bien, j'avais mon compte !

Paradoxalement, j'étais heureux de renouer avec le mouvement de la marche, cette lenteur qui, sans doute, sent l'effort, mais permet aussi de flâner, de faire étape selon son bon plaisir. Le rythme de la remontée me convient par son aspect traînard, l'absence totale d'agilité qu'elle implique. Ce sac à dos qui entrave ma progression est ma coquille, mon intimité portative. J'ai besoin de le sentir peser sur mon échine. La descente m'a laissé une impression de légèreté, d'une incessante projection en avant, en partie parce que je n'avais rien sur le dos. Ayant perdu ma carapace, j'ai vécu sans protection dans une relation immédiate, sans doute trop précipitée, avec la rivière.

À la gare de Saint-Dizier, j'ai eu l'impression de revenir chez moi. Quatre jours d'absence… J'ai retrouvé avec bonheur le sifflement des Rafale, la morosité apaisante de la ville, cette façon inimitable de faire bonne figure au marasme et à l'adversité.

J'ai repris mon rythme, refaisant les mêmes gestes, perdant mon temps, abordant les gens sans vergogne.

En remontant vers les sources de Balesmes, j'ai eu parfois le sentiment d'être passé, en Haute-Marne, à côté de la partie la plus belle du voyage, cette « Gaule Chevelue » décrite par César, le pays gallique, la forêt sombre qui terrorisait les légions romaines, là où la Marne est la plus éveillée, la plus caracolante. À mon corps défendant, je l'avais souvent perdue de vue. À partir de Saint-Dizier, elle n'est plus domaniale et entre dans le régime du droit privé. Rares sont les sentiers qui la bordent. Les berges appartiennent aux propriétaires qui peuvent en interdire l'accès. Je n'en ai jamais vu – cette Marne-là est la plus déserte de toutes. Impossible de suivre le cours d'eau à la trace, sauf dans les villages où elle réapparaît le plus souvent à proximité d'un pont.

Dans cette phase terminale, j'ai sans doute été plus attentif aux hommes qu'à la rivière. Terminale, c'est un mot qui évoque la mort. La mort, on préfère ne pas y penser, dans la vallée. On y parle de la crise, des usines qui ferment, du département qui se vide, jamais de l'anéantissement. Plus que le fatalisme, c'est le sentiment d'injustice, voire d'iniquité qui anime toutes ces personnes. Comme les « conjurateurs » rencontrés auparavant, certains résistent en portant le combat ailleurs, en se déconnectant. Ces inconnus pratiquent l'art du contre-pied, la commutation, l'oubli actif.

Je me suis souvent attardé dans les cafés – à l'époque de Lacarrière, il y en avait encore dans le moindre village – préférant le comptoir où l'on est de plain-pied avec l'humanité, quasiment obligé de s'adresser debout au voisin. Ainsi de ce bar-tabac-journaux de Bayard où j'ai fait la connaissance d'un ouvrier travaillant à l'usine voisine, spécialisé dans la fabrication des tuyaux de canalisation. Il était venu jouer au tiercé pendant la pause. Le temps s'étant rafraîchi, il m'a entrepris sur la météorologie : « Dans la Haute-Marne, on a deux saisons : l'hiver et le 15 août. » Ici, les habitants adorent se moquer de leurs nombreux handicaps, ils les exagèrent pour mieux les neutraliser. L'homme réfléchissait tout haut, supputant ses chances, s'injuriant, continuant à jouer malgré ses pertes. « Je n'ai pas de bons tuyaux », a-t-il plaisanté. Un comble, pour quelqu'un qui en fabriquait ! Il a voulu à tout prix me payer une bière. J'avais commandé un thé. « Le thé, tu te l'offres. C'est pas un truc pour trinquer. » Il a désigné la vallée. « Ça se vide bien, chez nous. Mais on tient. »

Que de fois l'ai-je entendu, cet « on tient », une aptitude à l'endurance, mais pas à l'immolation. Il était fier de travailler à l'usine la plus ancienne de France, fondée sous le règne de Louis XII en 1513. La sidérurgie française a commencé à Bayard, sur les bords de la Marne[1]. Jusqu'à Joinville, la rivière était

---

1. Cf. *La métallurgie de la Haute-Marne du Moyen Âge au XXᵉ siècle*, Cahiers du patrimoine n° 48, 1997.

plus ou moins navigable, empruntée par des batelets transportant fers et fontes. En me quittant, l'ouvrier m'a exhorté à ouvrir grands les yeux : « Regardez bien les villages. Observez leur état. Ce qui arrache le cœur, c'est que ce pays a été riche. »

Il a été riche, mais la détresse qui l'accable n'en a pas terni la beauté. Je me souviens avoir rencontré à Curel un couple d'agriculteurs au milieu de prairies verdoyantes où pâturaient leurs vaches de race limousine. Là, on pouvait voir la Marne, vive, encore peu formée, juvénile. « Juvénile, peut-être, m'a repris la femme, mais elle mange la propriété. » Tous deux suscitaient la sympathie par un mélange de stoïcisme et de simplicité confiante. Ils répondaient sans détour à mes questions. Ils ne s'illusionnaient pas sur leur condition d'exploitants agricoles en lutte permanente contre toutes formes de domination naturelle ou économique. Ils ne se considéraient pas comme des victimes. Eux aussi tenaient.

Je m'émerveille de la facilité avec laquelle tous ces anonymes ont accepté de me parler sans façon, surtout dans cette dernière phase. À quelques exceptions près, ils ont été exempts de méfiance, heureux même de s'ouvrir et d'évoquer leur existence auprès d'un inconnu. Étaient-ils touchés par l'intérêt qu'un allogène portait à leur vallée et à son cours d'eau ? Attendris par la dégaine de ce randonneur qui s'était donné la peine de venir à pied jusque chez eux ? C'est pour moi un mystère. La grâce a surabondé dans ces rencontres. Quelque chose m'a été donné, ne justifiant aucun mérite, n'exigeant aucune contrepartie. Très souvent, pendant ma remontée, j'ai été mis face à cette faveur, à son pouvoir rayonnant et enveloppant. Que de fois l'ai-je vue, sous mes yeux, intervenir de manière surprenante comme une conclusion décidée à l'avance, métamorphosant la laideur ou la lassitude ! Le décor avait beau être déprimant, le paysage abîmé, le village déserté par les jeunes, ces hommes et ces femmes n'avaient ni le cœur sec ni la nuque raide. La grâce résiderait-elle dans ce mélange de confiance et de sérénité, une *façon d'enchaîner*, de se plaindre parfois sans s'appesantir, puis de passer à autre chose ?

De toutes les cités traversées par la Marne, Joinville est la plus émouvante. Elle rassemble tout ce que j'ai aimé dans cette France de l'intérieur. Elle est la représentation idéale de la petite ville de province entourée de forêts, avec ses ruelles pittoresques, ses maisons médiévales, son château féodal juché sur la colline, ses canaux, son église ancienne, sa quiétude, sans compter l'élément de surprise, la curiosité qui rend un lieu inoubliable : un palais italien.

Le jour où j'ai découvert cette splendeur, il pleuvait, mais les pierres blanches étincelaient. Construit au milieu du XVIᵉ siècle par le premier duc de Guise, Claude de Lorraine, le château du Grand Jardin irradiait. Une lumière douce et enveloppante qui n'avait plus rien à voir avec la rambleur – après Saint-Dizier, celle-ci avait totalement disparu. Un poète de la Pléiade, Rémi Belleau, ami de Ronsard, a séjourné dans cette maison de plaisance agrémentée d'un magnifique jardin. Je l'ai visité, seul. Que de fois me suis-je posé la question : où sont passés mes semblables ? Cela explique sans doute mon empressement immodéré à les interroger quand j'avais la chance d'en rencontrer. La campagne française, ce continent désolé...

La pluie tombait doucement et humectait le sable des allées, répandant une violente odeur de buis plantés en abondance dans le jardin. L'atmosphère brumeuse convenait bien au parc. Aucune mélancolie : au contraire, une alacrité que je n'avais jamais éprouvée jusqu'alors. Cet entrain et cette exaltation, je ne les ressens que lorsque je me trouve en Italie. Difficile de s'imaginer qu'une des cours les plus raffinées d'Europe se soit tenue dans les sombres profondeurs du Vallage. Joinville s'appelle en effet Joinville-en-Vallage, pays de la Champagne humide cher à Gaston Bachelard : « Je suis né dans un pays de ruisseaux et de rivières, dans un coin de la Champagne vallonnée, dans le Vallage, ainsi nommé à cause du grand nombre de ses vallons[1]. »

Encore sous le charme du jardin des merveilles, j'entrai dans la petite ville qui, au temps des Guise, avait rang de principauté. Ruelles désertes, commerces abandonnés, j'ai rarement vu une telle densité de panneaux « maisons à vendre ». Mon allégresse tout italienne fit place à l'accablement.

À Joinville, la Marne n'est pas assignée à résidence. Elle participe à l'harmonie de la ville, à deux pas de la place principale. Tel est le génie de cette rivière, à condition qu'on la laisse tranquille : elle amortit les angles. « La petite Venise » : c'est une expression, presque un automatisme, répandue à Joinville à cause des canaux. Les Joinvillois veulent y croire, ils sont dans la dèche, mais possèdent un sentiment aigu de leur dignité. L'italianité de Joinville, je la vois surtout

---

1. Gaston Bachelard, *L'Eau et les rêves, op. cit.*

comme une façon de « tenir », de ne pas céder d'un pouce à la dépression.

Le soir, je fus abordé par un client au bar de l'hôtel. Être accosté, cela m'arrive rarement – en fait, la deuxième fois depuis Châlons. D'habitude, c'est moi qui engage la conversation. Après dîner, j'étais allé déguster mon havane dehors, sans vrai plaisir, d'ailleurs, la fraîcheur qui depuis quelques jours tombait brutalement, dès le crépuscule, et l'humidité étant peu favorables à la délectation.

— Je suis moi-même amateur, s'est-il présenté.

Un type d'une trentaine d'années. Le genre nonchalant et sûr de lui. Chemise blanche sans cravate, costume bien coupé. Pendant le repas, je l'avais remarqué en me disant qu'il jurait par sa mise et sa façon de se tenir – les « commerciaux » que je fréquente le soir depuis plus de cinq semaines n'ont ni ce chic ni cette décontraction. Il me confia qu'il était abonné à *L'Amateur de Cigare*, revue que j'ai fondée en 1994 et qui continue crânement son chemin.

Ceux qui n'aiment pas le cigare se privent non seulement d'un plaisir rare, mais aussi de l'agrément que procure la solidarité entre gens honnis. Parce qu'il symbolise le parvenu arrogant, l'amateur de cigare ne suscite guère la sympathie. Les humains endurent assez bien le malheur chez autrui, mais le spectacle de la volupté les dérange. Un homme affichant tranquillement sa jouissance leur est un spectacle insupportable. D'où l'antipathie que suscite l'amateur. Les gens semblent d'ailleurs détester davantage le fumeur que la fumée. La fumée importune, mais elle n'est souvent qu'un prétexte à chercher querelle à un personnage catalogué définitivement comme désagréable. Pour toutes ces raisons, nous nous serrons les coudes.

Le jeune homme s'étonna de me voir à Joinville. Il m'a demandé avec inquiétude ce qui m'était arrivé. Avais-je donc l'air à ce point d'une épave ? À Saint-Dizier je m'étais pourtant acheté un chandail et un pantalon de ville pour avoir une apparence convenable au dîner. Peut-être les espadrilles que je chaussais l'avaient-elles choqué ? Je n'avais pas trouvé mieux pour le soir, une fois ôtés mes godillots de marche. Dans un sac, les espadrilles sont si légères.

Je m'empressai de le rassurer. J'ai essayé de comprendre, de mon côté, ce qui l'avait amené à Joinville. Il se trouvait à l'hôtel depuis quatre jours. C'était beaucoup, compte tenu de l'activité assez faible de la région. J'ai cru comprendre qu'il était « expert ». À présent, tout le monde est expert ou consultant. Expert-comptable, expert immobilier ? En tout cas, il était sidéré par ce qu'il voyait.

— Je voyage beaucoup à travers l'Hexagone. Je peux vous dire que ce département est le moins retouché de France.

Je lui ai demandé de préciser.

— Oui, indemne, pas endommagé. Remarquez, ils ne l'ont pas fait exprès. On les a vraiment laissés tomber. Il y a des coins comme la Lozère ou le Cantal qui n'ont jamais nagé dans l'abondance, alors qu'ici on sent que ç'a été vivant, argenté (argenté, j'ai bien aimé le mot). C'est incroyable, cette extinction. Quelle paix ! Les gens à la recherche d'une résidence secondaire sont idiots. C'est en Haute-Marne qu'il faut prospecter. Des baraques sublimes. Tout est bradé.

Il a ajouté :

— Pour moi, la Haute-Marne est un mystère. Et un regret.

— Pour un homme de votre âge ou de votre génération, c'est plutôt inattendu, la nostalgie.

— Pour quelqu'un de mon âge, comme vous dites, c'est une interrogation. On devrait réfléchir à ce qui est arrivé à la Haute-Marne, quand la France était encore un pays industriel…

A-t-il voulu dire que nous allions tous ressembler un jour à la Haute-Marne ? Le grand plongeon, et puis plus rien… ? Il n'avait aperçu que la beauté d'un décor qui survivrait malgré la ruine. Avait-il parlé aux gens ? Pour ma part, j'avais souvent rencontré des êtres qui se prenaient en main, ces « conjurateurs », constatant la cassure mais cherchant le salut hors des simulacres actuels. Pourquoi désespérer ? Me revenait à nouveau en mémoire ce vers de Corneille : « L'empire est prêt à choir et la France s'élève. »

Tandis que nous parlions, le patron de l'hôtel a allumé un feu dans la cheminée. Dehors il pleuvait immensément, une pluie interminable d'automne qui allait durer toute la nuit. Les bourrasques retentissaient dans la cheminée. Nous avons cessé de parler, écoutant les sautes de vent. À leur paroxysme, elles produisaient dans le conduit une légère détonation.

Ce soir-là sentait l'épilogue, mais aussi le recommencement. Je songeai que les beaux jours étaient terminés. J'avais basculé dans une autre saison. Mon voyage ne serait plus ce long été indien resplendissant. Un autre cycle s'esquissait.

63

L'automne, le déclin. J'ai apprécié que la fin du voyage coïncidât avec le début de la rivière, la partie où elle entre dans la vie, elle y fait ses premières armes. Sur sa prétendue « inexpérience », celle qu'on prête à la jeunesse, je n'ai pas trop envie de dérouler la métaphore.

Du côté de Vouécourt, au sud de Joinville, j'ai connu un homme habitant au milieu de l'eau. Sur la Marne, il a fait construire un splendide pont pour son usage personnel. Il y tient par-dessus tout et le surveille jalousement. Malheur à qui le franchirait sans sa permission ! Le moulin qu'il habite existait déjà au Moyen Âge. Une solide bâtisse édifiée dans le cours d'eau. Tout un monde d'engrenages, de meules, de chenaux, de retenues, de déversoirs, de dérivations.

Il m'a reçu sur son île, grondant comme les flots de la rivière, râleur et débonnaire, vivant seul, n'ayant qu'un chien pour compagnon et la Marne qui, elle, ne lui obéissait pas toujours. Ne sortant guère de son moulin, car l'eau exige une vigilance de tous les instants, il ne cessait de pester contre ses débordements. Pour lui, la Marne était une personne. Il vivait en ménage avec elle, il la décrivait comme une compagne capricieuse et emportée. À l'évidence, il la chérissait. La Marne lui parlait, je peux en témoigner : dès que je suis entré dans le royaume fluvial, j'ai entendu sa voix. Bachelard a raison : le premier langage que l'homme ait été capable d'entendre est celui de l'eau. Il s'est servi de ses sons plus ou moins articulés et de ses inflexions pour commencer lui-même à s'exprimer.

Quel site ! Un magnifique noyer trônait au milieu d'un pré vert émeraude où broutaient des moutons : « Ma tondeuse écologique. » J'ai dû déférer à sa demande : franchir son pont sur la Marne, privilège qui n'était pas concédé à tout le monde. « Je me protège. » Contre qui ?

Pour pénétrer dans un site aussi intime et imposant, il fallait y regarder à deux fois. L'eau y est intimidante. Tout devient vite menaçant : la force tumultueuse des remous, les huées, les clameurs, toute cette énergie domptée qui peut se révolter. Et même l'odeur : odeur angoissante d'eau torrentueuse, froide, terriblement vivante, si violente qu'elle vous coupe le souffle, vous empêche presque de respirer.

Sur le pont, il m'a indiqué des poissons que j'étais incapable de voir : « Les embâcles, il n'y a rien de tel. C'est là que nichent les barbeaux, les brochets. » Il a été fier de m'apprendre qu'il venait de se baigner dans la Marne : « Glaciale ! Ma marnothérapie ! » Je l'ai imaginé nageant, divinité fluviale sur laquelle le temps n'a pas prise, le corps couvert de plantes aquatiques. Il incarnait vraiment l'esprit de ce royaume érigé sur l'eau, mystérieux, un peu magicien.

L'intérieur était tout aussi remarquable. Un monde gyroscopique de cylindres, de poulies, de roulements qui avaient cessé de fonctionner, mais qui gardaient encore la trace d'une agilité occulte quelque peu inquiétante. De belles boiseries sombres XVIIIe. Les branches d'arbres se pressaient contre les vitres. Une demeure ensorcelante. Et cette rumeur, ces voix, ce sabbat de l'eau...

Il m'a confié que, depuis qu'il avait installé un double vitrage, il éprouvait de la difficulté à s'endormir. Il avait besoin de ce fracas de la Marne.

64

Quelques jours plus tard, j'ai été arrêté, au sud de Chaumont, par un homme armé d'un fusil. Face à moi, l'individu est d'un abord revêche, les sourcils soudés au-dessus d'une paire d'yeux froids et fureteurs. Il est vêtu d'une parka militaire dont la vue me rend souvent perplexe. Cet accoutrement n'est pas seulement une tenue de camouflage, l'équipement entend aussi user de l'intimidation et n'échappe pas à une fascination mortifère, un retour à la horde.

Il m'a intimé l'ordre de rester immobile et d'éviter le moindre bruit. Son ton et ses manières m'ont passablement irrité, mais, dans mon for intérieur, je me suis figuré que je n'avais pas le choix. N'était-il pas armé ? Visiblement une tête chaude. L'attente m'a paru interminable. À pas de loup, il allait et revenait près d'un immense enchevêtrement de ronces.

Passée l'alerte, c'est tout juste s'il ne m'a pas dit : « Maintenant, vous pouvez baisser les mains. » J'ignore ce qu'il chassait. Au début, j'avais mis un point d'honneur à ne lui poser aucune question. J'étais revenu vers le canal, mais il m'a suivi. Il reniflait bruyamment l'air qui sentait ce matin-là le brouillard et les feux de cheminée : nullement contrit, sifflotant, détendu, comme si toute la concentration et l'énergie qu'il venait de déployer pendant la chasse était retombée. Il n'avait plus de fusil. Où l'avait-il caché ?

Il m'a demandé si j'avais remarqué, tout à l'heure, l'hôtel abandonné, à Luzy. À l'évidence, j'avais une tête à m'intéresser à ce genre de curiosité. Oui, j'avais été intrigué par cet hôtel en déshérence, tout près de la rivière, installé sur une route autrefois très fréquentée. Les ouvertures avaient été murées. J'avais erré au milieu des bâtiments encore en bon état, envahis par les mauvaises herbes.

— Ce n'est pas le pays qui est mort, ce sont les hommes.

Sur l'instant, je n'ai pas bien compris son propos, à cause de son accent, une façon traînante de parler et de manger certaines voyelles, typique, paraît-il, de la Haute-Marne. Je m'apprêtais à entendre l'habituel refrain sur les villages qui se vident, les retraités qui restent… J'en avais pris l'habitude. Ce n'est pas que ce discours soit faux, il est seulement répétitif et surtout un peu court. La vraie vie s'inscrit ailleurs. J'avais rencontré des inconnus menant une existence hors de l'espace commun, loin du discours politique et médiatique habituel, lequel reste enfermé dans une seule dimension avec ces mots, toujours les mêmes : crise, mondialisation, déliquescence, ghetto, délocalisation, zones sensibles. Non seulement incapable de sortir de ce discours angoissant, mais l'entretenant de manière lancinante. Sans doute un problème de langue. Ce discours uniformisant a renoncé depuis longtemps à saisir et à raconter ce que les hommes vivent.

Le chasseur, lui, était beaucoup plus futé que cela. Il m'a expliqué que la mort était dans les têtes, mais que son pays tenait bon ; lui-même ne manquait de rien. Tandis que nous cheminions, il m'a montré l'eau de la Marne. J'étais parvenu à un moment où je commençais à saturer. La Marne, depuis quelques jours, je la trouvais mignonnette, mais insignifiante : une gentille petite rivière comme tant d'autres en France, essayant de se ménager une place. Son intérêt ne reposait finalement que sur une promesse : elle allait devenir une grande fille, puis une matrone. Seules me stimulaient encore l'exceptionnelle beauté de la nature et la perspective de découvrir la source.

— Qu'est-ce qu'on peut y faire ? Le plateau donne, donne et ne reçoit jamais rien. L'eau passe, elle va enrichir les plaines de Champagne et nous, comme des noix, on reste voir.

Il a ajouté d'un air entendu :

— Et on a raison de rester voir, parce qu'on est bien.

Si j'avais parfois du mal à le comprendre, c'est parce qu'il mettait le verbe voir partout – il prononçait « vouaire ».

Je ne connaissais pas la tirade sur le plateau de Langres qui donne sans recevoir. Ce coin de Haute-Marne passe pour être le toit de la France. Il fournit en eau toutes les mers : la Manche avec la Seine, la mer du Nord avec la Meuse, la Méditerranée avec la Vingeanne et les Tilles, lesquelles dépendent de la Saône.

L'homme ne touchait plus le chômage depuis longtemps et vivait en quasi-autarcie : « La chasse, la pêche, les champignons, le potager. Je ne manque de rien… » Il a marqué un temps d'arrêt : « Sauf peut-être d'une femme… Un broussard comme moi, ça leur fait peur aux belettes. À part cela, tout va bien.

De la bectance, j'en ai même souvent trop. Je fais des heureux autour de moi. Faut voir à s'entraider. » La ruralité est un milieu où l'on ne se plaint pas. On ne demande rien. C'est en dernière extrémité qu'on fait la queue aux guichets de l'aide sociale.

Nous arrivions à Foulain. S'il m'avait suivi, c'est parce qu'il avait une idée derrière la tête. Apparemment, il avait rendez-vous dans le village à 14 h 30. Avant de me quitter, il m'a recommandé un « restaurant ouvrier », d'après lui réputé, bien qu'il n'y eût lui-même jamais mis les pieds. « C'est bon marché, mais encore trop chérot pour moi. » « Je vous invite », ai-je répondu. Il a accepté sans façon.

Le restaurant était plaisant et bon, un des meilleurs de ce voyage. Il était bondé et bruyant, mais on s'y sentait bien. Tout le monde connaissait mon compagnon, il semblait très populaire, on le charriait un peu sur la chasse, car il était revenu bredouille. À la fin du repas, il a déclaré d'un ton solennel : « À charge de revanche ! »

Au sujet de ce que je croyais être un rendez-vous, il a dit : « Venez, ça peut vous intéresser. » Une centaine de personnes guettaient derrière une grille le moment où elle allait s'ouvrir. C'était un entrepôt des chiffonniers d'Emmaüs.

— Bonne idée, me suis-je écrié. On trouve parfois son bonheur. Je vais chercher des livres…

— Ici, les gens ne viennent pas pour trouver leur bonheur, mais le nécessaire. Ça m'étonnerait qu'il y ait des livres.

Lui était venu à Emmaüs pour se procurer de la vaisselle. Il a déniché des assiettes dépareillées et une marmite en fonte. Les gens se précipitaient pour acheter qui un matelas, qui une gazinière usagée, qui une table. Il n'y en avait pas pour tout le monde, ce qui expliquait l'attroupement et l'impatience, à l'entrée.

Mon compagnon, lui, a eu l'air très satisfait. Ce qui m'étonnait, c'est qu'il circulait à pied. N'avait-il pas de voiture pour porter son bazar plutôt pesant ? « Une voiture, à quoi donc ça sert ? » Nous avons traversé Vesaignes où une camionnette s'était garée près de l'église, entourée de quelques femmes. « Les vieilles n'ont pas de voiture non plus pour aller à la grande surface. Heureusement qu'il y a cet épicier ambulant. » Il m'a décrit comment les villages mouraient : « C'est d'abord la boucherie qui disparaît, ou plutôt la charcuterie. Les charcutiers sont toujours tristes, ils savent qu'ils seront les premiers de la liste. Après, c'est au tour de la boulangerie. Le salon de coiffure résiste bien. Le dernier à fermer, c'est le bistrot. » La Haute-Marne, futur de la France ! Des communes vidées de leur substance, dans lesquelles survivent quelques retraités ? J'ai vu aussi une force bienfaisante, des indociles, des non-apparentés, des êtres qui comprennent encore ce qu'ils vivent, comme cet homme des bois. Avec lui j'ai passé en tout deux journées.

Il habitait une maison isolée au milieu de la forêt, au-delà de Rolampont. Il m'a fait les honneurs de son logis et proposé l'hospitalité : une soupente servait de chambre d'ami. L'endroit était très propre, mais encombré de toutes sortes d'oiseaux empaillés ainsi que d'un renard aux yeux de verre noirs, effrayants. « Je suis tranquille, ici. Ça ne capte pas. » Non sans fourberie, je me suis aussitôt emparé de ce détail pour lui dire que je préférais dormir à Rolampont à cause d'un appel important, le lendemain. C'est dans ce village que Blain avait séjourné plusieurs mois avant de repartir sur le front[1].

Il a tenu à m'inviter à déjeuner chez lui. Nous sommes restés à table plus de trois heures. Un repas campagnard un peu lourd, mais authentique : omelette aux cèpes, bécasse, cuissot de marcassin accompagné de purée de haricots blancs en provenance de son potager. « Tout est fait maison, excepté le champagne. » Il avait gardé une bouteille en réserve dans la perspective d'un grand événement. À l'écouter, ma visite en était un.

« Tu ne me déranges pas » (il prononçait dérainges, à la québécoise), ne cessait-il de répéter. Depuis le déjeuner de Foulain, plus exactement après Emmaüs, nous nous tutoyions. Il était ravi de me raconter sa vie sylvestre. Il trouvait mes questions « boyautantes ». Il ne manifestait aucune désillusion, c'était une âme confiante, accoutumé depuis toujours à se prendre en main, en harmonie avec l'ordre naturel. Sur le mur, face à la cheminée, étaient rangés quelques livres. Rien que des Stephen King dans l'édition américaine. Dans la conversation, il avait incidemment glissé qu'il avait vécu plusieurs années aux États-Unis.

----

1. La suite du récit de Blain s'écarte de la Marne. Avec la 10e armée de Mangin, il participera en 1918 à la contre-offensive de Villers-Cotterêts qui a permis la victoire finale des forces alliées.

J'ai erré longtemps avant de trouver les sources
de la Marne. J'avais beau être agacé par les manières
de ce ruisseau qui, depuis Langres, ne cessait de
finasser, de disparaître, de revenir vers moi, c'était
bel et bien la fin. J'étais parti depuis près de sept
semaines. J'avais pris mon temps. L'heure était venue
de conclure. D'achever la mélodie ascendante. L'anabase touchait au but. La température s'était considé-
rablement refroidie. Malgré la marche, j'étais souvent
transi. Cependant, je m'en voulais d'être passé trop
rapidement dans certains villages, surtout après Joinville.

Je tiens cette partie de la Haute-Marne pour une
des plus belles campagnes de France ; c'est la Marne
rêveuse, le grand pays désert, un royaume *inviolé*,
d'une pureté inouïe. Le fait qu'elle passe inaperçue
dans un Hexagone où chaque région, chaque département se pousse du coude et hausse du col pour
affirmer qu'il est le plus intéressant, le plus surpre-
nant, le plus aimable, reste pour moi un mystère. Le
charme de cette Champagne méridionale réside dans
la discrétion, une qualité de silence excluant par définition tout commentaire. Trop souvent décrits comme
des proscrits de l'intérieur, ses habitants en profitent.
Puisqu'on les a oubliés, ils savourent entre eux la

paix de leurs forêts et de leurs lacs. J'ai été séduit par Chaumont, mais je ne m'y suis pas attardé, car la Marne coule loin de la ville. Même chose pour Langres, ville natale de Diderot, bâtie sur une véritable acropole, unique en France. Le seul endroit où mon voyage a recoupé celui de Lacarrière – il déclare ne pas aimer la consonance du mot Langres. Le musée de la ville honore magnifiquement la Marne en présentant une pièce proprement hallucinante : une pirogue funéraire en assez bon état, datant de 200 ans avant Jésus-Christ, retrouvée non loin de la source. Cette barque funèbre témoigne qu'on naviguait sur ce ruisseau, peut-être de manière symbolique, preuve en tout cas que Matrona revêtait une signification religieuse et sacrée. La mort, le premier navigateur, thème cher à Bachelard. La Marne, à la fois berceau des vivants et refuge des trépassés.

Où était passée la rivière ? Je me suis souvent posé la question dans les derniers kilomètres. Cette montée vers le haut pays a été la partie la plus difficile de mon parcours. La Marne serpentine m'échappait. Absolument invisible. À sa décharge, il faut reconnaître qu'on l'a beaucoup maltraitée. C'est une rivière *déplacée* dès sa naissance. Elle a dû quitter l'intimité de son berceau pour aller ailleurs, se réfugier dans le monde du dessous. À peine est-elle née qu'on l'a contrainte à passer sous une petite route goudronnée. À la sortie de Balesmes où elle est enterrée, on n'a rien fait de mieux que de bétonner son lit, ce qui provoque dans le village des inondations à chaque orage. Tout a été fait pour le canal, rien que pour lui, la rivière étant sommée de suivre. Punie, rectifiée pour des bévues qui ne sont même pas les siennes.

Dans un paysage de collines et de prés humides, impossible de l'identifier. Ensevelie, indétectable. À trois ou quatre kilomètres en aval de la source, la Marne refuse d'apparaître. C'est à peine un ruisseau. Est-ce bien elle, ce mince filet ? Elle s'est peut-être camouflée dans cette rigole. Ou dans ce fossé à l'eau qui dort.

La source est située sur la commune de Balesmes, joli village sous lequel passe aussi le canal par l'intermédiaire d'un autre tunnel de quatre kilomètres qui a ébranlé l'église, laquelle est fermée depuis des lustres à cause de fondations devenues trop fragiles. La source est fort bien indiquée quand on est automobiliste, impossible à repérer quand on circule à pied. Je l'ai ratée plusieurs fois.

Enjambant des vignes et des vergers, je l'ai enfin trouvée au fond d'un val. Les arbres gainés de lierre y sont d'une hauteur vertigineuse. En ce mois d'octobre, les oiseaux chantaient encore.

La source émane d'un gros bloc décroché de la falaise, qui jouxte une grotte ayant servi de refuge à un chef gaulois opposé à Rome. À l'intérieur de ce monolithe, dans la nuit des origines, des centaines de veines travaillent souterrainement à ramener les eaux infiltrées sur la nappe originelle. Dans cette vasque qui n'a jamais vu le jour, le cœur de la Marne commence à battre. Ce rocher monumental qui donne la vie a l'air d'une idole.

À quelques mètres de la pierre vivante, l'eau surgit enfin d'une fontaine telle qu'on en voyait au temps des bergers d'Arcadie. La Marne en coulait doucement. Je me suis approché d'elle. Dans le vallon aux violentes odeurs telluriques, elle me murmurait : « Enfin, tu es là. Tu en as mis du temps ! » Que pouvais-je répondre ? J'ai joint mes deux mains pour la recueillir.

Elle avait un goût étrange de menthe et de mousse, pur et coupant.

Villa Jamot, Genthieu, Villestreux, le Vieux-Phare,
28 octobre 2012

REMERCIEMENTS

Remerciements à Heri Andriamahefa, Frédéric Balazard, Claire Beyeler, Gisèle Bienne, Bruno Bourg-Broc, Guy Briard, Roger Butard, Jean Capoulade, Alix Charpentier, Bernard Collard, Charles et Sylvie Collin, Roger Coterelle, Katy Couprie, David Covelli, Michelle De Clercq, Bernard Delompré, Philippe Delorme, Alain Devos, Éric Dhellemme, Jacques Doyon, Philippe Dupuis, Jacky Feurté, Geoffroy Flamant, Malika Fléau, Caroline Fourmont, Régis Garenne, Richard Geoffroy, Éric Gilliard, Pascal Giroud, Pierre Illiaquer, Philippe Jacquemin, Éric Janoszczyk, Bernard Jesson, Henri-Pierre Jeudy, Josita, Olivier Lachenal, Denis Lalevée, François Larcelet, Tony Legendre, Olivier Lejeune, Philippe Leterme, Dominique Lévèque, Annie Lorenzo, Olivier Maître-Allain, Nicolas Marracq, Alain Martin, Patrick Martin, Xavier de Massary, Olivier Meïer, Fabrice Minuel, Michel Mori, Philippe Nolot, Bruno Paillard, Pierre Paquin, Gilbert Pataille, Sylvie Petit, Charles Philipponnat, Dominique Piot, Maryse Rivière, Magali Robin, Jacqueline Rondeaux, Ronan Roué, Marie-José Ruel, Michel Sarrey, Corinne Spiner, Frédéric Thore, Guy Venault, Georges Viard, Blandine Vue, Lionel Vuittenez, Remy Wafflart et Daniel Yon.

Ma gratitude va aussi aux inconnus rencontrés au cours de cette remontée, pour la plupart des *conjurateurs*, le sel de la terre. Enfin j'exprime ma reconnaissance à Claude Durand, Olivier Frébourg, Sylvie et Gérard Rondeau ainsi qu'à mes deux fils Grégoire et Alexandre, à ma femme Joëlle qui m'a soutenu et encouragé. Sans son concours, je me serais probablement noyé dans les eaux de la Marne.

Le Livre de Poche s'engage pour
l'environnement en réduisant
l'empreinte carbone de ses livres.
Celle de cet exemplaire est de :

450 g éq. CO$_2$
Rendez-vous sur
www.livredepoche-durable.fr

**PAPIER À BASE DE
FIBRES CERTIFIÉES**

Composition réalisée par NORD COMPO

Achevé d'imprimer en mars 2018 en Espagne par
Liberdúplex
Sant Llorenç d'Hortons (Barcelone)

Dépôt légal 1re publication : mai 2014
Édition 05 – mars 2018
LIBRAIRIE GÉNÉRALE FRANÇAISE
21, rue de Montparnasse – 75298 Paris Cedex 06

31/7795/3